미친
수의사,
지도를 훔치다

별난 수의사 영광이의 무한도전 세계 여행기

미친 수의사, 지도를 훔치다

2010년 12월 20일 초판 1쇄 인쇄
2010년 12월 25일 초판 1쇄 발행

지은이   조영광
펴낸이   김영애
책임편집   김배경
디자인   신혜정

펴낸 곳   다할미디어
등록일   1999년 11월 1일
등록   제20-0169호
주소   우137-903 서울시 서초구 잠원동 22-10 성원빌딩 2층
    www.dahal.co.kr
전화   02.3446.5381-3
팩스   02.3446.5380
이메일   dahal@dahal.co.kr

© 조영광, 2010

ISBN : 978-89-89988-80-9 03810

값 15,000원

2008.04.12

2008.05.16

HAVE A GOOD TIME

BY AIR MAIL
PAR AVION

2008.9.23

✳
별난 수의사
영광이의 무한도전
세계여행기

글 | 사진

조 영 광

미친
수의사,
지도를 훔치다

다홀미디어

미친 수의사의 세계여행 경로

유럽
2009. 5. 21
|
2009. 6. 17

아시아
2009. 9. 8
|
2009. 12. 31

한국

포르투갈   스페인
모로코

네팔

인도

태국
캄보디아

케냐
탄자니아
잠비아
나미비아   짐바브웨
보츠와나
남아공

아프리카
2009. 6. 19
|
2009. 9. 6

북미
2008. 9. 23
—
2008. 12. 18

캐나다

미국

중미
2008. 12. 19
—
2009. 1. 21

멕시코

과테말라   파나마

콜롬비아

에콰도르

페루

볼리비아

브라질

남미
2009. 1. 22
—
2009. 5. 20

아르헨티나

칠레

차례

프롤로그

'미친'
1. 정신에 이상이 생겨 말과 행동이 보통 사람과 다르게 되다.
2. 어떤 일에 지나칠 정도로 열중하다.

미친 듯이 신났고, 미친 듯이 돌아다녔으며, 죽을 고비도 꽤나 많이 넘겼다.

내가 배낭을 꾸린 것은 "반드시 세계여행을 하고 말 테다!"라고 마음먹고 5년의 시간이
지난 뒤였다. 총 474일간의 여정과 길 위에 뿌린 숱한 추억들, 그리고 깨달음⋯⋯. 무언가에
미치지 않고는 그 긴 여행을 하지 못했을 것 같다. 나는 무엇에 미쳤던 것일까?

여행길에서 스치는 이마다 내게 똑같은 질문을 물어왔다. 그것은 내가 나 자신에게
항상 던지는 질문이기도 했다. 여행을 떠나기 전에도, 여행을 다니면서도, 그리고 여행을
다녀와서도 말이다.
"세계를 돌아다니다니 대단한 걸! 그런데 도대체 너는 왜 여행을 하니?"
그럴 때마다 난 이렇게 대답하곤 했다.
"내가 여행을 하는 이유? 글쎄, 난 여행을 왜 하는지 솔직히 아직도 잘 모르겠어! 그래서
한 번 해보는 거야! 내가 지금 이렇게 고생을 하면서 여행을 하는 이유가 도대체 뭔지 알고
싶어서 말이야. 결국 내 여행의 진짜 목적은 '내가 여행을 하는 이유를 찾는 것'이야!"
그러나 때로는 수없이 많은 밤들을 뜬눈으로 지새우며 골똘하게 생각해 봐도 알 수 없었던
그 이유가, 길고 긴 여행길의 중간 중간에 마치 번개에 맞은 것처럼 불현듯 떠오르곤 했다.
그리고 그 이유는 바로 내가 무엇에 미쳐 있었던 것인지를 말해주는 것이기도 했다.

우선, 여행 그 자체가 목적일 수 있다. 눈물이 시릴 정도로 멋있는 풍경을 수도 없이 보았고,
평생 다시 못할 소중한 경험들을 매일매일 겪었다. 하지만 결국 그 모든 것들은 낯선
사람들과의 만남을 위함이었고, 그들과의 끈끈한 교감을 통해 여행을 완성할 수 있었다.
그들의 삶에서 깊은 영감을 받았고, 내 인생의 경험을 그들에게 전해 주었다.

누군가가 말했다. "산만 높은 것이 아니다. 바다도 넓다!" 같은 시간 열심히 경력을 쌓아올린 친구를 바라보며 부러워하는 내게 그 말은 한줄기 빛이 되어 주었다. 나는 세상을 둘러보며 시야를 넓혔고 바다만큼 넓은 경험을 하고 돌아왔다.

내 나이 30살에 한 이 여행은 10년 후, 20년 후, 아니 평생토록 내 자신에게 큰 영향을 끼칠 것 같다. 분명히 과거를 회상하며 그때가 좋았다고 넋두리하게 될 것이고, 힘든 일이 있을 때 지금 이 순간을 생각하며 마음을 달랠 수도 있을 것이다. 또한 그때의 각오를 되돌아보며 다시 한 번 나 자신을 추스를 수도 있을 듯.

여행은 돌아가기 때문에 의미가 있는 것이다. 그 끝에는 그리운 집이 있고, 나를 기다려 주는 가족이 있으며, 언제든지 술 한 잔 기울일 수 있는 친구가 있기에 여행의 시간이 더없이 소중한 것이다. "아~ 행복했다!" 하면서 끝나는 것이 아니라, 여행이 끝나는 그 순간부터 새로운 계획을 세워 새로운 출발선에서 시작해, 성공하는 그 날까지 확고한 믿음을 가지고 밀고 나갈 수 있는 그런 것을 찾아내는 여행이라면 더욱 보람되지 싶다.

얼굴도 모르는 한 친구가 내 홈페이지에 찾아와 글을 남겼다. 여행을 떠나고 싶었지만 세상과 타협하느라 겁을 내고 포기하고 있었는데 내 여행기를 읽고 다시 용기를 되찾았다고…… 그의 이야기를 통해 여행기를 내야겠다는 용기를 얻었다. 그동안 여행길에서 수많은 여행자들을 만나고 함께 많은 것들을 공유했다. 여행을 떠난다는 건 말처럼 쉬운 일이 아니다. 여행자들이란 지금 하고 있는 모든 것을 곧바로 내려놓을 수 있는 용기를 가지고 있고, 타국의 낯선 환경과 위험 그 자체를 받아들일 수 있는 열린 마음을 가지고 있으며, 새로운 것으로의 도전을 두려워하지 않는 사람들이다! 고로 과거 여행을 했고, 현재 여행을 하고 있으며, 미래 여행을 떠날 계획을 가지고 있는 사람들은 그들만이 공유할 수 있는 뜨거운 열정을 소유하고 있는 것이다. 내가 여행을 하면서 함께 생각을 나누고 경험을 공유할 수 있는 진정한 여행자들을 많이 만났던 것처럼, 독자 여러분들도 그런 경험에 도전해볼 수 있기를 바란다. 그리고 이 책이 조그만 도움이라도 된다면, 더 없이 기쁠 것 같다.

1

북미 미국·캐나다

일주일 남았다.

추석도 지나가고, 일주일 후 출국.

어느 순간부터 무서운 생각은 슬며시 사라졌다. 내가 세계 여행을 떠난다는 게 남 일
같은 것이, 어쩐지 느낌이 묘하다. 이젠 만나는 사람들마다 작별인사를 하는데⋯⋯.
준비는 다 된 건가? 이제 출발하기만 하면 되는 걸까? 가방도 꾸려야 하고⋯⋯.
1년 반 동안의 세계 여행. 생각만 해도 짜릿하다. 정말 재미있을까? 1년 반 뒤 나는
어떤 모습일지⋯⋯. 기대와 설렘으로 잠을 이루기 어렵다.

⋯

오늘의 목적지는 라스베이거스. 가는 길에 잠깐 들린 곳은 66번 국도의 또 다른
마을. 이곳은 좀 더 관광지답게 옛날 서부 텍사스 분위기가 물씬 풍기는 곳이다. 마을
한가운데에 수많은 당나귀들이 돌아다니고 정해진 시간이 되면 총잡이들의 공연도
펼쳐진다. 당나귀들과 사진도 찍고 구경거리도 많고 아기자기하게 재미있다.
오후 느지막이 라스베이거스에 도착했다. 3주일 만에 처음으로 호텔방에 들어가니
황송하기까지 하다. 뜨거운 물에 목욕도 하고 나니 어젯밤 그랜드 캐니언에서의 악몽
같은 기억이 슬그머니 사라진다.
사람이란 참 간사하기도 하다. 망각의 동물이라는 게 맞는 것 같다. 아무리 힘들고
괴로운 일이라도 3개월만 있으면 언제 그랬냐는 듯이 살 수 있다지 않은가? 어쩌면
그래야만 좌절을 딛고 새로 힘을 내어 인생을 살아갈 수 있지 않을까 생각해본다. 힘든
기억을 죄다 머리와 가슴에 담고 사는 인생이야말로 최고로 불행한 일이 아닐 수 없다.

뉴욕의 이상한 환대(?)

드디어 **뉴욕**에 도착했다. 아침 10시 한국 인천공항을 떠나 무려 22시간에
걸쳐 비행기를 탄 끝에 현지 시간 9시 30분, 뉴욕에 도착했다. 하도 잠을 많이
잤더니 생각보다 그리 피곤하진 않지만, 그건 내일 일어나 봐야 알듯 싶다.
그런데 이게 웬일인가? 뉴욕에 도착하자마자 사기를 당했다. 공항에 내려서
셔틀버스를 타려고 두리번두리번 하고 있는데, 갑자기 어떤 아저씨가 다가와
말을 건다. "어이~ 친구! 어디가?Hey~ Guy! Where are you going?" 조금 놀라긴 했지만
친절해 보이는 외모에 살짝 긴장감을 풀고 **맨해튼**에 셔틀버스 타고 갈
예정이라고 말하니, 난처한 표정으로 시계를 가리키며 이미 버스가 끊어졌단다.
참고로 그때 시간이 10시 30분. 그런데 나중에 알고 보니 11시까지는 셔틀버스가 다닌단다.
그러더니 다짜고짜 자기 차를 타란다. 지금 생각해 보면 바보 같았지, 그
당시에는 너무 당황한 마음에 겁도 없이 따라갔다.
하지만 차를 타기 전에 분명히 물어보긴 했다. "근데요, 얼마를 드려야
되죠?How much pay for?" 그랬더니 약간은 이상한 발음으로 영어를 지껄이는데,
솔직히 하나도 못 알아들었다. 나중에 곰곰이 생각해 보니, 그날 택시들이
전부 파업을 선언했기 때문에 택시를 잡을 수 없을 것이고, 자기는 지금 나를
태우고 맨해튼에 들어갔다가 새벽에 라스베이거스로 놀러갈 예정이라고
말했던 것 같다.
공항에서 맨해튼까지 오면서 여러 가지 얘기들을 나눴다. 자기는 이탈리아
밀라노 출신으로 15년 전에 뉴욕에 왔다며 때때로 손가락으로 가리키면서
"저기가 엠파이어스테이트 빌딩이고, 저쪽은 브룩클린 브릿지, 그리고 바로
여기가 또 그 유명한 쌍둥이 빌딩이 있던 자리야!" 하면서 나름대로 여러

타임스퀘어의 명물 '네이키드 카우보이'

가지를 설명해줬다. 마지막에는 친절하게도
뉴욕의 홍등가 문화(?)에 대해서까지 상세한
설명을 덧붙이는 게 아닌가?

그렇게 서로 한참 수다를 떨면서 드디어
맨해튼에 입성. 솔직히 그때까지만 해도 난
정말로 이 아저씨가 자기 집에 가는 길에
공짜로 태워다 주는 것일 거라는 깜찍한 생각을
하고 있었던 것이다. 그런데 거의 목적지에
도착할 때쯤, 감사의 눈초리로 바라보며 "정말
친절하시네요! 감사합니다. You're so friendly. Thanks,
Thanks!" 그러면서 내리려고 하니, 갑자기 표정이
확 달라지더니만 다짜고짜 87달러에
톨게이트 비까지 총 97달러를 내라는 게
아닌가? 그러면서 자기는 팁은 안 받고,
보아하니 내가 학생으로 보여서 그냥 90달러로
깎아주겠다는 미덕도 발휘하는데, 황당했지만
어쩔 도리가 없었다. 거기다가 내가 주섬주섬
가방을 뒤지면서 돈을 꺼내 주자, 절대 다른
사람들 앞에서는 지갑을 꺼내 보이지 말고 특히
흑인들을 조심하라는 당부도 잊지 않으셨다.
참고로 JFK 공항에서 맨해튼 들어오는 건 그 비싼 한국
콜택시를 불러도 60달러면 충분하단다.

사기 아닌 사기를 당하고 어두컴컴한 타국
뒷골목에 내려졌다. 등에는 커다란 배낭 하나와
어깨에 어설프게 둘러맨 보조 가방끈을 꽉 잡고
있는 내 모습이 영락없는 초보 여행자 같을

거라는 생각에 발걸음만 빨라졌다. 우여곡절 끝에 찾은 케이 제이^{Kay.J} 게스트하우스. 간판 하나 없고 2층 계단 입구에 굳게 잠긴 문 앞에는 아무 표시도 없는 벨이 10개나 붙어 있었지만 어느 것을 눌러도 아무 대답이 없었다. 핸드폰도 없고 한참동안 주변을 헤매서 간신히 찾은 공중전화는 동전밖에 사용할 수 없어서 그야말로 난감한 상태. 손에 쥐고 있던 1달러짜리 지폐만 연신 만지작거리다가, 옆에 있는 상점에 가서 전화 한 통 쓸 수 있냐고 사정해 봤지만 그것마저도 거절당했다.

비록 정확한 주소 하나만은 알고 있었지만, 도착하자마자 사기를 당했다는 생각에 당황해서인지 모든 것들이 의심스러웠다. 컴컴한 골목길 건너편에선 덩치 커다란 흑인이 쓰레기를 뒤지면서 무언가를 열심히 찾고 있었고, 잔뜩 술에 취한 아저씨가 노래를 흥얼거리며 내 옆을 지나가기도 했다. 속에서 욕이 절로 나왔다.

결국 멀찌감치 떨어져 있던 호텔로 들어가 1달러를 25센트짜리 동전 4개로 바꾼 뒤, 겨우 통화가 성사된 게스트하우스 주인이 호텔 앞까지 데리러 나와 줘서야 간신히 숙소에 도착할 수 있었다. 지금 이렇게 숙소에 들어와 집에 전화도 하고 컴퓨터로 친구들과 수다도 떨고 하니깐 조금이나마 마음이 풀어져서 그렇지 아까는 정말로 너무 무서웠다.

솔직히 말하면 재미있다. 처음부터 이런 일을 겪고 나니 이상하게도 자신감이 생긴다. 난 분명히 수없이 많은 시행착오를 겪을 것이다. 하지만, 죽지만 않는다면 이 모든 것들이 죄다 해볼 만한 가치가 있다는 생각이 든다. 분명 그 속에서 무엇인가 배울 수 있을 테고, 다시는 같은 실수를 반복하지 않게 될 것이며, 한 단계 성숙할 수 있을 것이기 때문이다. 그렇게 꾸준히 여행을 지속할 수 있었으면 좋겠다.

뉴욕의 일상을 맛보다

역시 시차가 문제다. 어젯밤엔 잠이 안 와서 새벽 4시까지 일기쓰고 사진
정리도 하고 홈페이지 관리도 하고, 그랬는데도 불구하고 아침 6시에 저절로
눈이 떠졌다. 주인 형님 말로는 오늘 낮에는 절대 잠을 자지 말아야 한다고
하는데, 안 그러면 적응하는 데 일주일이 넘게 걸릴 수도 있단다.

오늘 일정은 우선 **메트로폴리탄 박물관**을 구경 가는 거다. 아침 11시 박물관
앞에서 기다리면 한국인 아저씨일명 구 선생가 무료로 박물관 가이드를
해준다는 정보를 입수하고 씩씩하게 출발한 뉴욕 첫 나들이. 새벽부터 일어나
열심히 작성한 뉴욕 상세 정보를 들고, 지하철역에서 일주일치 지하철 패스
25달러를 샀다. 이것만 있으면 일주일 동안 무제한으로 어디든 갈 수 있다는
생각에 맘이 든든하다. 하지만, 그리 호락호락하지만은 않았다. 생각보다
뉴욕의 지하철이 복잡했다. 한국과는 달리 플랫폼도 많고 한 플랫폼에 여러
가지 지하철이 한꺼번에 들어오기도 하고 역을 몇 개씩 건너뛰며 달리는
급행도 있었기에, 처음부터 쉽게 길을 찾아가는 건 이미 불가능해졌다. 30분도
안 되는 거리를 무려 1시간 반이나 걸려 겨우 도착한 메트로폴리탄 박물관은
모든 것이 상상 이상이었다. 성인은 입장료가 20달러이지만 도네이션으로
25센트만 내고 입장할 수 있었다. 박물관 내부는 과거와 현재가 공존하면서
그 방대한 전시물들은 보는 이를 압도하기에 충분했다. 돈으로 환산할 수조차
없는 자료들이 너무나 많이 전시되어 있었는데, 선사시대 유물을 비롯해 약
300만 점의 그리스, 이집트, 아프리카, 아시아, 유럽, 이슬람 등 전 세계 유물이
총망라되어 있었다.

솔직히 내가 이렇게 박물관, 특히 회화에 관심이 있을 줄은 꿈에도 몰랐다.

다비드·렘브란트·모딜리아니·피카소·고흐·
마티스 등 당대 최고 거장들의 작품이 전시되어
있는 곳에서는 도저히 발길을 뗄 수가 없었다.
피카소의 작품은 너무 많아서 일반 복도에도
아무렇게나 걸려있다고 하면 그 규모가
어떤지 상상이 되려나? 특히 모딜리아니의
작품들이 너무 마음에 들었다. 전문적인 건 잘
모르지만 나도 모르게 끌리는 느낌이라고나
할까, 모딜리아니의 작품에선 그런 게 강하게
느껴졌다. 내가 14살의 꼬마였을 때, 아버지와
함께 했던 유럽여행의 테마가 미술관이었는데,
그 작은 어린아이의 눈에도 레오나르도
다빈치의 모나리자와 고흐의 자화상은 너무도
강렬하게 비춰졌었다. 그런데 그것과 비슷한
느낌을 모딜리아니의 작품들에서 또 다시 느낄
수 있었다.

미술 학도가 거장의 작품을 따라 그리고 있다.

걸신들린 듯 사진을 찍어대고 약 세 시간에 걸쳐 바쁘게 돌아다녔지만
감상하면 할수록 마음 한켠이 너무도 아쉬웠다. 그런 작품들을 소화하기엔
내가 알고 있는 지식이 너무 보잘 것 없었기 때문이다. "아는 만큼 보인다."
라는 것을 절실히 깨달았다.

박물관 뒤편은 그 유명한 센트럴 파크가 있는 곳, 뉴욕 맨해튼 한가운데에
커다랗게 자리 잡고 있는 센트럴 파크에 가보니 많은 사람들이 휴식을
취하고 있었다. 아무렇게나 잔디밭에 누워 자고 있는 사람들, 비키니를 입고
당당하게 썬탠을 즐기고 있는 늘씬한 미녀들, 가족들과 함께 나와 뛰어놀고
있는 아이들까지. 나도 한구석에 자리 잡고 벌러덩 누웠다. 늦가을의 햇볕이
제법 따갑긴 했지만 뉴욕 한가운데, 그것도 센트럴 파크에 누워있다는 사실이

믿기지 않을 정도로 행복했다.

그리고 무작정 걸었다. 지하철이 있긴 했지만 뉴욕의 구석구석을 누비고
싶어서 그냥 걸어 다녔다. 이곳도 역시 사람 사는 곳이었다. 수많은 사람들이
바쁘게 돌아다니긴 했지만 다른 한쪽에서는 작은 장터도 열리고 있었다.
다양한 과일들과 채소들, 고기들, 국적 불명의 먹거리들도 구경했고,
엠파이어스테이트 빌딩을 비롯한 수없이 많은 고층 빌딩 숲속도 헤매고 다녔다.
물론 관광지도 다녀야 하고 꼭 가봐야 하는 곳을 가는 것도 중요하긴 하지만,
솔직히 그런 데 안 가도 좋다는 생각이 든다. 우리들과는 다른 생김새를 가진
현지인들이 평소에 생각하고 먹고 마시고 노는 그네들의 일상을 느껴보고
싶다. 이 생각은 아마도 내 여행의 가장 큰 기준이 될 것이고 내 여행의 방향을
정해줄 것이다. 어디를 가더라도 이 생각만은 변하지 않았으면 하는 바람이다.

메트로폴리탄 박물관 내부

다른 국적, 같은 느낌
우리는 하나

아침 8시, 흑인 할렘가에 있는 호스텔 재즈 온 더 파크Jazz on the park. 드디어 나의
첫 번째 다국적 배낭여행의 첫 미팅이 시작됐다. 오늘부터 한동안은 한국말
쓸 일이 없겠구나 하는 두려움부터 덜컥 든다. 투어리더 짐을 만나고 앞으로
일주일간 생사를 같이 하게 될 팀원들을 만날 수 있었다. 총 11명, 남자 세 명
여자 여덟 명의 아주 바람직한(?) 팀원 구성이다. 왠지 그럭저럭 잘 지낼 것
같다는 예감이 든다. 차는 15인승 밴이고 일행들이 가져온 짐들은 모두 지붕
위로 올렸다.

일행 중 나는 유일한 동양인. 말도 안 통하는 나는 살아남기 위해 무조건
솔선수범하기로 마음먹고 먼저 나서서 여러 가지 일들을 하기 시작했다. 내가
그들에게 다가가고 소외받지 않기 위해서 할 수 있는 최선의 방책일 것이라는
생각이 든다.

여행이 시작되었다. 난 우선 밴의 제일 뒷자리에 앉아 돌아가는 상황을
관찰한다. 내 옆에 앉아있는 여자아이가 먼저 말을 걸어왔다. 이름은 마리,

내게 처음 생긴 외국 친구들

성조기를 배경으로 서커스단이 공연을 펼치고 있다.

프랑스에서 왔고 21살이란다. 내가 여행을 시작해서 처음 알게 된 외국친구다.
앞으로 얼마나 많은 외국 친구들을 사귀게 될까? 두근거리는 일이 아닐 수
없다. 그렇게 통성명을 하고 나니 한결 수월해졌다.
밴 앞쪽에서는 자기네들끼리 신나게 떠든다. 내 바로 앞좌석에는 두 명의
남자가 앉아있긴 한데 내가 봤을때 적어도 세 시간 이상 한 마디도 안하고
서로 다른편 창밖만 바라보고 있었다. 웃기기도 하고 불쌍한 생각도 들어서
참다못한 내가 먼저 말을 걸었다. 한 명은 34살의 스위스 출신, 구이도라는
이름이다. 또 한 명은 영국인, 나와 동갑인 앤디란다. 11명 모두 미국이 아닌
다른 나라에서 온 사람들이다. 결국 공통언어로 영어를 사용하긴 하지만 다들
영어가 모국어가 아니란 말이다.
보스턴에 도착했다. 미국의 역사에 대해서 가이드가 뭐라고 하긴 하는데
이해하는 건 둘째 치고 과연 어떻게 다른 일행들을 잃어버리지 않고 따라다닐
수 있느냐가 관건이 돼 버렸다. 가이드는 보스턴 한복판에 우리를 떨구어
놓고 세 시간 후에나 보잔다. 나름 같이 다니면서 서로 궁금한 것도 물어보고
어쨌든 조금은 친해지는 듯한 느낌이 들었다. 전혀 다른 나라, 각기 다른 나이,
모두 다른 환경에서 자라온 이들이 미국을 여행한다는 것만으로 이렇게 모여
있다는 사실이 재미있고 신기하다.

북미

하버드,
네 발에 키스를 날려주마

어제는 **보스턴**을 지나 **케임브리지**에 있는 호스텔에서 잤다. 오전에 간 곳은 그 유명한 하버드 대학 캠퍼스다.

어렸을 때부터 숱하게 들었고 전 세계 모든 석학들이 모이는 곳이라는 그 하버드. 가이드의 설명으로는 캠퍼스에 들어가면 하버드 설립자의 동상이 있는데 그 동상의 발에 입을 맞추면 하버드에 갈 수 있다는 전설이 있다고 한다. 진짜 동상에 가보니 발 부분이 하얗게 칠이 벗겨져 있어서 얼마나 많은 사람들이 그곳에 키스를 했는지 짐작할 수 있었다. 근데 생각보다 꽤 높아서

거의 발에 매달려야 겨우 키스를 할 수 있었는데 역시 하버드에 들어가는 게
생각보다 쉬운 일이 아니다.

오후에는 뉴욕 주의 수도 **알바니**로 이동한다. 미국에는 약 50개의 주가 있는데
모두 주도를 가지고 있단다. 그 중에서 우리가 알고 있는 뉴욕은 뉴욕 주의
1%도 안 되는 지역일 정도로 뉴욕 주는 굉장히 넓다. 이 알바니는 그 뉴욕
주의 수도로 아름답고 오래된 건물들이 많이 자리 잡고 있다.

오늘 밤부터 3일간은 호스텔이 아닌 캐빈에서 자야 한다. 캐빈은 캠핑촌 안에
있는 통나무 집으로 안에 침대와 매트리스만 있고 아무것도 제공되지 않는다.
결국 침낭을 깔고 자야 한다는 소리. 밥도 해먹어야 한다. 우선 11명이 세
팀으로 나눠 각기 역할분담에 들어갔다. 난 오늘은 식사 후 뒷정리를 하고
내일 저녁을 만들어야 한다. 오늘의 저녁 메뉴는 멕시코 요리 화지타. 고기와
야채와 소스를 또띠야로 싸서 먹는데 꽤 맛있다. 캐빈은 조금 춥긴 하지만
지내기엔 그럭저럭 괜찮았다.

쌍무지개 내리는
나이아가라 폭포

나이아가라 폭포를 보는 날. 아침부터 설렌다. 아침으로 베이글에 버터와
잼을 발라 먹고 부지런히 출발하여 오후가 되어서야 그렇게 보고 싶었던
나이아가라 폭포에 도착했다.

세계 3대 폭포 중 하나로 미국과 캐나다의 국경에 걸쳐 있는 나이아가라
폭포는 총 두 개의 커다란 폭포로 나눠지는데 하나는 아메리칸 폭포^{American fall},
또 하나는 호스슈 폭포^{Horseshoe fall}이다. 유람선을 타고 폭포 바로 앞까지 들어갈
수 있는데 쏟아지는 물보라가 굉장해서 우비는 필수다. 폭포를 본 첫 느낌은
솔직히 말하면 그냥 덤덤했다. 생각했던 것처럼 거대하고 웅장하다기보다는
귀엽다고 해야 할까? 또 하나 실망했던 건 개발이 너무 심하게 되어 있다는
것이다. 캐나다 쪽에는 힐튼·셰러턴·메리어트 등 수많은 호텔이 쭈욱 늘어서
있어 자연 그대로의 무언가를 원하는 사람에게는 심히 불쾌하게 느껴질

수도 있을 것 같다. 나중에 들어서 안
사실이지만 나이아가라 주변의 호텔
카지노는 미국에서도 꽤 유명하단다.
어쨌든 실망만 하고 울상 짓고 있을
수만은 없지 않겠나? 소풍 나온
강아지마냥 소리를 질러가며 뛰어갔다.
나눠주는 파란색 우비를 입고 유람선을
탈 때 보니 한 무리의 낯익은 아줌마

아저씨 관광객들도 같이 탑승하고 있다. 반가워서 말을 걸어 보니, 아니나 다를까 한국에서 오신 단체관광객들이었다. 이런저런 얘기들을 하면서 난 세계를 여행하는 중이고 지금은 외국 친구들과 투어를 왔다고 말하니 젊은이가 대단하다며 김치찌개가 그리우면 오늘밤 자기들 숙소로 오라고 초대해 주셨다. 말씀만으로도 고맙다고 거듭 말하고 다시 폭포구경을 시작했다. 여행 떠나기 직전 아버지 말씀이 생각난다. 사람들을 정말 조심해야 한다고, 특히 처음 보는 외국사람들을 비롯해서 한국인이라도 여행객한테는 절대로 마음 놓지 말라는 것. 그때 덧붙인 말씀이 그래도 한국 단체 관광객은 괜찮다는 것이었다.

막상 배를 타고 폭포 앞까지 가보니 조금 생각이 바뀌었다. 크긴 무지하게 크다. 흘러내리는 물의 양도 엄청났고 거대하게 떨어지는 폭포 앞에서 내 자신의 초라함까지 느껴졌다. 굉음도, 사방으로 흩날리는 물보라도, 비록 사진으로 밖에 볼 수 없었지만 가끔씩 쌍무지개도 볼 수 있단다. 그 무지개까지도 대단하긴 대단하다.

워싱턴,
그 거대함이라니…

어제는 하루 종일 이동만 한 것 같다. 대략 9~10시간 동안 계속 차만 타고
다닌 듯. 저녁 4시경에야 겨우 **게티스버그**에 도착했다. 이곳은 미국 남북전쟁
시기에 가장 치열했던 3일 동안의 전투가 벌어진 곳으로 많은 군인들이
목숨을 잃었던, 미국의 역사에 있어서 가장 유명한 장소 중 하나다. 위령탑부터
공동묘지, 전쟁무기 전시장까지, 기념품 가게도 많고 굉장히 깔끔하게 잘
꾸며져 있다. 그런데 미국 역사에 대한 곳이라 아무리 봐도 솔직히 잘
모르겠다.

다음날 오전 일찍 출발해서 도착한 곳은 미국의 수도 워싱턴 DC. 가이드는 또
10시 반에 워싱턴 DC 한복판에 내려주고 오후 5시 반에 보잔다. 허허, 이놈

미국 국회의사당

참. 어쨌든 관광센터를 찾아 지도를 구하고 샅샅이 살펴보기로 했다.

가장 먼저 간 곳은 그 이름도 유명한 **화이트 하우스**백악관. 진짜로 집이 하얗긴 하얗더라. 멀리서 볼 수밖에 없었지만 사람들 모두 쇠창살에 달라붙어 사진 찍는 걸 보니 대단한 곳이긴 한듯. 우리도 대충 사진 몇 방 찍고 링컨 기념관으로 이동했다. 링컨 기념관부터 워싱턴 기념비를 거쳐 미국 정부청사 건물까지 일직선으로 이어지는 길은 그 아름다움과 규모에서 숨이 막힐 만큼 굉장했다. 잘 꾸며진 공원 양 옆으로 우리나라 국회의사당 건물쯤 되는 미국의 정부 청사와 박물관들이 20개쯤 도열해 있다. 미국에 와서 '와~ 이놈들! 정말 무엇이든 큼직하구나' 하는 생각은 했지만 이 정도일 줄을 몰랐다. 수도 한복판, 이렇게 넓은 공간에 이렇게 넓은 공원을 만들어 놓고 이렇게 높은 탑을 만들 줄이야.

핫도그로 점심을 때우고 이번에는 스미스소니언 박물관으로 갔다. 생명체가 생겨나는 원시시대부터 근대의 포유류까지 모든 동물들을 전시해 놓은 자연사 박물관으로 규모가 상당히 크다. 공룡 화석도 있었고 파충류·조류, 여러 이름 모를 깊은 바다 속 동물들까지 거의 모든 것이 실물 크기의 박제, 혹은 모형으로 만들어져 있었는데 내용면에서 꽤 알찬 박물관이다.

스미소니언 박물관의 공룡 화석

저녁은 레스토랑 우노에 가서 미국에 와 처음으로 스테이크를 먹었다. 맛은 없었다. 가격도 팁과 세금까지 18달러 냈으니까 그냥 그런 셈. 3일간의 캐빈 생활을 접고 호스텔에서 잤다.

다시 찾은 뉴욕에서
석별의 정을…

오늘은 그리운(?) 뉴욕으로 돌아가는 날. 꽤 오랜 시간을 달려 마침내
다시 맨해튼에 도착해서 첫 번째로 간 곳은 **그라운드 제로**Ground 0, 바로 예전
세계무역센터가 있던 장소다. 당시 비행기가 부딪치고 빌딩이 무너지던 장면이
생생하게 기억난다. 하지만 지금은 그 끔찍했던 기억의 잔해들을 모두 없애고
'그라운드 제로'라고 명명하여 모든 것을 새로 시작하는 중이다. 새 무역센터를
지으며 굉장히 활발한 분위기를 연출하고 있긴 하지만 왠지 모르게
을씨년스러운 분위기도 함께 느껴지는 듯했다.
다음으로 **월스트리트**에 있는 황소 동상을 보러 갔다. 어느 한 예술가가 새벽에
아무도 모르게 가져다 놓은 것이라는데 월스트리트의 상징물로 수많은
사람들에게 사랑받는 동상이다. 일주일 전 월스트리트에 왔을 때 찾아
헤매다가 결국 못 찾아서 포기했었는데 이렇게 보게 되니 감개가 무량하다.
저녁에는 호스텔에 들려 체크인을 하고 맛있는 저녁을 먹으러 중국
레스토랑을 찾았다. 다들 낯선 음식에 메뉴 선정 단계부터 오랜 시간을
잡아먹더니 젓가락이 나오자 난처한 기색을 감추지 못한다. 처음 손가락
잡는 것부터 하나하나 설명해줬더니 금세 조그만 콩도 집을 수 있을 정도로
능숙해진다. 나는 초밥과 롤을 시켜 먹었다. 사실 맛은 별로다. 역시 초밥과
회는 부산 광안리에서 먹는 게 최고다. 어쨌든 배부르게 식사를 마치고
가이드가 좋은 곳을 안다기에 쫓아가보니 점점 낯익은 곳으로 가는 게
아닌가? 결국 코리아타운의 노래방으로 안내한다. 금요일 밤의 코리아타운은

뭔가 달라 보였다. 밤늦게까지 잘 차려입은 젊은 한국인들이 끼리끼리 모여 술에 취해 흐느적거리고 있는 모습을 보니 눈살이 찌푸려졌다.

그건 그렇다 치고, 얘네들 왜 이렇게도 노래를 못하나? 이런 노래방 문화에 익숙하지 못한 걸 십분 이해하려고 노력해 봐도 하나같이 음치·박치에 꽥꽥 소리만 질러대며 야단법석을 떠는데 할 수 없이 나도 동참했다. 이젠 이 친구들과도 마지막 인사를 나눠야 할 때. 짧은 일주일간의 시간이었지만 정도 많이 들었다. 어떻게 보면 스쳐 지나가는 인연이고 다시 만나게 될 가능성은 거의 없다고 말할 수 있긴 하지만, 순간에 충실하자는 나의 신조로 비추어 볼 때 지금 느끼는 아쉬움도 또 다른 나의 진짜 감정이 아닐까 생각해본다.

내일 아침 일찍 샌프란시스코로 날아가야 하기 때문에 숙소로 들어가기 직전 작별인사를 나눴다. 다들 절대 아프지 말고 조심해서 여행을 무사히 마치라고 격려해 주면서 안아주는데 살짝 뭉클해진다.

새로운 시작의 땅 '그라운드 제로'

나, 말리부 해변의 서퍼야!

오전부터 일찍 출발해서 도착한 곳은 서핑의 천국이자 비키니의 천국 **말리부 해변**이다.

곳곳에 사람들이 자리 잡고 누워 한가롭게 썬탠을 즐기고 있었고 바다에서는 수많은 서퍼들이 제법 높은 파도를 즐기고 있다. 지상 낙원이 따로 없을 것 같다는 생각이 든다.

점심을 먹기 위해 해변 바로 앞에 줄지어 있는 여러 상점들을 둘러보다가 우연히 발견한 샌드위치집. 제일 비싼 메뉴에 당당하게도 "불고기^{Bulgogi}" 샌드위치라고 적혀 있는 게 아닌가? 호기심이 발동해서 물어보니 역시 주인장 아저씨 왈, 여기 말리부 해변에 한국 사람들 가게가 꽤 많단다.

서핑을 해보고 싶었지만 주어진 시간이 그리 많지 않아 안타깝게도 포기하고 대신 프랑스 친구들이랑 롤러블레이드를 타기로 했다. 선택을 꽤나 잘한 듯, 해변가를 마음껏 누비는 재미가 제법 쏠쏠하다. 말리부 해변에서 롤러블레이드를 타다니, 꿈만 같다.

오후에는 **샌디에이고로 자리를 옮겼다.** 자리를 옮긴다는 건 밴을 타고 3~4시간씩 달려간다는 것을 의미한다. 이놈의 땅덩어리는 워낙 넓어서 3~4시간 정도는 우습다. 미국에서 만나는 이들마다 LA는 지저분하고 별로 볼 만한 곳도 없다고 하면서 그때마다 언급하는 곳이 샌디에이고인데,

그렇게나 아름답고 평화로운 도시가 없다고 칭찬이 자자했다. 막상 가보니
정말로 그렇다. 강 하나만 건너면 바로 멕시코여서 도시 분위기야 말할
것도 없이 이국적인 분위기가 물씬 풍기고 날씨도 좋으면서 물가까지 싸다.
캘리포니아에서는 LA 다음으로 크고, 미국 전체로는 10번째 큰 도시로
급속도로 발전하고 있는 가능성 있는 신도시다. 또한 항구가 있어 무역에
있어서도 중요한 역할을 담당하고 있고 군사기지의 요충지이기도 하다. 나도
이곳이 마음에 든다. 본격적으로 도시 관광에 나서 해군 항공모함을 개조해
박물관으로 만들어 놓은 곳도 보고 선착장의 예쁜 바에 앉아서 칵테일도
마시고 한가롭게 여유를 즐겼다.
저녁은 주로 마트에서 장을 봐서 캠핑장에서 해먹는다. 오늘의 메뉴는
스파게티에 버터를 바른 콘옥수수와 빵이다. 다 같이 모여서 먹는데 뭔들
안 맛있겠는가? 식사시간은 항상 즐겁다.

동물원의 팬더는 행복할까?

오전에 **샌디에이고 동물원**에 갔다. 전 세계를 통틀어 중국을 제외하고 유일하게
팬더를 보유하고 있는 동물원으로 유명한 곳이다. 물론 규모도 상당히 크고
동물들도 꽤 많은, 미국 내에서는 알아주는 동물원이다. 28달러라는 거금을
내고 입장. 플라밍고와 여러 동물들을 천천히 관람하기 시작했다. 전체적인
느낌은 우선 우리나라의 동물원과는 무언가 다르다는 것! 구경하는 사람들을
위해 동물들을 전시해 놓은 것이 아니라, 최대한 동물들이 살았던 환경을
그대로 유지해 놓고 사람들이 엿보는 느낌이라고 하면 좀 이해가 되려나?
하여튼 구경꾼보다는 동물 위주의 동물원이다. 어떻게 보면 부럽기도 하고, 또
어떻게 보면 조금 불편한 것 같기도 하다. 동물원의 동물들은 과연 행복할까?
라는 화두를 던져본다. 야생상태의 동물들은 오직 생존하기 위해 먹을 것을

샌디에이고 동물원의 플라밍고

스스로 구해야 하고 약육강식의 세계에서 살아남기 위해 치열한 생존경쟁을 해야만 한다. 또한 종족번식을 위해 동족들끼리도 때로는 목숨을 건 싸움을 벌이기도 한다. 하지만 동물원은 그 모든 것이 충족되는 사회다. 시간 맞춰서 물과 먹이가 공급되고 사투를 벌여야 할 상황도 없고 만일 다치더라도 즉시 치료받을 수 있도록 24시간 수의사가 대기하고 있다. 걱정거리가 전혀 없는 이상적인 사회라고도 할 수 있을 것이다. 어떤 이들은 동물원에 와서 철창 우리 속에 갇혀 있는 동물들이 너무 불쌍하다고 말하곤 한다. 하지만 생각의 차이일 뿐, 동물이 아니고서는 도저히 알 수 없는 일이다.

정말로 살아있는 팬더가 있긴 있었다. 한 세 마리쯤? 실물로 본 팬더는 무지 귀엽다. 한 마리는 바닥에 털썩 주저앉아 열심히 대나무를 뜯어먹고 있었고 또 한 마리는 나무에 걸려(?) 있었고 나머지 한 마리는 그냥 돌아다니고 있었는데, 그냥 커다란 인형 같다.

듣도 보도 못한 동물들도 많다. 하마 비슷하게 생겼지만 크기는 훨씬 작고 주둥이가 뾰족한 "티피"라는 놈도 있고 특이하게 생긴 원숭이며, 야생 멧돼지 같은 놈도 있다. 신나게 구경하고 있는데 옆에 사육사가 있어 개인적인 질문 몇

대나무를 뜯어먹는 귀여운 팬더

가지를 던져봤다. 현재 샌디에이고 동물원에는
7명의 수의사가 상주하고 있으며 외부에서
지원 받는 수의사까지 합치면 그 수만 14명이나
된다고 한다. 그냥 부러울 뿐이다. 우리나라에서
가장 크다는 에버랜드 동물원도 이 정도 인원이
안 될 텐데…… 쩝쩝 입맛만 다셔본다.
또 한 가지 특징은 모든 동물을 설명하는
표지판 하단에는 그 동물이 현재 야생에
많이 존재하는지, 아님 멸종 위기의 동물인지
알려주는 표식이 달려 있다는 것이다. 많은
사람들이 그것을 보면서 다시 한번 야생동물
보호에 관심을 가질 수 있을 듯싶어 우리나라의
동물원에도 도입하면 괜찮겠다고 생각해 본다.
동물원 구경을 마치고 드디어 기다리고

기다리던 샌디에이고 해변으로 GO~. 모래사장에 자리를 잡고 서핑 보드를
빌렸다. 1시간에 14달러! 비싼 감이 없진 않지만 과감하게 질렀다. 한국에 있을
때부터 꼭 한번 배워보고 싶었던 것이 바로 서핑이었는데, 이곳 샌디에이고
해변에서 서핑을 하다니 정말로 믿을 수가 없다. 내 키보다도 훨씬 큰 서핑보드
위에 엎드려서 앞으로 나아가는 방법만 배운 뒤 무작정 바다로 뛰어들었다.
역시 만만한 건 없었다. 보드에 서서 멋있게 파도를 타기는커녕, 수십 차례
파도에 휩쓸려 물만 꼴깍꼴깍 먹다보니 딱 이대로 죽을 것만 같았다. 도전에
도전을 거듭한 결과, 한 시간이 지나자 완전히 탈진상태로 모래사장에
뻗어버렸다. '아~ 사람이 이러다가 물에 빠져 죽는 거구나' 하는 생각마저
들었다. 어쨌거나 오늘 하루도 죽지는 않았다.

별이 빛나는 사막의 밤

하루 종일 이동한 날이다. 그것도 뜨겁디뜨거운 **모하비 사막**을 가로 질러서
말이다.

사막 한가운데 끝이 안 보일 정도로 길게 아스팔트가 뚫려 있는데 그 곳을
지나가는 재미가 그럭저럭 괜찮다. 다만 차에 에어컨을 최대로 틀어도
작렬하는 태양 아래서는 그다지 도움이 되지 않는다는 것뿐.

모하비 사막을 지나 다음에 나온 곳은 **조슈아 트리 국립공원**. 흔히 사막이라면
모래사막일 것이라고 생각하는데 이곳은 그것과는 또 다른 형태의 사막이다.
온통 주변이 자갈밭이다. 드문드문 키 작은 나무들과 선인장들이 박혀 있고
멀리 보이는 산은 바위덩어리뿐이다. 이 국립공원에는 조슈아 트리라는 특이한
형태의 나무들이 자라고 있다. 가장 오래된 나무는 600년이나 됐다는데
나무 몸통에 가시 같은 것이 삐쭉삐쭉 제멋대로 나 있고 나뭇가지 끝도
소나무처럼 생겼다. 반면 사막 한가운데에는 군데군데 거대한 바위산들이
있는데 그 크기가 엄청나다. 형태가 특이한데 마치 고인돌 마냥 바위 위에 또
다른 바위가 올려져 있는 것들도 많다.

예전에 땅속에 파 묻혀 있던 바위들이
오랜 세월 강한 바람에 깎여 땅 위로
드러났고 그러면서 거대한 바위들 사이에
있는 작은 흙들과 모래들이 날아가 저런
형태가 갖춰진 것이라고 한다. 시간과
자연의 힘이 무섭긴 무섭다.
신나게 바위 위로 올라갔다. 군데군데

위험한 부분도 있긴 했지만 무난히 정상까지 올라갈 수 있었다. 사막 한 가운데에 있는 거대한 바위 위, 그것도 강한 바람 속에서 내려다보는 세상은 또 다른 곳이다. 약 1시간에 걸쳐 사막을 체험해 본다. 바위산을 지나 끝없는 사막을 계속 걷는다. 물도 없이 뜨거운 태양 아래서 움직이는 건 굉장히 힘들다. 물기 없이 바싹 말라버린 나뭇가지들은 발목을 할퀴어대고, 작은 자갈들이 자꾸 신발 속으로 들어와 걸음을 더디게 만든다. 하지만 끝없이 걸을 뿐, 다른 방법은 없다.

날이 어둑어둑해질 무렵 캠핑장에 도착했다. 사막 한가운데 정말 아무것도 없는 자갈밭 위에 텐트를 쳤다. 어디선가 사막의 밤은 엄청 춥다는 말을 들은 것 같아 좀 걱정이긴 하다. 맛있게 저녁을 지어 먹고 모닥불을 피고 맥주 한 캔에 살짝 행복감을 느껴본다. 이곳이 마음에 든다. 별이 굉장히 많고 뚜렷하다. 한참 감상에 젖어 있는데 저쪽에서 소리가 들린다. 호기심에 가 보니 엄청나게 큰 망원경과 함께 백발이 성성한 할아버지 두 분이 계신다. 모양새를 보니 별을 관찰하는 천문학자 같다. 평소에도 어느 정도 밤하늘에 관심이 있던 터라 여러 가지 여쭤보니 정말로 친절하게 많은 걸 가르쳐 주셨다. 밤하늘에서 가장 밝은 별이 북극성이라고 알고 있었는데 그게 아니라 북극에 가장 가까운 별이라서 북극성이란다. 우리가 그동안 알고 있었던 북극성이 지금은 새로 발견된 옆에 있는 덜 밝은 별로 바뀌었다고 알려주신다. 덧붙여 페가수스·궁수자리·M13·M45 등 흥미로운 별자리에 대한 이야기도 많이 들려주셨다.

조슈아 트리

어느 곳이나 예술작품이 되는
그랜드 캐니언

오늘은 **그랜드 캐니언**에서 헬리콥터를 타는 날! 아침 8시 반, 헬리콥터 타는
곳으로 이동한다. 헬리콥터는 투어 경비에 들어있지 않고 희망자만 탈 수
있는데, 일행 12명 중 5명만이 탔다. 245달러라는 거금이 드는 일이기 때문에
한참 고민했지만 지금 안 타면 나중에 더 후회할 것 같다는 생각이 들어
과감하게 질러버렸다. 럭셔리 배낭여행이라고 욕 먹어도 할 수 없다. 하고 싶은
건 해봐야 한다. 미래의 나에게 미안하지 않기 위해서 때로는 과감한 지출도
필요하다. 대신 다른 것에서 아끼면 된다.
지금의 나는 극히 가난한 여행을 하고 있다. 같이 투어를 하고 있는 그들과는
또 다르다. 매번 관광지를 갈 때마다 기념품 가게에 들르지만 난 열쇠고리
하나 살 수가 없다. 먹을 것도 마찬가지다. 회비를 걷어서 저녁식사와 아침을
해결하긴 하지만 점심과 중간 중간에 들르는 휴게소에서의 간식거리는 자비로
해결해야만 한다. 난 항상 아침식사를 마친 뒤 바나나와 사과 하나씩을
챙기고, 물통에 물을 채우곤 한다. 눈치가 보이기는 하지만 그걸로 간단하게
간식과 가능하면 점심까지 해결한다. 이렇게 해서 서핑 한 번, 헬리콥터
한 번을 더 탈 수 있는 것이다. 말하면 말할수록 눈물 나는 일뿐이다.
여러 가지 수속을 마치고 간단한 안전수칙까지 익힌 뒤 드디어 헬리콥터에
올랐다. 헬기가 뜨고 1시간 가량의 비행이 시작된다. 가장 먼저 눈에 들어온
건 그랜드 캐니언 정상 고원에 있는 넓은 숲이다. 푸른 물결이 끝없이 이어지는
가운데 군데군데 까맣게 그을린 자국이 선연하게 보인다. 7년 전 대규모의

그랜드 캐니언을 함께 한 친구들과

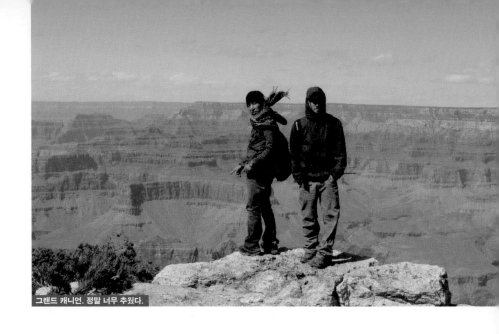
그랜드 캐니언. 정말 너무 추웠다.

산불이 일어나 소중한 나무들이 많이 소실되었다고 한다. 안타까움을 미처
표현하기도 전에 장엄한 그랜드 캐니언의 계곡이 드러난다. 절로 감탄사가
흘러나오는 순간이다. 경계가 뚜렷한 여러 층의 표층들이 보이고, 계곡 사이로
굽이쳐 흐르는 초록 빛깔의 콜로라도 강이 보이고, 기괴한 형상의 암석들이
보인다. 연신 카메라 플래쉬를 터트려대지만 카메라 속의 경관은 내 눈으로
본 감동의 100분의 1에도 미치지 못한다. 용의 형상을 하고 있다고 하여 이름
붙은 **드래곤 스톤**, 그 옛날 그랜드 캐니언을 터전으로 하고 살던 인디언들의
고대 사원들, 그들이 돌에 새겨 넣은 모호한 그림들Stone art까지 "감동적이다"
라고 밖에 말할 수 없는 게 안타까울 뿐이다. 정말로 그 비싼 돈이 하나도 안
아깝다고 생각된다.
아쉽지만 짧은 비행을 마치고 오후에는 그랜드 캐니언 정상부터 산줄기를
타고 중간 베이스 캠프까지 4시간 가량 하이킹을 시작한다. 어디다가 사진기를
들이대도 죄다 예술사진이 나온다. 날씨도 좋아 경관을 감상하기도 그만이다.
오늘밤은 어제보다도 훨씬 춥다. 정말 얼어 죽을지도 모르겠다.

짜릿하고도 아찔한 라스베이거스 경험

어제 오후 느지막히 라스베이거스에 도착. 3주일 만에 처음으로 오전에 여유 있는 시간을 가졌다. 10시쯤 일어나 그동안 밀렸던 일기도 쓰고 인터넷으로 가족들, 친구들과 대화도 나누고 빨래도 하다가 12시부터 라스베이거스 구경에 나선다. 낮에 보는 라스베이거스는 새로운 느낌이다. 수십 개의 대형 호텔들은 안팎이 화려함으로 잔뜩 치장되어 있지만 모든 호텔들 1층에는 수천 대의 슬롯머신과 블랙잭·룰렛 등의 테이블 게임이 가득한 카지노가 자리 잡고 있어 24시간 내내 불나방처럼 모여드는 게임 중독자들과 관광객들을 끌어들인다. 도박과 함께 빼놓을 수 없는 것이 향락이다. 길거리 어느 곳에나 벌거벗은 무희들과 돈만 있으면 언제든지 전화하라는 나체의 여인이 새겨진 전단지가 흩뿌려져 있다. 우리네 유흥가와 다를 바 없지만 우리와는 달리 푸른 눈과 금발의 백인들, 관능적인 남미의 여인들, 흑진주 같은 흑인들까지 세계 모든 여인네들의 사진이 널려있다는 것이 조금 다를 뿐이다.

여기는 주말과 평일, 밤낮이 별로 구별되지 않는 듯, 이미 수많은 인파들이 라스베이거스 거리를 가득 메우고 있다. 가이드북에 보면 모든 볼거리들이 시간별로 나와 있어 조절만 잘하면 꽤나 짜임새 있는 구경을 할 수가 있다. 거의 모든 호텔들이 각기 하나 이상의 특징들을 가지고 매시간 마다

리무진 타고 라스베이거스 만끽하기

구경거리들을 제공하기 때문에 그것들만 보러 다닌다 하더라도 하루가
짧다. 더군다나 모두 무료이므로 나같은 배고픈 여행객에게는 더 없이 좋은
볼거리이지 않겠는가?

몇 팀으로 나뉘어져 정신없이 돌아다니다가 저녁에는 모두 모여 중국
레스토랑에서 식사를 한 뒤 밤 10시에 트레져 아일랜드 호텔 앞에서 하는
해적쇼를 관람했다. 스케일이 상당히 크고 여러 가지 볼거리도 많았다.
길거리와 호텔에 포진해 있는 몇 개의 유명 클럽도 들어가 보고 카지노에 가서
살짝 슬롯머신도 맛봤다. 10달러 정도 투자했는데 결과적으로 1달러 정도 딴
것 같다. 도박이라는 게 참 무섭다. 차라리 돈을 잃으면 그만둘 수가 있지만
돈을 따면 조금 더 배팅할 걸 하며 아쉬운 기분부터 든다. 그러면서 다음
판부터 더 큰 돈을 기계에 밀어 넣게 되고, 그 순간 파멸의 길로 들어서는
것이다. 다행히 나는 그다지 소질도 없는 것 같아 한편으로 오히려 안심이다.
어쨌든 이렇게 내 인생 최초의 라스베이거스 경험도 끝나간다. 화끈한
무언가가 없어서 조금 아쉽기는 하지만 여행비용을 탕진하지도 않았고, 술에
취해 사고가 나지도 않았으니 만족하련다.

나파 밸리에서
맛있는 와인을…

라스베이거스를 떠나 **새크라멘토**로 간다. 새크라멘토는 캘리포니아 주의 수도로
오랜 전통을 가지고 있는 도시다. 올드 타운에 들러 태국 요리를 먹은 뒤, 사탕
가게랑 초콜릿 가게, 할로윈 의상 파는 곳도 들어가 보고 길거리에 관광객들을
싣고 다니는 작은 마차도 구경했다. 보면 볼수록 아담하게 귀여운 도시다.
오후에는 나파 밸리라는 유명한 와이너리와인을 만들어 내는 소규모 농장로 향한다.
나파 밸리는 캘리포니아의 대표적인 와이너리로 한 해 동안 생산되는 와인은
비록 캘리포니아 전체 생산량의 5% 정도 밖에 안 되지만 품질로 볼 때 이미
세계적으로 우수한 와인들과 어깨를 견줄만한 훌륭한 와인을 생산해 내고
있다. 포도밭도 삼엄한 경비 하에 잘 관리되고 건물도 예쁘게 잘 지어져 있어
많은 관광객들을 불러들이고 있다. 그 중에서도 가장 좋은 건 저렴한 가격으로
많은 와인들을 맛 볼 수 있다는 것이다. 나도 5달러를 내고 5가지의 품질
좋은 와인을 시음해 봤는데원래 4가지 맛 볼 수 있는데 소믈리에 아저씨가 특별히 한
잔 더 주길래 나도 과감하게 1달러를 팁으로 드렸다. 마치 깊은 숲속 고요한 호숫가에
앉아 있는 나신의 여인이 연상되는 부케와 함께 혀를 타고 피어오르는 아찔한
탄닌의 맛을 느낄 수 있었다. 어쨌든 맛있더라!
이놈의 팁과 세금이 사람 잡는다. 미국에 와서 벌써 한 달이 다 되어 가는데도
불구하고 거의 유일하게 적응이 안 되는 것이 이 팁과 세금이다. 미국은
음식을 비롯하여 모든 서비스에 팁과 세금이 붙는다. 아무리 메뉴판에
'9.99달러'라고 적혀 있더라도 그게 내가 지불해야 할 돈이라고 생각하면 큰 코

다친다. 팁과 세금을 합하면 적어도 12달러 이상은 각오해야 한다. 식당에서 일하는 사람들은 팁을 받으면 무조건 모아서 머릿수대로 나눠서 갖게 되는데, 월급이 적은 서비스 직종에게 팁은 중요한 수입원이 된단다. 그러니 불평할 수도 없다. 이렇게 낯선 새로운 문화를 겪어보는 것도 여행의 묘미라고 생각하련다.

요트를 타고
금문교의 노을을 감상하다!

2주일간 여행의 마지막 날. 내일은 짐싸고 빠이빠이 하면 끝나기 때문에
실질적으로 오늘이 마지막 날이다.

오전에는 저번에 못했던 샌프란시스코 관광을 마저 한다. 캐스트로 거리를
가고 차이나타운을 가고 유니언 스퀘어를 가고 **피어 39**Pier 39에 간다. 또 다시
기분이 묘하다. 우선 체력이 바닥을 보이고 있다. 한 달간 하루도 제대로 쉰
적이 없다. 강행군에 강행군을 거듭하다 보니 몸이 많이 축난 게 느껴진다.
이제 슬슬 휴식을 취해야 할 때가 된 것 같다. 하지만 그게 다가 아니다.

저번에 동부 여행 때도 느꼈던 건데 난 이별에 익숙하지 못한 듯싶다. 분명
만남이 있으면 이별이 있고 또 다른 만남에 설레이는 것도 사실이지만 어떤
'익숙함'을 떠나 '낯선' 곳에 뛰어드는 것이 아직은 서투르다. 하지만 거꾸로

알 카포네가 갇혀 있었던 악명 높은 알카트레즈 감옥

말하면 그만큼 정이 많기 때문이라고 할 수도 있지 않겠나? 이번에도 그렇다. 하루 종일 바쁘게 돌아다닌 후 저녁에는 피어 39에서 요트를 탔다. 여행의 대미를 장식하는 럭셔리 요트 여행! 알 카포네가 갇혀 있었고 그 누구도 탈출에 성공한 적이 없다는 악명 높은 **알카트레즈 섬**을 한 바퀴 돌아보면서 저녁만찬과 두 잔의 음료가 제공되는 호화 여행이다. 참, 피어 39에서는 신기하게도 바다사자^{Sea Lion}들을 볼 수 있다. 1989년 샌프란시스코 대지진 이후에 갑자기 출몰하여 지금까지 저렇게 부둣가에 나와서 휴식을 취하는 모습을 볼 수 있는데 역시 관광산업의 대부 미국답게 그것 또한 관광자원으로 개발, 수많은 사람들을 끌어 모으고 있다. 300여 마리는 될 것 같은 바다사자들이 마치 일광욕이라도 하는 것처럼 선착장에 올라와 있는데 그 모습이 장관이다.

요트 여행은 한마디로 끝내줬다. 요트를 타고 차가운 바다 바람을 가르며, 손에는 한 잔의 와인을 들고, 금문교에 걸려 저 멀리 수평선 너머로 지고 있는 샌프란시스코의 노을을 감상하는 그 기분은 도저히 말로 표현하기 힘들 정도다. 세상의 낭만적인 분위기는 죄다 가져다 놓은 것 같다.

피곤한 몸을 이끌고 캠핑장으로 돌아와 보니 아직 수영장이 열려 있다. 몇 명의 친구놈들과 함께 수영장에 들어가 수영도 하고 따뜻한 노천탕에도 들어가 앉아 있으니 이제 정말로 2주간의 '캘리포니아 드리밍'이 끝났다는 것을 실감할 수 있었다. 투어 리더의 말에 의하면 4800마일, 즉 4000㎞를 이동했다고 한다. 서울과 부산을 5번이나 왕복하는 거리. 2주간 정말 빈틈없이 돌아다녔고 그만큼 많은 것을 보고 느낄 수 있었다. 어쨌든 이동수단과 잠자리와 경로가 보장되는 패키지 여행이지만 장기 여행의 처음 시작으로서, 적응기간은 무사히 마친 것 같다. 앞으론 정말 나 혼자 모든 것들을 계획하고 부딪혀 헤쳐 나가야 하겠지만 이런 형태의 여행도 나쁘진 않다는 생각이 든다.

멸종위기 동물을 보다

샌프란시스코 피어 39. 빠삐용의 섬 알카트로스로
유명한 그 곳에 새롭게 추가된 관광요소가 있다.
바로 피셔맨즈 워프에 길게 누워 있는 바다사자
무리들이다. 실제 바다사자들의 서식지는 이곳이
아니었다. 라니냐로 인한 기상 이변으로 아프리카
서식지의 수온이 더워지자 이곳으로 '피난'을 온
것이다. 피어 39에서 내가 본 바다사자들은 슬퍼
보였다. 수없이 많은 개체들이 부두위에 올라선
채 햇볕을 받고 있었지만, 그들의 눈빛에는 미래가
없어 보였다. 인간이 만든 환경 변화가 이들을 한낱
구경거리로 전락시켜 버린 것이다.

바이에스타 섬의 펭귄과 펠리컨들

이와 대조적인 풍경을 만들어냈던 곳이 남미의 작은
갈라파고스, 바이에스타 섬이다. 페루에서 배를
타고 들어가야만 볼 수 있는 이곳은 야생동물들의
천국이다. 섬 전체를 네 등분으로 구획지어 바닷새·
바다사자·펠리컨·펭귄들이 사이좋게 옹기종기 모여
살고 있었다. 어떤 과정에 의해서 그들의 영역이
생겼는지는 알 수 없지만, 마치 그들만의 마을을
구성하듯 각 개체의 서식지가 정확하게 구획되어
있었다. 이곳 바이에스타 섬은 한 때 페루·영국·
프랑스 3국 전쟁의 발단이 되기도 했다. 그게 다
'똥' 때문이다. 분뇨가 거름을 만드는 중요한 원료로
쓰였던 당시 페루는 바이에스타 섬에 가득 쌓인
바닷새의 분뇨를 영국과 프랑스로 방출하도록
허용했는데, 어느 날 생각해 보니 배가 아팠던 게지.

그래서 페루가 '똥'의 소유권을 주장하고 나선 것이
전쟁의 시작이었다고 한다. 그런 과거는 잠시, 지금
바이에스타는 멸종위기 동물의 천국이다. 바다사자
새끼들이 아무런 위협 없이 해변에서 물장구치고
까륵 까륵 뛰어다닌다. 새끼와 어미가 어우러져
'가족'을 이룬 모습이 더 할 나위 없이 행복해 보인다.
이곳을 관광하는 사람들은 절대로 배에서 내릴 수
없고, 오직 배 위에서 그들을 바라만 볼 수 있을
뿐이다.
나는 이 섬에서 파라다이스를 보았다. 처음으로
미래를 꿈꾸게 되었다. 한국에도 바이에스타처럼,
멸종위기 야생동물의 천국을 만들어 보리라.
무책임하게 풀어놓았다 죽임만 당하는 반달곰의
사례는 야생동물 보호정책이 될 수 없다. 애초에
그들이 공존했던 환경을 조성해 주고, 그들 나름의
먹이사슬을 되찾는 그런 공간을 만들고 싶다.
마치 쥬라기 공원처럼 한국의 섬 하나를 떼어
야생동물 서식지로 만드는 건 어떨까? 그런 공간이
만들어지면, 독자 여러분을 꼭 초대하고 싶다.

★ **참고** 펭귄? 하며 고개를 갸웃거리신 분들이 있을
것이다. 펭귄은 남극에만 사는 거 아니었어? 실제로
총 17종의 펭귄 중 추운 곳에 살고 있는 펭귄은 오직
7종뿐이다. 더운 지역에 사는 펭귄도 있다.

바다 코끼리

여행,
그리고 동행의 의미

3일간의 **샌프란시스코** 여행이 다시 시작되었다.
한국에서 세계여행을 준비하는 사람들 까페에서 알게 된 인이 형님은
나보다 1주일 늦게 출발해서 홍콩과 캄보디아를 들려 미국으로 오셨다는데
며칠 전부터 인터넷으로 같이 숙소 예약하고 계획을 짜서 3일간 함께
샌프란시스코를 습격(?)하기로 했다.
오후 1시에 창밖으로 금문교가 내다보이는 숙소에서 접선, 재회의 기쁨을 잠시
나누고 서둘러 관광에 나선다. 우선 바다사자가 득실거리는 피어 39로 고고!
그곳의 명물인 클램차우더 동그란 바게뜨 빵 안에 해산물 스프 등을 넣어서 먹는 요리를
먹고 냄새나는 바다사자도 다시 보고 쇼핑몰 구경도 한다. 그래도 며칠 먼저
와서 구경했다고 나름 가이드 노릇을 해보지만 다시 봐도 신기한 건 어쩔 수
없다.
시간에 쫓겨 "왔소갔소" 식의 구경만 하다가 느긋하게 걸어 다니며 이곳저곳
둘러보니 저번에 못 보던 것들이 눈에 많이 들어온다. 여행 십계명 중 "아는
만큼 보인다!"라는 말이 있다. 사전 정보가 중요하고 미리 공부를 하고 가면
그만큼 더 볼 수 있다는 말이기도 하지만 거꾸로 말하면 "아는 것만 보고
온다!"라고 할 수도 있는 것이다. 큰 대로에서 한 골목만 벗어나도 전혀 다른
새로운 풍경을 만나게 되는 법. 물론 그만큼의 위험부담과 시간소비는 온전히
내 책임으로 돌아오겠지만 그 정도의 노력과 수고를 들일만한 충분한 가치가
있을 경우에는 과감한 결단과 투자를 퍼 부어야 할 때도 있는 법이다.

사진도 많이 찍었다. 개 등에 고양이가 올라 앉아 있고 또 그 등 위에 쥐가
앉아 있는 자연의 법칙을 뛰어넘는 말도 안 되는 상황을 벌여 놓고 관광객의
발길을 붙잡는 노인의 사진, 악어모양을 비롯해 갖가지 형상의 신기한 빵들,
곧게 쭉 뻗어 있는 길 틈 사이에 끼어 있는 담배꽁초, 철조망 쳐진 어린
아이들의 학교들까지, 그 모든 것에 숨어 있는 사연들이 궁금하다. 끝없는
호기심. 과학도이자 여행객으로서 죽어도 잃지 말아야 할 중요한 척도가
아닐까 싶다.
저녁에는 숙소에 돌아와 가볍게 맥주도 한잔 했다. 샌프란시스코 특산
맥주라는데 맛은 그저 그렇다. 마음이 맞는 동행이 있다는 건 굉장한 행운이다.

개방적인 게이 문화,
그것은 충격이었다

처음으로 샌프란시스코의 버스에 도전해본다. 뉴욕과는 달리 이 곳 샌프란시스코에는 지하철이 없다. 대신 무니^{Muni}라고 불리는 전차 비슷한 버스가 다니는데 거미줄처럼 얽히고설켜 시가지를 더욱 복잡하게 만드는 요인 중 하나다. 어쨌든 더 이상의 뚜벅이 생활은 무의미하다고 판단, 무니에 도전하기로 결정했다. 요금은 1.5달러. 조금 비싼 감이 없진 않지만 대신 한번 타면 1시간 반 동안은 몇 번을 타던지 상관없다.

점심을 먹으러 시장에 갔다. 시청 주변 광장에서는 일주일에 한 번씩 이렇게 장터가 열린다. 과일·야채·꽃·먹거리들까지 북적북적 대는 시장바닥에 나가보니 우리 일상과 다를 바 없다. 열심히 돌아다니며 샘플로 주는 것들만 집어먹어도 점심 한 끼 정도는 그냥 해결될 수 있을 듯. 하지만 발길을 끄는

건 지글지글 통째로 구워지고 있는 치킨 바비큐와 타믈레tamle라는 멕시코 요리다. 길거리 음식이지만 사람들이 길에 줄 서서 기다리고 있는 걸 보니 꽤나 맛있어 보인다. 한참 기다려서 나온 요리는 과연 실망스럽지 않았다. 양도 꽤 많고 가격도 저렴한데다가 정말 맛있다. 그득해진 배를 붙잡고 소화도 시킬 겸 천천히 **캐스트로 거리**Castro street 쪽으로 걸었다. 가는 길에 부랑자들과 알콜 중독자들이 널부러져 있는 동네를 지나니 긴장감이 든다. 상점들도 구경했다.

캐스트로 거리가 다가오면서 거리에 게이들의 상징인 무지개 깃발이 하나둘씩 보이기 시작한다. 그들의 문화를 설명하자면 끝이 없다. 신의 섭리를 거역하여 이제껏 단 한 번도 주류로 나온 적은 없지만 사회의 음지 속에서 인류의 역사만큼이나 끈질기게 버텨온 이반의 문화. 이해할 수는 없더라도 인정은 해 달라고 끊임없이 소리쳐온 그들에게 올해는 큰 변화의 시점이다. 현재 캘리포니아 주의회에 동성연애자들 간의 결혼을 인정하는 법안이 올라가 있는데 이것이 그 유명한 'Vote No. 8'이다. 지금까지 다녀본 미국 전역에서 어디서나 흔하게 볼 수 있는 팻말이 오바마를 지지하는 것과 함께 바로 이 법안을 반대한다는 팻말인데 모든 사람이 관심을 가지고 예의주시하고 있는 사안이다.

몸으로 접한 캐스트로 거리의 문화는 너무나 충격적이다. 물론 우리나라도 이태원이나 용산 쪽에서 암암리에 존재하고 있긴 하지만, 상상 속에서만 존재하던 일들이 여기서는 너무나 공개적으로 벌어지고 있다. 낮이라 그런지

길거리 여기저기 앉아있는 나이 지긋하신
게이 노인들, 횡단보도에 서 있는 여장 남자들,
그들을 위한 옷가게와 서점들까지. 조금 더
자세히 보기 위해 들어가 본 DVD 대여점에는
한쪽 구석에 천으로 가려져 있는 곳에 눈으로
봐도 믿기 힘든 것들이 진열되어 있었다. 게이·
레즈비언·양성애자·하드코어 등등 상상을
초월하는 온갖 것들이 산더미 같이 쌓여
있는데, 스스로 꽤나 개방적이라고 생각해 왔던
나조차도 너무 충격적이었다. 잠깐 머리 식히러
들어간 바에서도 상반신을 벗고 있는 바텐더가
서빙을 보고 있으니 할 말 다했지 뭐.
세계 여러 곳을 돌아다니다 보면 꽤나 흔하게
접하게 된다던데 과연 내가 적응을 할 수
있을지는 잘 모르겠다.
저녁에는 다운타운을 둘러보고 차이나타운을
지나 숙소까지 걸어왔다. 혼자서는 절대 할 수
없겠지만 동행이 있으니 가능한 것 같다. 그래도
조심, 또 조심한다.

리셋 버튼이 필요해!

오전에 서둘러 무니를 타고 처음 간 곳은 **SF MOMA**. SF 영화관 비스무레한
게 아니라 샌프란시스코 근대미술 박물관이다. 여기서는 국제 학생증으로
할인을 받아 3.5달러에 입장 성공! 이제 어디를 가든지 할인을 못 받으면 왠지
손해보는 느낌이 든다.
어쨌든 구경을 시작했다. 하지만 그다지 놀라운 것들은 없다. 뉴욕에서 워낙
엄청나고 방대한 양의 전시물들을 봐서 그런지 여긴 그저 그렇게 느껴진다.
이게 또 사람 죽이는 일이다. 여행에 나서서 처음으로 굉장하고 멋진 것들을
접할 때는 감동적이다. 하지만 그게 반복될수록 마치 마약중독자마냥 더 나은
것을 찾게 되는 것이다. 교회나 성당 같은 건물들에서 특히 그런 증상이 많이
나타나는데 나중에는 그게 그거처럼 보이고 처음의 감동은 온데간데 없이
사라져 버린 나머지 지루함까지 느끼게 된다고 한다.

나야 아직 초기니까 그 정도까지는 아니지만
이미 그랜드 캐니언, 나이아가라 폭포 같은
것들을 보고 나니 마음 한 구석에서 조금씩
그런 생각들이 자라나는 듯싶다. 솔직한
심정 같아서는 리셋 버튼이라도 누르고 다시
시작하고 싶지만 수도승의 마음으로 감동의
수위를 절제하는 수밖에.

마르셀 뒤샹의 〈샘〉

그래도 몇몇 인상적인 작품들도 보인다. 또
다시 내 마음에 쏙 드는 로베르토 마타Roberto
Matta라는 칠레 화가도 알게 되었고, 그 유명한
마르셀 뒤샹Marcel Duchamp의 <샘Fountain>이라는 작품도 볼 수 있었다. 이 작품은
근대미술사에서 한 획을 그은 작품인데 남자화장실에서 흔히 볼 수 있는 남성용 변기를 가져다
놓고 분수(샘)라고 이름 붙여 놓았다. 물론 당시에는 많은 관람객들로부터 비난을 받았고 실제로
훼손될 뻔한 위기도 여러 차례 있었다고 한다. 하지만 사상의 전환과 일상생활 속의 모든 것이
예술의 소재가 될 수 있다는 측면에서 주목을 받았고, 이후 그의 영향을 받은 많은 작가들이
형식에 얽매이지 않고 좀 더 자유롭게 표현할 수 있는 포스트 모더니즘의 세계로 나아가게 되는
계기가 되었다고 한다.

여기는 10월 31일에 있는 할로윈 때문에 난리다. 대부분의 상점들은 할로윈에
맞춰 으스스한 인테리어를 꾸며놓고 있고 곳곳에 할로윈 의상을 파는 곳이
성업 중이다. 그 중 가장 큰 곳을 찾아 들어가 보니 온갖 파티 소도구부터
공포 영화 주인공들까지 없는 게 없을 정도로 꽉꽉 들어차 있다.

빈티지 패션의 중심지 **하이트 애쉬버리**Haight Ashbury 거리에 가서 여러 가지 상점
구경도 하고 저녁에는 코리안타운과 재팬타운으로 향한다. 그동안 너무
샌프란시스코의 뒷골목만 돌아다녀서 그런지 한결 밝고 세련된 이쪽 거리가
그리 반가울 수가 없다. 맛있는 커피 전문점에서 커피 한 잔을 사들고 벤치에
앉아 잠시 휴식을 취하며 사람들 구경을 하고 있으니 행복감이 절로 든다.

오늘은 인이 형님과의 마지막 밤. 한국 상점에서 라면을 사고 맛있는
캘리포니아 와인도 한 병 샀다. 숙소로 돌아와 라면을 끓이고 있으니 같은
방에 묵고 있는 브라질 청년과 국립공원 보안관이 직업이라는 시카고 청년이
합류하게 되었다. 의사소통이 그리 호락호락하지만은 않지만 그게 무엇이
중요하리오? 같은 여행자로서 한 마음으로 서로의 음식을 나눠먹으며
끊임없이 얘기를 나눴다. 너무나 자유롭고 소중한 시간들이다.
인이 형님은 내일 LA를 거쳐 멕시코로 향한다. 나보다 두 달 먼저 중남미로
내려가는 걸 보니 괜히 알 수 없는 조바심이 생긴다. 시기상으로는 기약 없는
이별이지만 웬지 다시 만날 수 있을 것 같은 기분이 든다.

미국의 동물복지가 부러워

UC 데이비스에 있는 사촌 은미 누나네 집을 방문했다. 대학교수인 누나와
매형은 한인사회의 이민 2~3세들을 위한 한인 학교와 장애인들의 복지개선에
앞장서고 있는 자랑스러운 분들 중 하나다.
UC 데이비스는 수의과가 유명한 학교인 만큼 지역 내의 유기견 보호소와
협력하여 주인 없는 강아지들에게 새로운 주인을 찾아주는 장소가 마련되어
있다. 한 번 주인을 잃은 유기견들은 정서적으로 매우 불안정한 상태에 있기
마련이다. 물론 처음 발견될 때에는 땟국물이 줄줄 흐르는 불결한 상태였을
테지만 깨끗하게 목욕시키고 손질한 후, 수의대 병원에서 책임지고 혹시나
있을지 모를 기생충이나 질병들을 관리하여 새로운 주인을 찾아주는
복지사업으로 유명하다. 이것이야말로 수없이 많은 유기견들에게, 그리고
소중한 반려동물을 필요로 하는 사람들에게 기쁨을 선사할 수 있는 일이다.
다른 측면으로는 수의대 자체로도 좋은 인상을 심어줄 수 있는 홍보의 기회가
될 수 있을 테니 아주 좋은 발상인 듯싶다.
직업이 직업이니 만큼 미국에 와서 동물과 관련된 많은 곳을 주의 깊게
살펴보고 있다. 동물원도 가고 눈에 띄는 애견용품점도 가보고 당연히 여러
동물병원들도 방문해 봤다. 총체적으로는 동물 복지에 대한 인식이 많이
발달해 있는 듯한 느낌을 받았다. 우선 동물을 키우고 있는 사람들 수가
절대적으로 많고 제도적으로도 잘 뒷받침되어 있다. 일례로 자기 집에서라도
개에게 폭력을 행사하다가 옆집 주민들의 신고가 들어가게 되면 그 즉시
동물 보호 단체에서 방문하여 개를 데리고 간다고 한다. 그 외 기본 진료비의
차이우리나라와 단순 비교할 때 2~3배 이상 차이가 난다, 동물병원의 포화도, 수의사에

대한 대우와 인식여자 수의사가 배우자 선호 1위라는 말까지 있을 정도로 사회적으로 인정받고 있다.까지 여러 면에서 부러운 면이 있다.

마켓 구경을 하고 감을 따러 갔다. 이곳 사람들은 단감이나 홍시를 별로 먹지 않는다. 감나무는 주로 관상용일 뿐, 사방에 주렁주렁 감이 열려 있지만 그대로 방치되어 있는 것을 볼 수 있다. 장갑에 사다리까지 제대로 중무장을 하고 찾아간 곳은 약간 외각에 있는 전원주택. 전부터 교류가 있었던 UC 데이비스 교수 가족이 살고 있는 곳인데 양해를 구하니 가져가고 싶은 만큼 얼마든지 따도 좋다는 허락을 받았다. 빨갛게 제대로 달아오른 홍시를 따는 작업이 제법 흥겹다. 어렸을 때 시골에 있는 큰집 감나무에서 홍시를 딴 이후로 매우 오랜만에 해보는 것 같다.

UC 데이비스 수의과 대학의 동물보호 활동

스노보드의 천국
휘슬러에서 꿈을 이루다

캐나다 휘슬러에 왔다.

난 스노보드를 좋아한다. 고등학교 2학년 때 처음 배운 보드는 내 삶 그
자체라고 할 수도 있다. 당시에는 보드를 타는 사람들이 몇 명 없었고 몇몇
스키장에서만 제한적으로 스노보드를 탈 수 있는 슬로프 한두 개를 오픈시켜
주던 시절이다. 그동안 우리나라에도 스노보드가 많이 보급돼서 올해로 치면
13년째 보드를 타고 있는데, 그 13년 내내 이 곳 캐나다 휘슬러는 나에게
'꿈'이자 '평생 한번은 꼭 가보고 싶은 곳'이었다. 사실 스노보드를 제법 오래

탄 사람이 아니고서는 "휘슬러에서 보드를 탄다"는 것을 이해하기는 절대 불가능할 것이다.

휘슬러 스키장은 블랙콤 마운틴Blackcomb mountain과 휘슬러 마운틴Whistler mountain 두 개의 산으로 이루어져 있는데, 정식 슬로프만 250개가 넘는다. 하지만 대부분의 사람들이 다들 펜스 밖으로 나가서 나무 사이사이를 헤치며, 또는 절벽에서 뛰어내리는 라이딩을 즐기기 때문에 슬로프는 그다지 큰 의미가 없다. 작년 시즌에 이곳에 있었던 친구 얘기를 들어보면 3개월을 하루도 빠지지 않고 매일 산에 올라가서 보딩을 즐겼는데도 불구하고 스키장의 4분의 1도 못 가봤다니, 그 규모는 이미 내 상상의 범주를 넘어 서 있다.

지금 그곳에 와 있으니 나는 운이 너무 좋다. 미국을 떠나서 캐나다 밴쿠버 공항에 도착하자마자 휘슬러로 들어오는 버스를 타고 당일 저녁에 도착했다. 미국에서 올 때 보드도 새로 하나 장만했고 시즌권도 구했고휘슬러는 11월 말에

개장해서 7월 말까지 탈 수 있다. 장장 8개월 동안 하루 리프트 티켓이 10만원이 넘고, 시즌권 값만 해도 200만원이 넘는다. 다행히 난 아주 싼 가격으로 2주간 탈 수 있는 시즌권을 얻었다.

모든 준비를 마쳤다. 이제 꿈을 만끽하는 일만 남았을 뿐.

도착한 다음날은 휘슬러 개장일. 곤돌라를 타고 산 정상으로 올라간다. 가만히 있었을 뿐인데 옆에 같이 타는 친구가 넋이 나간 사람마냥 입이 귀에 걸려 있다고 한마디 한다. 아무것도 들리지 않는다. 벅차오르는 감동에 기분이 멍하다. 눈물이 날 것만 같다.

정상에서 새로 산 부츠를 신고 바인딩을 단단히 메고 천천히 내 인생 최초의 휘슬러 첫 라이딩을 시작한다. 눈 감촉이 한국에서 느끼던 그것과는 차원이 다르다. 생전 처음으로 자연설 파우더에서 보드를 타는 것. 한두 번 서서히 몸을 풀고 제대로 즐기기 시작한다. 펜스를 넘어 산 속으로 들어간다. 예년에 비해 눈이 많이 안 와서 군데군데 작은 나뭇가지와 바위들이 보이긴 하지만

그것이야말로 익스트림 라이딩의 진짜 매력. 허리까지 쌓여 있는 자연설 속에 보드가 자꾸 박혀 앞으로 나아가는 일이 그리 호락호락하지는 않고, 바위에 긁혀 보드 바닥이 엉망이 되는 게 느껴지긴 하지만, 그 모든 것은 아무런 상관이 없다. 미친 듯이 사진을 찍어대고 미친 듯이 보드를 타다보니 온몸이 땀으로 흠뻑 젖었다. 그제야 라이딩을 마치고 숙소로 내려온다. 여긴 4시면 해가 져서 깜깜하기 때문에 스키장도 3~4시까지 밖에 하지 않는다. 숙소 야외에 있는 수영장과 뜨거운 온천에 녹초가 되어 버린 몸을 푸욱 담그고 앉아 있으니, 이 모든 것들이 꿈같아서 도저히 믿어지지가 않는다.

2

중미 멕시코·과테말라·파나마

지금은 캐나다 밴쿠버를 떠나 멕시코로 향하는 비행기 안이다.

또 다른 세상이 열리고 있다. 사람들이 달라지고 있다. 영어가 어느덧 희미하게

사라지고 다들 스페인어를 사용하고 있다. 처음 한국을 출발하던 때와 기분이

비슷하다. 하나도 못 알아듣겠고 어안이 벙벙하다. 하지만 이상하게도 마냥

당황스럽거나 걱정스럽지만은 않다. 약간은 신기하고 기대감에 들떠 있다.

...

우려했던 일이 결국 벌어지고 말았다.

언제나 조심하고 또 조심한다고 했음에도 불구하고, 막상 이런 일이 내게 벌어지고 나서

보니 속수무책일 수밖에 없다.

과달라하라를 떠나 과나후아토로 가기 위해 아침 일찍 서둘러 숙소를 나서

버스터미널로 향하는 길. 아침에 서두르느라 제대로 못했던 가방 정리를 하고

다이어리를 꺼내서 밀린 일기도 쓰고 그러는 와중 불현듯 서늘한 기분이 들어 고개를

돌려보니, 동행하는 친구의 작은 배낭이 보이지 않는다.

결국 경찰이 우리를 안내센터에 데려가 통역을 통해 여러 가지를 물어보기 시작한다.

손짓발짓 동원하여 대화를 시도해보지만 가방을 찾을 수 있겠냐는 질문에는 고개만

절레절레 흔들 뿐, 이미 도둑은 멀리 도망가 버렸을 것이 분명했다.

우선 과나후아토 행 버스티켓을 한국 대사관이 있는 멕시코시티로 바꾸고 사건

수습에 나선다. 한국에 있는 카드회사에 전화해서 카드부터 정지시키려고 하는데,

시간상으로는 30분도 안 된 그 짧은 사이에 도둑놈이 약 100만원이나 되는 돈을

카드에서 빼서 쓴 정황이 포착됐다. 기가 막힐 노릇이다. 다시 새 여권을 발급받기

위해서는 경찰서에 가서 신고를 한 뒤 기록을 남겨야 하고, 그 서류를 들고 대사관으로

가서 접수를 해야 한단다……

신명나게 걸었던
멕시코 첫 날

멕시코 과달라하라에서 맞이하는 첫 번째 날.

어제 새벽에는 어떻게 잠이 들었는지도 모르겠다. 공항에서 수속을 마치고
나온 시각이 새벽 1시 반. 우선 호스텔까지 가는 택시를 잡아타고 무작정
숙소로 향했다. 하지만 막상 와 보니 방이 없단다. 한참을 옥신각신 하다가
결국 새벽 2시에 무거운 배낭을 들쳐 메고 위험하기로 악명 높은 멕시코
밤거리를 다시 또 헤매기 시작했다. 무섭기도 하고 피곤하기도 해서 나도
길거리 한쪽 구석에 침낭 펴고 자볼까 잠시 고민도 해봤다. 다시 한참을
헤매다 결국 처음 갔었던 호스텔 앞에 도착한 게 새벽 3시. 잠자고 있던
직원을 깨워 내 처지를 설명하고 그냥 바닥에서 침낭 펴고 자도 되니
들여보내만 달라고 사정한 결과, 겨우 공동으로 쓰는 방의 침대 한 칸을 얻을
수 있었다. 오랜 비행과 멕시코 밤거리를 방황하면서 얻은 스트레스 때문에
머리를 붙이자마자 곯아떨어져 버린 듯하다.

멕시코에서의 첫 여정이 시작되고 있다. 숙소 바로 앞에 있는 길거리로
나가보니 사람들이 북적거리고, 길거리에 서면 동물원의 원숭이 보듯 사방에서
날카로운 시선이 꽂히는 것이 느껴진다.

과달라하라 구경에 나서기에 앞서 현재 멕시코의 도시가 형성된 기원을
알아야만 한다. 멕시코는 기원전 1200년 경에 성립된 올멕 문화를 비롯해
떼오띠오아깐·마야·똘텍·아즈텍 등 고도로 발전된 문명들이 흥망성쇠를
거듭해 왔다. 하지만 1519년 에르난 꼬르떼스^{Hernan Cortes}가 거느린 약 500명의

식민지화의 초석이 되었던 대성당

스페인군에 의해 멕시코 원주민 정복의 역사가 시작된 후, 약 300년 동안 나라는 황폐해지고 많은 사람들이 학살당하면서 철저하게 식민지화되었다. 그 첫 번째 단계로서 우선 천주교를 앞세워 큰 대성당Catedral, 까떼드랄을 짓고 바로 옆에 커다란 광장Plaza, 쁠라야을 만든 뒤 그 주변으로 여러 행정부들을 설치했다고 한다. 그래서 멕시코에 있는 거의 대부분의 도시 중심부는 이런 형태를 띠고 있다.

우선 대성당을 방문했다. 엄숙한 분위기 속에 수시로 열리는 미사로 인해 자세히 보지는 못했지만 내부는 굉장히 화려하게 장식되어 있었다. 멕시코 사람들의 약 90%가 천주교 신자라고 하니 종교가 가진 엄청난 파워가 몸으로 느껴진다. '역사적인 거리Historical Route'라고 명명된 길을 따라 걷다보니 적어도 200년은 훌쩍 넘을 법한 건물들이 줄지어 나타난다. 그 중 한 곳에서 거대한 무랄Mural을 만날 수 있었다.

멕시코에는 가장 유명한 3명의 화가를 빼 놓을 수 없는데, 그들이 바로 디에고 리베라와 프리다 깔로둘은 연인 사이이다, 그리고 호세 끌로멘떼 오로스꼬다. 여기서 만난 무랄벽화이 한 지방의 일개 사제에 불과했지만 오랜 식민 지배 끝에 멕시코 독립의 불길을 일으켰던 히달고 신부Miguel Hidalgo를 그린 그 유명한 오로스꼬의 <일어나라 히달고>라는 벽화다. 궁전의 천장에 그려져 있어 바닥에 눕다시피 해서 감상을 할 수밖에 없었는데, 그림이 그려진 암울했던 시대상과 맞물려 오로스꼬의 의지가 그대로 전해지는 듯해서 한참 동안이나 자리를 떠날 수가 없었다.

손수 짠 옷가지를 파는 원주민 아낙네들

여러 곳들을 정신없이 구경하다보니 슬슬 출출해져 따꼬^{Taco}를 먹었다.
멕시코의 대표 먹거리인 따꼬는 물에 불린 옥수수 반죽을 얇고 동그랗게
밀어서 구운 또르띠야^{Tortilla} 속에 쇠고기와 돼지고기, 닭고기와 양고기, 내장 등
다양한 재료들을 싸서 먹는 것이다. 거기에 살사 메히까나^{Salsa Mexicana}라 불리는
멕시코의 대표적인 소스와 함께 특유의 진한 향을 내는 고수풀도 듬뿍 넣어서
먹는다. 값도 싸고 길거리 어디에서나 흔하게 볼 수 있다.
시장도 구경했다. 여기선 **메르까다**^{Mercada}라고 하는데 우리의 재래시장과 매우
흡사해서 많은 먹거리들, 생활용품들, 과일들, 가짜 명품시계들까지 없는 게
없을 정도다.
크리스마스도 다가오고 주말이라 그런지 저녁에는 대성당 주변 광장에서
다양한 축제가 벌어지고 있었다. 전통악기를 연주하는 사람들, 신나게
춤 공연을 벌이고 있는 사람들, 우스꽝스러운 분장을 하고 연극을 하는
사람들까지 모두 모여 있었다. 낯선 동양인이 구경하고 있으니 신기했던지
얼떨결에 나도 무대 중앙으로 끌려나가 괴한들을 물리치고 섹시한 미녀를
구하는 역할을 맡았다.
정신없이 하루 종일 돌아다닌 것 같다.

멕시코시티 박물관들,
일요일은 무료로 관람하세요!

과달라하라를 떠나 우여곡절 끝에 **멕시코시티**에 도착했다. 오자마자 좋은
정보를 얻었다. 일요일에는 많은 박물관들이 무료란다.

먼저 **예술궁전**Palacio de la bella artes으로 향한다. 유명한 무랄들 중에 가장 유명한
디에고 리베라의 <사람, 우주의 지배자>라는 거대한 그림이 전시되어 있는
곳이다. 부푼 기대감을 안고 입장. 3층으로 올라가 벽화 앞에 딱 선 순간. '아!
이건 특별하다!' 라는 생각이 머리를 때린다. 그림의 한 가운데 사람이 기계에
앉아 우주·생명·과학·역사, 그 모든 것들을 관장하고 조종하는 만물의
아버지 노릇을 하고 있는데, 표면적으로는 단순하게 인간중심적인 사상을
표현했구나 하고 끝날 수도 있을 것이다. 하지만 자세히 살펴보면 배경들이
전부 전쟁·시위·공산주의 혁명 같은 어두운 과거와 고통 받는 민중의

〈사람, 우주의 지배자〉

모습들이 그려져 있고 그 중앙에 앉아 있는 사람은 전형적인 노랑 머리의 백인 군인의 모습을 하고 있다. 역시 디에고 리베라의 그림답게 비판적인 시대상을 담고 있다는 점에서 매우 인상적인 그림이다.

왠지 한참동안 그 그림을 떠날 수 없어 괜히 주변에서 얼쩡거리다가 발길을 돌려 **알라메다 공원**으로 향했다. 과거에는 종교재판이 열리기도 했다는 역사적인 공원인데 현재는 가족들이 평화롭게 휴일을 즐기는 조용하고 평화로운 모습으로 남아 있다. 하지만 역시 정열의 멕시코답게 구석구석 풀숲 사이에는 대낮인데도 불구하고 뜨거운 키스를 나누며 뒤엉켜 있는 연인들의 모습이 자주 관찰된다. 브라보!

공원을 가로질러 디에고 리베라의 또 하나의 걸작, <알라메다 공원의 한가로운 일요일 오후>라는 벽화를 보러 간다. 여기는 오직 이 그림 한 점만을 위한 박물관으로 그림 앞에 편안한 소파까지 마련되어 있어 앉아서 느긋하게 감상할 수 있다. 스페인의 침략자 에르난 꼬르떼스를 비롯하여 멕시코 최초의 원주민 출신 대통령인 후아레스, 독립운동의 불을 지핀 히달고 신부, 연인인 프리다 깔로와 본인 디에고 리베라까지, 멕시코의 파란만장했던 역사와 함께한 여러 인물들이 그림 속에 빼곡하게 등장하고 있어 하나하나 찾아보는 재미가 쏠쏠하다.

이번에는 **템플로 마요르**Templo Mayor로 향한다. 저번에도 언급했듯이, 스페인군이 멕시코를 침략했을 때 전에 있었던 여러 문명의 신전을 파괴하고 그 자리 위에 그들의 새로운 도시를 건설했다. 그 대표적인 곳이 바로 멕시코시티의 소깔로 Zocalo, 광장가 자리 잡고 있는 곳이고, 소깔로 한쪽 구석에서 근래 고고학자들의 노력에 의해 발굴된 템플로 마요르는 과거 아즈텍 문명의 흔적이 남아 있는 중요한 유산이다. 철저하게 파괴되었지만 조금씩 남아 있는 이런 유물들을 볼 때마다 멕시코인들의 어떤 애환과 슬픔이 느껴지는 듯해서 괜히 숙연해지곤 한다.

박물관 세 곳을 방문하는 데 든 입장료는 총 0원. 아주 행복하고 알찬 하루다.

갈색 피부의 성모 '과달루페'와 교황 조각상

태양석의 예언,
종말의 날이 오리라

호스텔에서 알게 된 친구와 함께 메트로_{지하철}를 타고 **차뿔떼빽 공원**_{멕시코}
원주민 언어로 매뚜기 언덕이라는 말으로 향했다. 이곳은 멕시코시티에서 절대
빼놓을 수 없는 곳 중의 하나인 인류학 박물관^{Museo de Anthropologia}이 있는
곳이다. 멕시코의 역사를 따라 올멕·아즈텍·마야·떼오띠우아깐 문명들로
나누어 전시해 놓고 있는 멕시코 최대 크기의
박물관이다.

입구에 들어서자마자 폭포 형상의 거대한
분수가 우리를 맞이한다. 와하까에 있는 유적의
기둥을 형상화했다는데 무더운 멕시코 태양
아래 오아시스 같은 시원한 바람을 선사해준다.
천천히 둘러본다. 라틴 아메리카에 터를 잡고
정착하기까지의 인류학 입문실, 고대 문명의
숨결을 느낄 수 있는 수백, 수천 가지 유물들,
현재 몇몇 곳에만 근근이 유지되고 있는
멕시코 원주민들의 생활상까지, 과연 명성만큼
관광객들이 쉽게 이해할 수 있도록 잘 관리되고
있었다.

그 중에서도 태양석^{Piedro del sol}은 압권이었다.
고대인들의 지혜가 고스란히 배어 있는 일종의

2015년 세상의 종말이 온다는 예언이 적혀 있는 태양석

달력인데 이것에 따르면 2015년에 새로운 세상이 열리게 된다고 적혀 있다고 한다. 과연 정말로 종말의 그날이 오게 될런지는 알 수 없는 노릇이다.

박물관을 나와 목이 말라 음료수를 찾다가 눈에 띈 것은 수박·오렌지·파인애플·빠빠야가 큼직하게 잘라져 컵에 담겨 있는 과일세트! 가격도 싸고10페소, 1000원 맛있어 보여서 하나 달라고 하니 주저리주저리 물어보는데 어차피 제대로 못 알아듣는 거 무조건 오케이를 외쳤다. 그랬더니 과일 위에 신 레몬즙과 매운 칠리를 듬뿍 뿌려주는 게 아닌가? 맛은? 달콤한 과일과 함께 얼굴이 빨개질 정도로 매운 청량고추를 함께 먹는 맛이다. 이것도 멕시코의 맛이려니 하면서 꾸역꾸역 억지로 다 먹었는데 나중엔 글썽글썽 눈물이 나고 입술이 퉁퉁 부을 정도였다. '달콤얼얼'한 경험이다.

멕시코의 한낮은 너무 뜨겁다. 반대로 밤은 제법 쌀쌀하다. 4계절을 하루에 동시에 느낄 수 있다더니, 정말로 그런 것 같다.

몬떼 알반,
찬란한 유적이여…

크리스마스 날에는 하루 종일 와하까로 이동만 했다. 저녁 늦게 도착해서
숙소를 잡아 들어가자마자 쓰러져버렸다.

다음날. 멕시코의 유명한 유적지인 **몬떼 알반**Monte Alban 으로 향한다. 와하까에서
10km 정도 떨어진 고원에 위치한 몬떼 알반은 마야 문명과 사포떽 문명의
흔적이 남아 있는 유적으로 공 경기장과 몇 개의 제단들, 그리고 가장 유명한
'춤추는 댄서'가 새겨져 있는 돌춤추는 모습을 한 인간의 형상이 새겨져 있는 돌인데,
근래 들어 이것이 댄서가 아니라 고문 받고 있는 이웃 부족의 족장이라는 설이 제기되고 있다고
한다. 등이 남아 있다. 비록 오랜 시간이 흐르는 동안 많이 파괴되어 지금은
형태를 알아보기 힘든 상태지만, 나름대로 세월의 흔적이 묻어나는 것 같아
그리 나쁘진 않았다.

몬떼 알반 유적지에 있는 커다란 나무 밑에 앉아 하염없이 떠가는 구름과
절묘하게 어우러진 평화로운 풍경들, 그리고 그 옛날 크게 번성했지만 지금은
아무 말 없이 고요하기만 한 유적들을 보며 오랜만에 깊은 여유를 느낄
수 있었다. 내가 살아온 날들은 이 유적의 나이에 비하면 한없이 보잘 것
없는 찰나에 불과한 시간일 것이다. 하지만 그 오랜 시간동안 멕시코인들의
역사와 함께한 이 몬떼 알반 유적 속에, 먼 곳에서 온 이방인 조영광의 숨결이
더해지고 있다는 사실이 그렇게 뿌듯할 수가 없었다.

저녁에는 멕시코시티에서 만나서 같이 크리스마스를 보냈던 친구를 이 곳
와하까에서 다시 만났다. 묵고 있는 숙소를 반신반의하며 무작정 찾아갔는데

로비에서 딱 마주쳤다. 어찌나 반갑던지 한참 재회의 정을 나누다가 같이
광장으로 나간다. 매일 밤 어디를 가든지 간에 소깔로에는 사람들로 북적댄다.
사람들이 특별히 무엇을 하는 건 아니다. 그저 가족들과 함께 나와서 시간을
보내고 있는 것처럼 보인다. 여긴 한눈에 봐도 가족을 굉장히 중요시한다.
어디를 둘러봐도 가족이 함께 움직이고 같이 밥을 먹고 같이 활동한다. 그것도
한두 명이 아니라 적어도 7~8명이 함께 항상 북적북적 지지고 볶고 하지만
그래도 참 좋아 보인다. 마냥 부러울 따름이다.

마침 공연을 하고 있었다. 젊은 처녀와 총각이 처음 만나 사랑에 빠지게
된다는 내용을 춤으로 표현하고 있는데 이어서 군무가 등장하고 모두들
커플을 이뤄 행복한 광경을 연출한다. 동작이 제법 절도 있는 걸 보면
아무래도 전문 무용수들 같다. 다음에 등장한 건 멕시코 전통 복장을 예쁘게
차려입은 할머니 가수다. 마치 창을 하듯 목청을 드높여 노래를 부르는데
굉장히 빠르고 흥겹다. 중간 중간 내레이션을 할 때마다 사람들이 박장대소
하며 웃는 모습을 보면서 나도 그냥 따라 웃는다. 보고만 있어도 기분
좋아지는 공연이다.

'길동무'에 대해 생각해보다

"저기요! 저 지금 많이 불편하거든요?"

"그래요? 그럼 따로 다니다가 이따 숙소에서 만나죠!"

여행을 시작한지 벌써 3개월이 넘었다. 물론 남은 시간들이 훨씬 많긴 하지만 정말 많은 사람들을 만났고 많은 일들을 겪었다. 그 중에서도 지금 나는 특별한 한 친구와 동행을 하고 있다.

나보다 두 살 어린 여자 친구. 의사이며, 나보다 훨씬 더 많은 여행경험을 가지고 있고 나보다 훨씬 똑똑하고 야무진 친구다. 같이 여행을 하면서 같이 숙소를 잡고 같이 밥을 먹고 같은 것을 보고 같은 시간을 공유한다. 생면부지의 두 사람이 머나먼 타국 땅에서 만나 같이 여행을 하게 될 확률은 도대체 얼마나 될까? 쉽게 만날 수 있는 인연은 아닐 것이란 생각이 든다. 잠깐 동안의 트러블이 있었다. 많은 대화를 통해 오해를 풀기는 했지만 동행을 하게 될 경우 많은 것들을 조심해야 한다는 것을 깨달았다. 우선 동행인은

나의 소유물이 아니다. 외롭고 고달픈 여행길에서 어쨌든 사람인지라 서로에게
기대하는 것이 있을 수는 있지만 그것이 도가 지나쳐서는 곤란하다. 오지랖이
넓은 내 천성이 문제일 수도 있겠다. 어쨌든 머리가 굵어버린 상태에서 독립된
하나의 인격체로 만나는 것이 아니라 나이나 남녀관계 같은 사적인 감정이
개입될 경우, 안타깝지만 동행을 안 하니만 못한 경우가 생길수도 있는 것이다.
내 장점 중의 하나는 쉽게 판단을 내리지 않는다는 것이다. 좋게 말하면
신중한 거고 나쁘게 말하면 우유부단한 거다. 하지만 그동안의 경험으로
미루어 볼 때 많은 생각을 거친 후 결단을 내렸을 때 오류나 실패할 확률을
현저하게 줄일 수 있다고 본다. 물론 그렇게 해서 내린 결정에 대하여 크게
후회를 해 본적은 별로 없는 것 같다. 다른 방법을 택했을지라도 그것 이상의
손해를 입을 수 있을 것이라 생각하기 때문이다.

오해는 오해를 낳고 이해는 이해를 낳는다지만 어렵다. 참 어렵다. 사람을
만나는 일이 어렵고 사람을 이해하는 일은 더 어렵다.

그러나 재미있다. 머나먼 여행 일정 동안 사람을 만나는 것만큼 재미있는 일이
있을 수 있을까? 제 아무리 뛰어난 경관을 자랑하는 유적일지라도 한 사람과
대화하고 이해하고 인연을 맺어가는 일만큼 신기한 게 있으려나 싶다. 그런
차원에서 볼 때는 다 경험이고 시행착오며 내일이 왔을 때 즐거운 추억거리가
될 수도 있을 것이다.

잡생각이 너무나 많았던 하루였다. 아, 골치 아파~!

결국 나 혼자 산타 도밍고 성당과 박물관을 보고 왔다. 동행이 없으니 허전한
마음이 드는 건 감출 수 없었지만 말이다.

소년 하이메를 만나다

한 소년을 만났다. 까를로스 호텔의 주인집 꼬마.
천상 멕시코인다운 까만 얼굴에 눈의 흰자위가
유난히 돋보이는 소년이다. 이름은 하이메.
나이는 10살. 처음 만나자마자 겁도 없이 나를
"치노! 치노!중국인이란 뜻"라고 부르며 덤벼들던
당돌한 녀석이다. 이튿날 야자수를 마시며
해먹에 느긋하게 누워 여유를 즐기고 있던 나를
갑자기 이끌고 간 곳은 마치 만화에 나오는
태양의 아즈텍 문명 바로 그 자체! 뜨거운
햇살이 작렬하는 가운데 거의 벌거벗다시피 한

하이메

아이들은 언제 만들어졌는지도 모를 돌다리에서 바다로 연신 뛰어드는 장관을
연출하고 있었다. 잠시 후 마치 무엇에 홀린 듯 그 아이들 속에 휘말려 바다로
뛰어들고 있는 나. 그곳은 문명세계와는 거리가 먼 순수한 동심으로만 가득한
장소였다. 언어의 다름도, 생김새의 다름도, 하물며 나이의 다름까지도 아무런
걸림돌이 되지 못했다. 커다란 물안경을 빌려 쓰고 들어간 바다 속에선 바위에
붙어 있는 성게와 형형색색의 물고기들, 그리고 그동안 수많은 아이들이
떨어뜨렸을 법한 열쇠·안경·동전들까지 볼 수 있었다. 모든 것이 신기했고
꿈만 같았다.
그렇게 내게 태양의 장소를 선사해준 하이메가 내 카메라에 관심을 보이기
시작했다. 지금까지 찍어왔던 사진들을 보여주니 자기도 찍어보고 싶다며
카메라를 들고 나간다. 불안한 마음에 따라 나가 봤더니 처음에는 막무가내로

찍어대다가 조금씩 적응을 하기 시작한다. 소질이 있어 보여 간단하게
기본적인 구도와 빛 조절하는 방법을 가르쳐 주었더니 금세 멋진 사진들을
만들어냈다.

너무 대견해서 호텔로 뛰어 들어가 하이메의 엄마한테 손짓 발짓 다 동원해서
아들이 머리가 굉장히 좋고, 분명히 장래에 좋은 사진작가가 될 수 있을
거라고 설명했다. 내 뜻이 제대로 전달되었는지는 모르겠지만 환하게 웃으며
고개를 끄덕이는 엄마의 모습을 보며 작은 기쁨을 느낄 수 있었다. 비록
지금은 엄마를 돕느라고 교육도 제대로 받지 못하며 커가고 있지만 하이메의
맑은 눈 속에서 어떤 희망을 발견할 수 있었다.

순간 무엇인가가 번뜩 뇌리를 스치고 지나간다. 10년 후, 20년 후에 하이메가
정말로 유명한 사진작가가 되어, 자신이 10살 때 인생의 목표를 심어줬던
한 동양인 청년을 기억해준다면? 나 자신을 위해 시작했던 내 여행이 다른
누군가의 인생에 굵은 획을 남길 수 있다는 사실. 이건 너무나 짜릿한 일이
아닌가?

다시 한 번 내 자신에게 물어본다. 내 여행의 목표가 무엇인가? 적어도 한
가지의 답이 나왔다. 하이메야! 넌 나에게도 아주 큰 선물을 준 것 같구나.

반군 게릴라 싸빠띠스따스
본거지에 들어가다

어제 **산 크리스토발**에 도착. 오늘은 아침 일찍 협곡 투어에 나선다.
수미데로 까뇽^{Sumidero Canon}이라는 계곡 사이로 흐르는 강물을 따라 약 한
시간 가량 보트를 타고 가는 코스. 물론 그 규모나 웅장함에 있어 미국에
있는 그랜드 캐니언과는 비교도 할 수 없을 정도긴 하지만 그래도 아기자기한
볼거리들이 꽤 많다. 지금 머물고 있는 치아빠스 주의 상징이기도 한 이
계곡은 그 높이가 1,000m나 될 정도로 깊고 수십 종류의 야생조류들과 함께
악어 등의 야생동물도 자주 발견되는 곳이다.
다행히 날씨가 좋아서 굽이쳐 흐르는 계곡의 장관을 즐기기도 그만이었고, 운
좋게도 물가에 나와 휴식을 취하고 있는 악어 한 마리도 볼 수 있었다. 잔뜩
무언가를 벼르고 있는 모습이 좀 위협적이기도 했지만 조심스럽게 다가가서
촬영하는데 성공! 태어나서 그렇게 가까운 곳에서 악어를 보기는 처음이다.
오전 내내 뜨거운 햇볕 아래 진행된 투어를 마치고 숙소로 돌아와 잠시
쉬려고 하는데 같은 호스텔에 묶고 있던 털북숭이 동갑내기 마르쿠스가
근처 마을에 축제가 열린다고 같이 구경 가자고 꼬신다. 이게 왠 떡이냐
싶지만 한국인의 자존심을 생각해서 짐짓 못 이기는 척 따라 나선다. 시장
한 가운데서 콜렉티보 택시^{허름한 봉고차를 택시로 개조한 것으로 같은 목적지를 가진}
^{승객이 다 모일 때까지 기다렸다가 출발한다.} 가격은 4.5페소, 우리나라 돈으로 450원 정도를
잡아타고 출발! 울퉁불퉁한 비포장 도로를 30분쯤 달려 축제가 열리고 있는
마을 입구에 도착할 수 있었다.

쿠바의 독립영웅 체 게바라 포스터

복면으로 얼굴을 가린 싸빠띠스따스 지도자들

잔뜩 기대감에 들떠 들어가는데 뭔가 분위기가 심상치 않다. 축제라고
하기에는 너무나 엄숙한 분위기. 이젠 어디를 가나 사람들의 시선이 집중되는
데는 이골이 났지만 우리를 보는 시선이 너무나 따갑다. 알고 봤더니 우리가
찾아간 곳은 반군 게릴라인 싸빠띠스따스^{zapatistas}의 축제가 열리는 곳이었던
것이다. 싸빠띠스따스는 나토의 출범과 더불어 미국을 비롯한 강대국에 비해
상대적으로 빈곤했던 멕시코에서 시작된 반정부, 반세계화 운동을 부르짖는
게릴라 집단으로, 맨 처음 점령한 이곳 산 크리스토발을 거점으로 활동하고
있다고 한다. 흔히 EZLN이라는 마크를 심볼로 하여 미국의 심복인 멕시코
정부를 거부하고 산 속 깊숙한 곳에 흩어져 살고 있는데 멕시코 전역 곳곳에서
심심치 않게 그들의 활동을 볼 수 있다.
중앙에 있는 강당에선 수많은 사람들이 모여 싸빠띠스따스 지도자들의 연설을
진지하게 경청하고 있었다. 이건 말이 축제지 그들의 집회가 열리는 본거지에
그곳에 전혀 어울리지 않는 낯선 이방인이 쳐들어온 꼴이었다. 우리의 털보
마르쿠스에게 단단히 속았다 싶다. 한편으론 덜컥 겁이 나고 무섭기도 했지만

다른 한편으로는 그들의 생존이 걸려 있는 진지한 모임에 마냥 행복하기만한
철부지들이 끼어든 것 같아서 미안한 맘도 없지 않았다.
그래도 이렇게 힘들게 온 거 그냥 돌아가려니 차비가 아깝지 않은가? 결국
열심히 돌아다니면서 사진도 찍고 뒤쪽 숲속에 총으로 무장하고 복면을 쓴 남자가 자꾸
심상치 않게 쳐다봐서 조금 무섭기도 했다. 강당에 들어가 물론 하나도 못 알아듣지만
그들의 분위기를 느껴보기도 하면서 나름대로 신나게(?) 축제를 즐겼다.
돌아올 때는 택시를 잡을 수가 없어서 시장에 과일 팔러 나가는 트럭을 얻어
타고 간신히 돌아올 수 있었다. 이래저래 무지하게 짜릿하면서도 신나게 보낸
하루인 것 같다.

아구아 아술은 이기적이다

잔뜩 두려움에 떨고 있다.

워낙 멕시코 분위기가 안 좋아서 어딜 가던지 간에 항상 하는 얘기들이 위험하다는 얘기 밖에 없다. **빨렌께**Palenque와 **아구아 아술**Agua Azul 지역에 게릴라들이 자주 출몰한다고 하니 그 쪽으론 얼씬도 하지 말란 얘기도 들려온다. 그러려면 과테말라 최대의 유적지인 띠깔도 포기해야 한다는 소리다. 하루 종일 머리를 싸매고 고민하다가 결국 결단을 내린다. 아구아 아술과 띠깔을 안 볼 거면 내가 왜 멕시코와 과테말라에 왔냐는 말이다.

"모 아니면 도!! 도박이다! 가자!"

그래도 최대한 조심은 해야지. 여행사 투어를 이용해서 대낮에 12명이 단체로 밴으로 이동하는 길을 택했다. 돈이 만만치 않게 비싸게 먹히긴 하지만 죄다 뺏기고 알몸만 남는 것보단 낫지 않겠나? 이럴 땐 과감하게 돈을 써줘야 하는 법이다. 결국 30,000원이란 거금을 들여 새벽 6시 여행사 밴에 몸을 싣는다.

아구아 아술은 번역하면 '파란 물'이란 뜻이다. '오죽 맑고 색깔이 아름다웠으면 이름부터 파란물일까?' 멕시코 여행 준비를 하면서 들었던 생각이다. 꼭 가 보리라 다짐했었고 결국 왔다. 점점 물소리가 가까워져가면서 가벼운 흥분감을 느낀다.

정말 파랗다. 파란물 맞다. 하느님은 불공평하다. 멕시코인들만을 너무 사랑하셨나보다. 어떻게 이런 물빛이 존재할 수 있단 말인가? 단지 "파란"이라는 색으로 가둬두기엔 너무 아까운 색이다. 연신 카메라를 터뜨려 대지만 그 색깔 그대로 사진기에 담을 수 없다는 사실이 너무나 안타까우면서도 너무나 다행이다 싶다. 이런 곳은 사진으로 봐선 안 된다.

내가 아무리 과장어린 수식어를 붙여 설명한다 하더라도 이 물 색깔의 반의
반도 표현할 수 없을 것이다.

훌훌 옷을 벗어 던지고 물에 뛰어든다. 뜨거운 햇살 아래 적당히 달궈져서
그다지 차갑단 생각은 안 든다. 잔잔하게 고여 있는 물은 너무 맑고 투명해서
바닥이 다 들여다보인다. 나무에 매달려 있는 줄을 타고 타잔놀이도 해보고
폭포 가까이까지 헤엄쳐 가보기도 한다. 한없이 편안한 자세로 물 위에 가만히
드러누워 흘러가는 구름도 바라본다. 멕시코는 정말 복 받은 나라라는 생각을
떨칠 수가 없다.

약 1시간의 짧은 시간만이 주어졌다. 몇날 며칠이고 이곳에 머물고 싶지만
어쩔 수가 없다. 아쉬운 맘을 뒤로하고 밴에 올라타지만 눈은 계속 파란물에서
떠날 줄을 모른다. 단연코 멕시코에서 본 가장 아름다운 광경 중의 하나였다.
다음 목적지는 **미솔하**Misolha **폭포**. 생각보다 꽤 높은 곳에서 떨어지는 멋진
폭포. 계단을 타고 폭포 뒤편으로 가 볼 수도 있고 밑에 고여 있는 연못에서는

수영도 할 수 있다. 이곳의 물은 에메랄드 빛! 비가 올 때면 초콜릿 색깔로 변한다고 하던데 오늘은 비가 안와서 패스!

이동을 서둘러 이번에는 빨렌께 유적으로 향한다. 정글 속 곳곳에 널리 퍼져 있는 옛 마야 문명의 흔적들. 이곳은 다른 곳과 다르게 아직도 약 90퍼센트 정도가 발굴되지 않은 채 땅속 깊숙이 묻혀 있다고 한다. 그래서인지 드러나 있는 것들에서는 그다지 특별한 느낌을 받을 수 없었다.

오늘밤은 제발 아구아 아술이 꿈에 나타나서 낮에 제대로 못 봤던 걸 충분히 느낄 수 있었으면 좋겠다는 생각을 하면서 잠을 청한다.

오랜 세월 동안 잠들어 있던 빨렌께 유적

국경을 넘어
태권도를 가르치다!

멕시코에서 과테말라로 넘어가는 날. 1박 2일 동안 몇 가지 유적을 둘러본 뒤 안전을 위해 일행들과 다함께 국경을 넘는 코스를 선택했다.

빨렌께에서 출발해 오전에는 **야칠란**Yachilan과 **보남팍**Bonampak으로 향한다. 이곳들은 멕시코와 과테말라의 국경 부근에 위치하고 있는 마야의 유적으로 많이 훼손되기는 했지만 규모나 역사적 중요성에 있어서는 그 어떤 유적 못지 않게 중요한 곳으로 평가받는 곳이다.

유적들은 솔직히 말해 계속 보다 보니깐 그게 그거 같다. 누군가 말했듯이 중남미 여행은 유적이랑 소깔로만 보다가 끝날 수도 있다고 하던데 어느 정도 맞는 말 같다. 다 무너져 가는 돌무덤들을 보고 감탄하는 것도 한두 번이지 내가 저명한 고고학자나 인디아나 존스 같은 모험가가 아닌 이상 고만고만한 유적지는 내게 더 이상 감흥을 주지 못하는 것 같다.물론 보물을 발견할 수 있다면 애기가 달라지겠지만.

어쨌든 정글 속에 자리 잡고 있는 야칠란과 보남팍도 평화롭고 조용한 분위기의 그럭저럭 괜찮은 유적이었다. 이름 모를 새들과 야생동물들도 많이 보고, 멀리서 들려오는 시끄러운 원숭이 울음소리도 실컷 듣고, 언제 물렸는지도 모르겠지만 온몸 구석구석 벌레들의 기념품(?)도 잔뜩 받았다. 하루 밤을 정글 속의 조금은 요상한 곳에서 묵었다. 야자수와 바나나 잎으로 지붕을 덮은 전통가옥으로 주변에는 원주민들의 집들이 둘러싸고 있었는데 내부는 나름 깨끗하게 잘 꾸며져 있는 곳이다. 하루 종일 이동을 많이 해서 조금은 노곤해진 상태로 저녁밥을 먹고 있는데 옆에서 원주민 꼬마가 자꾸 말을 걸어온다. 손짓발짓 해가면서 자세히 들어보니 나보고 당신은 한국 사람이니까 태권도를 할 줄 아느냐고 묻는다.

드디어 나름 10년간 배워서 공인 3단의 검은 띠를 자랑하는 우리의 자랑스러운 태극전사가 출동할 때. 여행 중인 서양 애들과 원주민들이 지켜보고 있는 가운데 꼬마를 앞에 놓고 기본기부터 정권 지르기, 이단 옆차기 등을 가르쳐 주니 다들 무척 신기해하면서 조금은 경외(?)의 눈길로 쳐다본다. 조그만 동양인 청년이 형형색색의 멕시코 전통문양이 새겨진 바지를 입고 붕붕 날라 다니니 신기하기도 하겠지. 이때만큼은 한류스타 하나도 안 부럽다 이거다!

다음 날, 새벽부터 일어나 간단하게 아침을 먹고 봉고차를 타고 한 시간을 달리니 국경에 도착한다. 강 하나를 마주하고 경계를 접하고 있는 멕시코와

한없이 초라해 보이는 과테말라 입국장

과테말라 국경. 흔히 보더^{Border}라고 통칭하는 이곳의 시스템은 멕시코 쪽에
있는 허름한 건물로 되어 있는 출국장에서 출국 도장을 찍고 배를 타고
과테말라 쪽으로 강을 가로질러 간 뒤, 작은 미니버스를 타고 입국장으로
이동해서 거기서 도장을 받으면 끝이다.

바보 같이 출국장에서 멕시코 입국할 때 받은 서류_{공항으로 들어올 때 받은 손바닥}
_{만한 종이쪼가린데 어디다 뒀는지 도통 생각이 안 난다.}를 잃어버려 거금 230페소
_{약 23,000원}를 추가로 지불해야만 했다. 과테말라 입국세는 40께찰_{약 8000원}.
눈물 나게 아까운 피 같은 돈이 자꾸 나간다. 맛있는 음식 앞에서도 군침만
흘리면서 발길을 돌리고, 아무리 예쁜 기념품이 보여도 꾹꾹 참아가면서
여행하고 있는 헝그리 여행자에겐 이렇게 안 나가도 될 돈이 나갈 때만큼
스스로 미워질 때가 없다. 또 며칠간 머리칼을 쥐어뜯으며 밤잠을 설치게
되지 싶다.

오후 느지막이 **플로레스**에 도착할 수 있었다. 세계 각지에서 띠깔에 가기 위한
사람들이 모이는 마을인 플로레스는 호수 한가운데 있는 섬_{비유가 좀 그렇긴}
_{하지만 한강에 있는 난지도만한 크기} 위에 덩그마니 자리 잡고 있다. 온 동네를 한
바퀴 돌아도 1시간 반이면 다 구경할 수 있는데 그래도 나름대로 여행사와
대형 슈퍼마켓을 비롯해서 있을 건 다 있다.

그런데 문제가 생겼다. 평일이고 해서 예약을 안 하고 왔더니만 섬 안에 있는
웬만한 호스텔은 죄다 방이 찼단다. 버스에서 만난 캐나다 친구 빅터와 함께
무거운 배낭을 메고 이리저리 한참을 돌아다닌 끝에 겨우 방을 하나 구해서
들어갈 수 있었다. 중간에 역시 방을 못 구해서 길거리에서 방황하던 미국
친구 리나까지 합류, 남자 둘에 여자 하나가 한 방을 쓰는 기묘한 조합이 되긴
했지만 방값을 아끼기 위해선 어쩔 수 없다.

다행히도 걱정이 태산 같았던 악마의 길을 죽지도 않고, 강도도 만나지 않고,
아프지도 않고 무사히 잘 통과했다. 하느님! 부처님! 알라님! 감사합니다.

띠깔의 감동과
플로레스의 난장판

새벽 5시에 여행사 밴을 타고 **띠깔**Tikal로 이동한다.

중미 지역에서 가장 크고 유명한 마야 유적. 정글 깊숙이 위치하고 있어 현지인들조차 쉽게 접근하기 힘든 곳. 가는 길이 너무 힘들고 위험해서 많은 여행자들이 결국 포기하고 마는 그곳 띠깔에 가고 있다. 나 역시도 다들 위험하다고 말리는 곳에 대체 무슨 부귀영화를 누리겠다고 똥고집 부리며 이렇게 와 있는지는 도저히 모르겠다. '안전제일주의'와 '귀차니즘'이 뼛속까지 배어 있는 내 성격상 포기하려면 백 번도 넘게 포기할 수도 있었다.

하지만 여행을 하면 할수록 "운명"이라는 단어가 가지는 무게감이 강하게 느껴진다. 나는 어쩌면 태어나기도 전부터 띠깔에 오도록 정해져 있었던 것이 아닐까? 그렇지 않고서야 내가 지금 이 곳에 있다는 사실이 도저히 납득이 가지 않는다. 결국 나는 띠깔의 선택을 받았기 때문에 이 자리에 있을 수 있는 것이고, 그 사실에 머리 숙여 감사할 따름이다.

이렇게 새벽 일찍 출발한 것은 다름 아니라 일출을 보기 위해서다. 띠깔에서 가장 높은 4호 신전의 꼭대기에서 보는 일출이 그렇게 아름답다고 이미 여러 곳에서 귀가 닳도록 들어왔기 때문에, 어슴푸레 날이 밝아올 무렵인 6시 반 유적의 문이 열리자마자 거의 전력질주로 4호 신전을 향해 뛰어간다. 전에도 말했듯이 고도가 워낙 높기 때문에 이 곳 중남미에서 뛰어다니는 것은 솔직히 미친 짓이다. 하지만 그 장엄한 광경을 보기 위해선 허파 따위야 터져버리던지 말던지 다들 상관이 없는 듯. 결국 숨이 턱 끝까지 차올랐을 무렵 4호 신전

뿌연 안개 속에서 모습을 드러낸 띠깔

위에 올라가 자리를 잡고 앉을 수 있었다.

조금씩 해가 떠오르기 시작한다. 뿌옇게 자욱한 안개 속에서 마치 과테말라 전설의 새인 께찰이 토해낸 듯한 시뻘건 핏덩이가 모습을 드러내고, 정글 속에 빽빽하게 들어찬 나무들 위로 삐쭉삐쭉 솟아 있는 마야의 신전들이 희미하게 보이기 시작한다. 눈부신 햇살 속에 간신히 얇게 찌푸린 눈 사이로 보이는 그 광경은 가슴이 뭉클거릴 만큼 충분히 아름답다. 넋을 잃고 그저 바라보기만 할 뿐인데 점점 몽롱하게 빠져든다. 내 볼을 꼬집어 봐도 왠지 아픔이 안 느껴져서 옆에 앉아 있는 애꿎은 빅터의 볼까지 꼬집어본다. 바락바락 대드는 꼴을 보니 꿈은 아닌 듯. 그렇게 황홀했던 띠깔의 일출은 내 기억 속으로 스며든다.

발걸음을 재촉하여 자리를 이동한다. 역시 그 명성만큼이나 띠깔은 여러 볼거리를 자랑한다. 넓게 퍼져 있는 수십 개의 신전들과 아직도 땅속에 깊게 잠들어 있어 발굴이 진행되고 있는 여러 유적들, 그리고 어쩔 수 없는 세월의 두께로 인해 점점 허물어져 가고 있는 아까운 문화유산들을 지키고

복원하려는 과테말라 정부의 노력 속에서 일종의 경의로움마저 느낄 수
있었다.

오전 내내 띠깔 구경을 마치고 플로레스로 돌아온다. 며칠간 계속된
강행군으로 몸이 부서질 것만 같지만, 저녁 9시부터 10시간 동안 안티구아로
넘어가는 밤 버스를 예약해 놨기에 발을 질질 끌면서도 플로레스 구경에
나선다.

이 동네 솔직히 조금 웃긴다. 정말 손바닥 만한 동네면서 있을 건 다 있고,
나름 관광도시답게 하루에 두 번씩 길거리 페스티벌도 열린다. 나이 지긋하게
먹은 배불뚝이 아저씨들이 광대분장을 하고 선두에서 흥겹게 춤추면서 앞장을
서면, 구성도 제멋대로인 악단과 꼬마들 그리고 동네 주민들까지 줄줄이 그
뒤를 따른다. 그렇게 신나게 골목골목을 행진하다가 코너를 돌 때마다 멈춰서
신나게 춤판을 벌이는데, 그 때는 주위에서 지켜보던 관광객들까지 끌어들여
다 같이 어우러지는 축제의 한마당이 된다. 나도 옆에서 구경하다가 엉겁결에
끌려들어가 그 속에 파묻혀 정신없이 춤추다가 나왔다. 완전 제멋대로다!
하지만 정말로 흥겹다.

플로레스의 난장판 축제 모습

용암에 구워먹는
마시멜로의 맛!

플로레스를 떠나 **안티구아**로 향한다.

전날 밤 9시에 버스를 타고 새벽 7시에서야 도착한 안티구아. 앞으로 일주일 동안 스페인어 학원에 다니며 지내야 할 곳. 우선 방을 구하기 위해 주변을 돌아다니기 시작한다. 워낙 작은 도시라 구석구석 헤매다 엉뚱하게 발견한 한국 간판! 너무도 선명하게 한국 음식점이라고 써져 있었다. 안 그래도 그동안 느끼한 따꼬만 먹느라 신물이 날 지경이었는데 정말 눈물 나게 반가웠다. 너무 이른 시간이라 가게 문을 안 열어서 한 시간 동안 문 앞에 쪼그리고 앉아 기다린 후에야 겨우 들어갈 수 있었는데, 너무나 오랜만에 먹어보는 육개장과 따뜻한 주인 아주머니의 정 속에 잠시나마 한국에 와 있는 듯한 달콤한 착각에 빠질 수 있었다.

그 곳에서 여러 가지 정보를 얻어 결국 과테말라 가정에서 하숙을 하는 홈스테이보단 호스텔에 머무는 것이 낫다고 판단, 그 중 제일 유명한 블랙캣 호스텔에 숙소를 정했다.

이곳에서 대만 친구 페일런을 만났다. 페일런과 여러 가지 대화를 나누다가 직감적으로 맘이 맞는다는 것을 깨닫고 의기투합! 우선 밥을 먹고 내일 화산에 올라가는 투어를 예약하러 방을 나선다.

드디어 화산으로 출발하는 날. 하루 두 번 출발하는데 저녁에 구경하는 게 더 낫다고 해서 오후 2시, 드디어 밴에 몸을 실었다. 한 시간쯤 달려 도착한 곳은 화산 바로 아래에 위치하고 있는 마을. 도착하자마자 사방에서 등산용

막대기를 든 아이들과 말을 빌려주는 호객꾼들이 달려든다. 가뿐하게 그들을 통과하여 본격적인 등산에 나선다. 처음에는 가볍게 하이킹하는 기분으로 시작했지만 점점 경사가 가팔라지는 것이 장난이 아니다 싶다. 그렇게 약 2시간 정도 가다 쉬다를 반복하면서 올라갔더니 슬슬 화산의 모습을 드러내기 시작한다. 2년 전에 화산이 크게 폭발해서 그 때부터는 까만 화산재와 먼지에 뒤덮여 아무것도 살 수 없는 죽음의 땅이 되어버렸다고 한다. 서쪽 하늘을 붉게 물들이면서 서서히 모습을 감추고 있는 석양 속에, 구멍이 숭숭 뚫린 검은 화산암이 어우러져 시시각각 변하는 색의 퍼레이드는 정말 장관이었다. 머리가 휘날리고 몸을 제대로 가눌 수조차 없을 정도의 강풍이 몰아치면서 이곳이 달나라인지 아니면 우주 어딘가에 존재하는 혹성인지, 어쨌든 그것은 지구라는 느낌이 전혀 안 들 정도로 너무나 새로운 광경이었다. "와아아아~~~!!!" 누군가 갑자기 환호성을 지르기 시작한다. 모두 일제히 그곳을 바라보는데 멀리 산등성이를 타고 빨갛게 타오르는 무언가가 굴러 떨어지고 있다. 지표 위로 흘러나온 마그마가 불어 닥친 강풍에 밀려 산 밑으로 구르고 있는 모습이었다. 그 모습을 보자마자 일행들의 지쳐가던 발걸음이 갑자기 살아나 거의 뛰다시피 다시 산을 오르기 시작한다.

마그마다. 정말 살아있는 마그마다. 땅속 깊은 곳에서부터 힘차게 뿜어져 나와
새빨간 꼬리를 달고 꿈틀꿈틀 용틀임하고 있는 진짜 마그마. 마치 주위 모든
것들의 접근을 거부한다는 듯한 열기를 내뿜으면서 뜨겁게 용솟음치는 그
모습에서 다시 한 번 대자연의 경이로움을 느낄 수 있었다.

나무 막대기로 꿈틀거리는 용암을 쿡쿡 찔러보니 마치 끈적끈적한 벌꿀 같은
느낌인데 그것도 잠시, 막대기 끝으로 확 불꽃이 치밀어 오른다. 한참 동안
감탄만 하고 있다가 그제서야 정신을 차리고 준비해 온 마시멜로를 꺼내든다.
마치 얼굴이 타버릴 것만 같은 열기에 차마 가까이 다가가지는 못하고 기다란
막대기 끝에 마시멜로를 꽂아 멀리서 들이댄다. 잠시만 방심해도 순식간에
불이 붙어 버리기 때문에 조심조심 돌려가면서 골고루 마그마에 그을린다.
잘 구워진 마시멜로는 겉은 바삭바삭하게 부풀어 오르고 속은 뜨겁게 녹아
정말 환상적인 맛을 낸다. 서로 장난도 치고 입가에 검댕도 묻혀가며 정신없이
먹다보니 날이 너무 어두워져 아쉽지만 발길을 돌려야 할 때. 컴컴한 산길을
손전등 하나에만 의지해서 내려오는 건 올라가는 것보다도 몇 배나 어려운
일이었다. 하지만 영원히 잊지 못할 감동을 가슴에 담았기에 발걸음은 훨씬
가벼웠다.

살아남기 위해
스페인어는 필수!

1주일간 안티구아에 있는 스페인어 학원에서 스페인어 공부를 하기로 했다.
내 생애 최초의 스페인어 수업이다. 남미 지역은 브라질만 제외하고 모든
나라에서 스페인어가 사용되기 때문에 밥 빌어먹고 살기 위한 서바이벌
스페인어는 필수라고 할 수 있다. 물론 3주 동안 멕시코 여행을 하면서 배운
정말 기초적인 스페인어는 그 나름대로 유용했지만, 현지인들과 어느 정도
의사소통을 하기 위해서는 체계적인 수업의 필요성이 절실히 느껴진다.
아침 8시부터 12시까지, 하루 4시간씩 5일 동안 진행되는 수업이고, 오후에는
여러 가지 액티비티주변 농장방문, 살사레슨, 안티구아 명소 탐방 등에 참여할 수 있는
시스템으로 이루어져 있다.

월요일 아침. 7시 반부터 기본적인 테스트를 치르게 되었다. 나름대로 약간은
공부해서 간다고 갔건만 문법에 대한 지식은 전무했기 때문에 결과는 비참한
수준! 가장 초급반에 배치되고 말았다.

그렇다고 낙담만 하고 있을쏘냐? 활기차게 수업에 참여하여 선생님을 압도하는
박력(?)을 보여줬더니 수업 시작 5분 만에 직접 선생님이 손을 붙잡고 두
클래스나 상위 반으로 월반시켜 주었다. 클래스 메이트는 60살을 훌쩍 넘긴
듯한 미국 할아버지 두 분과 나랑 동갑내기 영국친구 죠이. 다들 굉장히
활기차서 아주 즐거운 수업이 될 듯하다.

솔직히 수업이 진행되는 일주일 내내 머리에서는 뜨거운 김이 모락모락 날
정도였다. 같은 클래스의 친구들은 스페인어를 영어로 변환시켜 공부할

스페인어 수업을 함께한 친구들

남미의 상징은 치킨버스

뿐이지만 난 영어를 다시 한국어로 바꾸는 작업이 한 단계 더 필요했기 때문에 당연히 이해하는 속도가 현저하게 느릴 수밖에 없다. 그래도 별 수 있나? 남들보다 두 배 세 배 열심히 할 수밖에. 어쩔 수 없이 열공 모드에 돌입, 죽기 아니면 까무러치기로 달려들었다.

스페인어 공부도 나름대로 재미있었지만 학원에서 진행된 특별활동도 알차고 재미있었다. 화요일에는 치킨버스외관을 엄청 화려하게 치장한 과테말라 특유의 버스. 마치 닭장처럼 사람들이 꽉꽉 들어차야 출발하기 때문에 이런 별명이 붙었다.를 타고 마카다미아 농장을 방문했다. 마카다미아는 땅콩 같은 견과류의 일종으로 고급 초콜릿이나 화장품의 성분으로도 사용되는 이 지방 특산품 중의 하나이다. 초록색의 열매를 따서 겉껍질을 벗기면 단단한 호두처럼 생긴 씨가 나오는데, 그 씨를 깨면 속에 하얀 알맹이를 얻을 수 있다. 농장 주인의 침 튀기는 설명을 들어보니 마카다미아는 약 70%가 기름으로 이루어져 있고, 특히나 그 기름은 피부미용에 좋다고 해서 샤넬이나 랑콤 같은 유명한 화장품 회사에서도 매년 주문한다고 한다. 하여튼 몸에 좋다니깐 먹어보기도 하고 공짜로 해주는 피부 마사지도 받아 봤는데 솔직히 그냥 그렇다.

수요일에는 살사레슨을 받았다. 나름대로 멕시코 호스텔에서 불타는 살사의 밤을 보내봤기 때문에 내 피에 흐르는 라틴의 혼이야 진작부터 알고 있었다. 하지만 시치미 뚝 떼고 생전 처음 접해보는 것 마냥 수줍게 시작해서 살짝 실력발휘(?)를 했더니 완전 동양에서 온 살사 신동이란다. 그날 밤은 살사를 같이 배우던 친구들 모두 살사바로 총 출동! 역시나 화끈한 밤을 보낼 수 있었다.

일주일은 정말 순식간에 흘러갔다. 금요일 마지막 수업 날에는 수료장과 함께 그동안 같이 공부했던 친구들과 선생님들 앞에서 스페인어로 소감을 얘기할 수 있는 기회가 마련되었다. 같이 졸업하는 친구들은 약간 울먹울먹하며 감동의 멘트를 쏟아냈지만 나야 일주일 동안 배웠으면 얼마나 배웠겠는가? 너무도 당당하게 "무차스 그라시아스!¡Muchas Gracias! 대단히 감사합니다!" 한마디만 외쳐 많은 청중들의 박수갈채를 받았다.

세상에서 가장 아름다운 호수,
그리고 여장파티

페일런에게 메일이 왔다. "세상에서 가장 아름다운 호수"라고 일컬어지는
아티틀란 호수 Lago Atitlan에 있는데, 자기가 준비는 다 해 놓을 테니 언제든지
오란다. 그래서 도착한 곳은 아티틀란 호숫가에 있는 **빠나하췔**이라는 마을.
그런데 마중나오기로 했던 페일런이 안 보였다. 하긴 4시간이면 도착한다고
했던 곳인데 1시간 반이나 늦게 도착했으니 있을 턱이 있나?
한참을 기다리다가 결국 페일런이 머무르고 있는 숙소를 직접 찾아가기로
했다. 사람들한테 물어물어 배를 세 번이나 갈아탄 후에야 도착한 곳은 산타
마르타라는 작은 마을의 이구아나 호스텔. 고생고생해서 도착한 그곳에서
페일런을 만났을 땐 마치 이산가족을 만난 것마냥 어찌나 반갑던지. 눈물의
상봉을 마치고 체크인 하려고 하니 가는 날이 장날이라고 방이 꽉 차서
야외에 있는 해먹 밖에 자리가 없단다. 밤에 수많은 모기에게 물어뜯길 각오를

하고 할 수 없이 그 곳에 짐을 푼 후, 주변 구경에 나선다.

예쁘긴 정말 예쁘다. 높다란 화산들로 둘러싸인 초록색 호수는 너무나 차갑고 맑았으며, 고요한 물결 위로 간간히 떠가는 배들은 카메라를 어디다 들이밀어도 죄다 엽서처럼 나오게끔 만든다. 그저 며칠 동안만이라도 아무 생각 없이 한없이 늘어지고 싶은 천국 같은 곳이다.

저녁에는 파티가 있단다. 이름도 거창한 '트랜스 파티'. 남자는 여장을 하고 여자는 남장을 한 뒤 참석하는 것이 조건이다! 이왕 놀 바에는 제대로 놀아보자라는 생각으로 검은 가죽 롱치마에 검은 비키니 상의 같은 섹시한 옷들로만 골라 입었다. 한국에서는 꿈도 못 꿀 차림새지만 하룻밤이야 어떠랴? 용기를 내서 과감해지기로 했다. 파티장에서 인기 폭발이었던 것은 당연지사. 수많은 친구들과 사진도 찍고 닭고기 바베큐에 온갖 술이 등장하고 멋진 밴드의 공연과 함께 사람들은 하나둘씩 흥겨운 음악에 맞춰 춤을 추기 시작한다.

파티가 무르익어 갈 무렵 야외 테라스에선 또 한편의 즉석공연이 시작된다. 악기는 기타 한 대와 두 개의 조그만 드럼이 전부. 아무렇게나 걸터앉아 흥겨운, 때론 정열적인 타악기 박자에 맞춰 돌아가며 노래를 부른다. 나도 덩달아 빈 맥주병을 돌맹이로 두드리며 박자를 맞추니 그것마저 절묘하게 어우러지는 하모니를 이룬다. 그렇게 아티틀란 호수의 밤이 깊어간다.

파나마 운하를 보다

파나마. 북미와 남미를 이어주는 잘록한 부분. 유명한 파나마 운하가 있는 곳.
미국 드라마 <프리즌 브레이크>에서 나오는 죄수들이 그토록 가고 싶어 했던
곳. 내가 아는 파나마의 이미지는 그게 전부였다. 원래 계획은 없었지만 남미로
내려가기 위해 파나마에 잠깐 들려 비행기를 갈아타야만 했다. 파나마 공항에
딱 내려 처음 받은 느낌은 '와아~ 잘 사는 나라구나!' 하는 생각이다. 40층,
50층 되는 빌딩들이 즐비하게 늘어서 있고 사람들이나 차들도 꽤 부유해
보인다.

파나마 운하는 파나마의 한가운데를 관통하는 인공 운하로서, 지리적으로
대서양과 태평양을 이어주는 요충지 역할을 담당하고 있다. 연간 50만 척의
선박들이 파나마 운하를 이용하고 있는데 그 중 우리나라는 7번째를 차지할
정도로 무역 강대국의 높은 위상을 떨치고 있다.

직접 보기 전까지는 솔직히 파나마 운하가 그냥 단순하게 땅을 파고 강을
만들어 배들이 오갈 수 있도록 만들어 놓은 걸로만 알았다. 하지만 막상
가보니 그게 아니었다. 대서양 쪽보다 태평양에 접해 있는 면이 높이가
훨씬 높기 때문에약 40m 정도 운하 중간 중간에 총 7개의 '록Locks'을 만들어
놓았는데, 록은 쉽게 말해 "물로 만들어진 엘리베이터" 같은 것으로,
인공적으로 물을 가둬놓고 배가 들어오면 일시적으로 물을 채우거나 빼내서
양쪽의 높이를 조절해 주는 역할을 한다.

하지만 그게 말이 쉽지, 대형 컨테이너를 수백 개씩 실어 나르는 엄청나게
큰 항공모함급 배들을 위 아래로 40m씩 움직이면서 전복되거나 흔들리지
않게 조절하는 일이 보통 일이겠는가? 그것만으로도 엄청난 작업이기 때문에

물로 만들어진 배들의 엘리베이터, 파나마 운하

파나마에서는 그 점을 놓치지 않고 전 세계의 관광객들을 끌어 모으는
관광산업으로 발전시킨 것이다.

내가 방문했던 곳은 그 중에서도 제일 유명한 **미라플로레스 록**Miraflores Locks이라는
곳이었는데, 전망대와 운하의 역사를 기록해 놓은 박물관, 그리고 영화관
시설까지 잘 꾸며져 있었다. 거대한 배들이 오르락내리락 하는 모습은 꽤나
볼만 했다. 배의 여러 곳에 굵은 쇠줄을 장착하고 총 6대의 작은 열차에
연결하여 혹시나 있을 사고에 대비하고, 천천히 수문을 열고 닫아 양쪽
물의 높낮이를 조절하는 모습은 신선한 충격으로 다가왔다. 그동안 여행을
다니면서 오로지 자연적인 경이로움만 추구해 온 것에 비해, 지금 보고 있는
광경은 인공적인 모습에서도 충분히 감동을 느낄 수가 있다는 것을 새롭게
가르쳐 주었다. 파나마의 저녁은 굉장히 덥다. 한참 추울 한국을 생각하면
내가 진짜 지구 반대편에 와 있다는 실감이 난다.

세계여행 중 맛본
최고의 맛있는 요리

멕시코 따꼬

처음 접했을 때에는 고수풀의 그 특유의 향 때문에
손도 못 댔지만 점차 시간이 지나면서 결국 어느
순간 따꼬 위에 고수풀을 잔뜩 올리고 있는 나
자신을 발견할 수 있었다. 도저히 헤어나올 수 없는
마력을 가진 요리임에 틀림없다.

아르헨티나 쇠고기 스테이크

"아르헨티나에는 사람보다 소가 더 많다"는 말이 있다.
그만큼 소고기 가격이 쌀뿐더러 맛도 좋다. 칼만
살짝 가져다 대도 쩌억~ 하고 갈라질 만큼 연하고,
그릇 한가득 풍부한 육즙이 잔뜩 배어나오는 두툼한
스테이크 한 조각이면 배가 불뚝 나온다.

아프리카 탄자니아 우갈리

우리가 밥을 먹듯이 탄자니아 사람들은 주식으로
"우갈리"를 먹는다. 우갈리는 흰 떡의 일종이다. 한
손에 들고 뚝뚝 떼어내서 다른 음식이나 국물에 적셔
먹는다. 보기는 그래도 먹다보면 은근히 중독된다.

페루 세비체

싱싱한 생선살 발라내 갖은 야채와 레몬즙, 그리고
아삭아삭한 양파와 튀긴 옥수수를 곁들여 먹는
세비체는 페루식 해산물 샐러드라고 할 수 있다.
그 새콤하고 야릇한 맛은 먹어본 사람만이 알 수
있을 듯!

아프리카 나미비아 얼룩말 스테이크

하루 종일 국립공원에서 사파리를 하며 온갖
야생동물들을 구경한 뒤 근사한 레스토랑에서
즐기는 얼룩말, 기린, 오릭스 등등의 야생동물
스테이크의 맛은 글쎄……. 여러 가지 의미로
오묘했다. 얼룩말 스테이크는 약간 질기지만 아주
맛있었다.

인도 뚝바, 뗌뚝, 모모

사용되는 향신료가 비슷해서인지는 몰라도 뚝바는
우리나라의 수제비와 비슷하고 뗌뚝은 우리나라의
칼국수와 비슷하다. 그리고 모모는 만두와 비슷하다.
세 가지 요리 모두 티벳의 전통 요리로서 달라이
라마가 평소에 거주하시는 맥그로드 간즈에 가면
언제든지 맛볼 수 있다. 인도요리의 자극적인 냄새에
질린 사람이라면 꼭 한 번 맛보길 바란다! "고향의
맛"을 느낄 수 있다!

3

남미

콜롬비아·에콰도르·페루·볼리비아·
칠레·아르헨티나·브라질

가기 싫다. 떠나기 싫다. 슬프다. 정이 들어 버린 모양이다.

뉴욕에서 출발해 북미, 중미, 남미를 거쳐 브라질 상파울로에서 남미의 마지막을
장식한다.

8개월간 달라진 게 많다. 영어가 늘었고, 스페인어가 늘었다. 머리가 많이 길었고
수염이 덥수룩하게 자랐다. 몇 장의 수건을 잃어버렸고 티셔츠·바지 등이 바뀌었다.
팬티랑 양말 빨기가 귀찮아서 슬리퍼를 주로 신고 팬티는 아예 안 입는다. 모자를 하나
잃어버렸고 새로 중절모를 사서 쓰다가 그것마저 지겨워져 친구에게 줘 버렸다. 참,
수영복도 잃어버려서 새로 하나 장만했구나! 하여튼 많은 것이 변했다.

수많은 '세계 최고', '세계 최대'를 만났고, 셀 수도 없을 만큼 많은 사람들을 만났고
끊임없이 새로운 걸 추구했다. 모든 것들이 신기했고 때론 겁에 질려 벌벌 떨기도 했다.
매일 "우와~"를 외쳐댔고 값싼 눈물도 숱하게 뿌려댔다. 사람을 만나 기뻤고 사람을
만나 고민을 했고 사람들에 둘러싸여 외로워했다.

이제는 다른 대륙을 향해 떠나야 할 때. 하지만 벌써부터 이곳 남미가 그립다. 평생토록
이곳을 그리워하다가 결국 언젠가 그리움에 사무쳐 다시 돌아올 거란 생각도 든다.
멕시코 따꼬는 그렇게 먹기 싫더니 요즘 들어 왜 이리 생각나는지 원! 하이메는 지금도
절벽에서 뛰어내리고 있으려나? 학교에 가야 할 텐데…… 그래, 역시 멕시코가
최고였어! 아마도 지상천국 콜롬비아 빠르게 제라스는 여전할거야! 에콰도르 동물시장은
또 어떻고? 최고의 호스텔 페루 꼬라 로키에서의 서핑도 정말 좋았잖아! 물론
마추픽추랑 우유니 소금 사막은 최고 중의 최고였다!

어라? 그런데 왜 이렇게 코끝이 시큰거리지? 이러다 또 울겠다…… 기억이
흐릿해지다가도 마치 도서관의 책꽂이 제일 아래 칸에 꽂혀있는 책들 마냥 문득문득
발에 채여 불쑥 떠오르곤 한다. 추억이라 하기엔 너무 선명해서 하염없이 서글프기만
하다.

순간순간에 충실하지 못했던 것 같아 가슴 뻐근하게 죄책감마저 든다. 하지만 아무리
후회해 보고, 아무리 반성해 봐도 그 때로, 그 장소로 돌아갈 수 없다는 사실이 미치도록
안타까울 뿐이다.

콜롬비아에서는
모나리자도 통통해

밤 11시가 넘은 시각. **콜롬비아 보고타 공항**에서 내려 밖으로 나오는데 갑자기 울컥한다. 요즘 들어 감정의 기복이 많이 심해진 게 몸으로 느껴진다. 하지만, 세계여행을 시작한 지 4개월 만에 드디어 그렇게나 기대하던 남미 땅을 밟고 만 것이다.

매연에 찌든 시커먼 공기를 잔뜩 들이마시며 남미의 정취를 폐에 가득히 담은 후에 택시에 몸을 싣고 남미에 몇 개 안 되는 한국인 호스텔 태양여관으로 향했다.

같은 방에서 만나게 된 대근이·필호와 함께 **보테로 박물관**을 보러 갔다.

콜롬비아 대표 화가 페르난도 보테로. 그의 그림은 하나같이 디룩디룩 뚱뚱한 사람들로 가득 차 있다. 가장 대표적인 그림인 뚱뚱한 모나리자와 십자가에 못 박혀 있는 뚱뚱한 예수님, 하다못해 그의 그림에 등장하는 바나나, 오렌지 같은 과일들마저 마치 터질 것 같이 통통하게 살이 올라 있다. 마치 튜브에 바람을 넣은 것처럼 부풀려진 인물과 동물상, 독특한 양감이 드러나는 정물 등을 통해 특유의 유머 감각과 남미의 정서를 표현하였고, 옛 거장들의 걸작에서 소재와 방법을 차용하여 패러디한 독특한 작품들을 선보이기도 했다. 또 고대의 신화를 이용해 정치적

보테로의 재치가 엿보이는 뚱뚱한 모나리자

104

권위주의를 예리하게 고발하고, 현대 사회상을 풍자한 작품도 있다. 색감도 총천연색을 전부 동원해서 전체적으로 보면 굉장히 경쾌하고 코믹한 분위기를 연출하지만 하나하나 살펴보면 그런 밝은 분위기 속에 등장하는 인물들의 표정은 전부 어둡다는 것을 발견할 수 있었다. 그건 아무래도 오랜 스페인 침략 역사와 맞물려 우울했던 시대상을 얘기하려는 것이 아닌가 싶다. 하지만 그래도 유쾌하다는 느낌을 지울 수는 없는 법! 묵직하면서도 날렵한 자태를 뽐내고 있는 조각상들까지 둘러보면서 보테로는 정말로 놀라운 상상력을 소유하고 있는 천재가 아닐까 하는 생각마저 든다.

장소를 옮겨 **볼리바르 광장**으로 향한다. 보고타 구시가지의 중심이며 시민들의 휴식처이기도 한 이 광장의 중심에는 콜롬비아 독립 영웅 볼리바르의 동상이 서 있다. 광장 주변으로는 대성당·국회의사당·최고재판소·시청사 등이 둘러싸고 있으며 광장에는 항상 비둘기 떼와 시민들로 넘쳐난다.

한참 사진 찍으면서 구경하고 있는 와중에 광장 옆에 있는 대통령궁에서는 국기 하강식이 한창 진행되고 있었다. 마치 영국 런던 근위병들의 임무교대식을 방불케 할 정도로 절도 있고 멋진 모습을 보기 위해 이미 주변에는 수많은 관광객들이 진을 치고 있었는데, 우리도 그 사이를 비집고 들어가 자리를 잡았다. 하지만 대한민국 국군의 날 행사로 인해 높아질 대로 높아진 눈높이로 보니 솔직히 별 볼일 없게 느껴졌다. 역시 절도·박력· 패기하면 한국 군대가 제일이다.

덧없는 탐욕의 역사를 보다

황금 박물관 Museo del oro에 갔다. 남미의 역사에서 황금은 빼놓을 수 없는 중요한 매개체 중 하나라고 할 수 있다. 잃어버린 황금도시 엘 도라도. 고대문명의 화려한 황금 장식물, 잔혹한 스페인 침략사 등등, 숱한 피바람의 역사 속에서 황금은 그 빛이 더욱 선명해지기도 했고, 반대로 그 빛을 잃고 한없이 탁해지기도 했다. 모든 역사는 가진 자의 욕심과 덜 가진 자의 눈물로 채워진다. 만족을 모르는 인간의 천성은 끝없이 반복되는 전쟁과 학살, 수탈과 핍박을 가져왔고, 한낱 반짝거리는 노란 돌멩이를 얻기 위해 스페인군은 산을 통째로 잘라내는 잔혹 무도한 짓까지 서슴지 않고 자행했던 것이다.

콜롬비아의 유명한 유적 중에 산 정상에 위치하고 있는 '구아타비타 호수'란 곳이 있다. 예전 잉카문명 시대에는 온몸에 황금가루를 바른 제사장들이 하늘에 제사를 지낸 뒤 이 호수에서 몸을 씻어내었다는 전설이 있었다고 한다. 그 사실을 알게 된 스페인군은 원주민을 동원해 호수 한 켠을 완전히 잘라내서 물을 빼내고 바닥에 쌓여 있던 금가루를 전부 캐내 본국으로

보냈다고 한다. 지금도 이 호수의 한쪽은 허리가 잘린
채로 적나라하게 드러나 있어 탐욕스러웠던 과거의 역사를
슬프게 담아내고 있다.

인간의 욕심은 한도 끝도 없다. 만족하지
못하는 인간에게 행복이란 공존할 수 없는
뜬구름일 뿐이다. 적당히 먹고 적당히 입고
적당히 만족할 수 있다면 매순간 너무나
기쁘게 살아갈 수 있을 텐데……. 삼척동자도
알고 있지만 대통령도 맥없이 무너지는 진리일
수밖에 없다는 것이 안타까울 따름이다.

몬세라떼는 보고타 중심에 있는 산꼭대기에
있어 시내를 한 눈에 내려다볼 수 있는
성당이다. 워낙 높아서 걸어 올라가려면 두
시간 정도가 걸리기 때문에 보통은 케이블카를
이용해서 이동하곤 한다. 평소 어차피 내려올
산을 왜 고생하며 올라가냐는 무사안일주의의
대표주자로서 너무나 자연스럽게 케이블카를 선택했다. 하지만 너무 쉽게
올라가서 그런가? 날이 흐려서 그런가? 기막히게 좋다고 해서 올라간
곳이건만 아기자기하고 예쁜 성당을 보아도, 정교하게 조각된 성상들을
보아도 그다지 큰 감흥을 느끼지 못했다. 감동이란 그런 것이다. 단단히 준비된
자에게만 주어지는 한 알의 달콤한 사탕과도 같은 것. 몸이 힘들어서, 때론
차편이 없어서, 그런 시시껄렁한 변명들로 포장되어 얼렁뚱땅 갑자기 눈앞에
펼쳐진 절경들은 대부분 개운하지 못한 찰나의 놀라움만 남길 뿐이다. 조금
더 몸을 혹사시키는 고생이 동반될 때 더 큰 무한한 감동의 파도에 휩쓸릴
수 있지 않을까? 당연한 물음에 철없이 대답할 수밖에 없는 내 자신이
가식적으로 느껴질 뿐이다.

남미

씨빠끼라 소금성당에서
엉터리 통역을 하다

보고타에서 한 시간 반 정도 떨어진 곳에 위치한 **씨빠끼라**Zipaquira라는 마을.
예전부터 이곳은 소금을 채취할 수 있는 거대한 광산이었다. 일년 내내 소금을
캐내느라 어두운 지하에서만 생활하던 광부들은 오랜 시간 동안 조금씩
자신들의 신앙을 위해 땅 속 깊숙한 곳에 성당을 짓기 시작했는데, 이것이
바로 그들이 완성한 소금성당이다.

난 적어도 아직까지는 무신론자다. 하지만 가끔씩 신앙의 위대한 힘에 경탄을
금할 수 없을 때가 있다. 신의 믿을 수 없는 기적의 힘이 아니라, 신을 절실하게
믿고 싶어하는 믿음의 힘. 그것은 태초에 인류가 생긴 이래 언제나 그 역사와
함께 해왔다. 비록 전쟁·변질·타락·탄압 같은 부정적인 면이 있을지라도
수많은 유적과 종교 건축물들을 비롯해, 종교는 불가능을 가능케 하는 엄청난
힘을 보여줄 때가 있다. 그 힘은 오롯이 어떠한 대상을 향한 믿음의 힘이라고
밖에 설명할 도리가 없는 것이다.

가이드와 함께 소금광산의 입구를 따라 들어가기 시작한다. 같이 동행하고
있는 친구들에게 영어 가이드의 설명은 너무 빨라서 내가 중간에서 통역을
해주어야만 했다. 4개월 전 비행기에서 흘러나오는 영어 안내방송을 단

소금을 캐내는 광부들의 절실한 믿음의 힘이 느껴지는 조각상

이 모든 조각들이 소금으로 만들어졌다.

한마디도 이해하지 못했던 천둥벌거숭이 같았던 조영광이, 지금은 콜롬비아
땅에서 통역을 한단다. 물론 아직도 절반 정도 밖에 안 들린다. 한참 가이드가
떠들어 대고 난 후 대충 몇개 단어만 듣고, 그걸 또 내 나름대로 정리해서
친구들한테 전하니 점점 양이 줄어들 수밖에. 친구들의 의심의 눈초리가
뒤통수에 따갑게 꽂히는 게 느껴지지만, 난 천연덕스럽게 <나홀로 집에>에
나오는 꼬마 주인공 같은 표정을 지으며 잘도 지어낸다.
"이 소금성당은 100% 소금으로 지어졌습니다. 벽을 핥아보세요! 진짜
소금맛이 날테니깐요! 하하하~"
진짜로 핥아봤다.
다른 사람들은 소심하게도 손가락으로 벽을 조금씩 찍어 맛보는 정도로
그치지만, 난 과감하게도 한쪽 구석에다가 머리를 처박고 할짝할짝 열심히
혀로 핥았다. 너무나 짜릿한 짠맛으로 머리가 빙글빙글 돌 지경이었지만
어디서 이런 진귀한 구경을 하겠는가 싶어서 핥고 또 핥았다.
한참 그렇게 하고 있는데 아차 싶다. 이 성당에 와본 사람들이 한두
명이겠는가? 이름난 관광지답게 한 해만도 수백만 명이 다녀갈 텐데 오는
사람들 모두 한두 번씩은 손가락으로 문질러보지 않았겠나? 가이드 안 보게

침 퉤퉤 뱉고 똥 씹은 표정으로 길을 재촉할
뿐이다.

각기 특색을 가지고 있는 총 12개의 소금
십자가상을 지나 맨 안쪽에는 수백 명이
한꺼번에 미사를 드릴 수 있는 거대한 예배당이
지어져 있다. 수년, 수십 년 동안 빛 한줌 못
보고 혹독하게 노동력을 착취당했을 광부들의
애환이 서려있는 곳. 어쩌면 그들은 태양의 빛

두툼하게 썰어 씹는 맛이 황홀했던 까르네 아사도

대신 십자가에서 뿜어져 나오는 신앙의 빛으로나마 위안을 삼아야만 했던
것이 아니었을까? 아니면 주일에 잠시나마 예배당에 앉아 녹초가 되어 버린
몸과 마음을 추스릴 수 있는 안식처로 사용했을지도 모른다. 어찌됐건 이
예배당이 그들에게 갖는 의미는 절대 평범하진 않았을 것이 분명하고 그
마음이 전해지는 듯해서 내 마음까지 숙연해진다.

광산에서 소금이 만들어지기까지의 과정을 담은 영화도 보고 나니, 가이드의
설명이 끝나는 지점에서는 소금으로 만들어진 기념품 가게와 커피숍이
기다리고 있었다. 빤히 보이는 상술이긴 하지만 조금은 비싼 커피를 멋지게
돈을 내지르고 사 마신다. 소금광산의 푸른 조명 아래 마시는 커피가 제법
짭짤하고 은은하다.

광산을 나와 씨빠끼라 마을로 버스를 타러 간다. 마침 출출하던 차에 이
마을에서 발견한 건 까르네 아사도Carne Asado. 소고기와 돼지고기, 닭고기 등을
통째로 꼬치에 꽂아 훈제 바비큐 식으로 구워내는 요리로, 겉에 잘 익은
부위를 잘라내 한 그릇 가득 담아준다. 오랜만에 맛보는 고기라서 허겁지겁
주워 먹었더니 주인도 놀라 구경하기 바쁘다. 이럴 땐 자랑스럽게 한마디
외친다.

"세뇰~ 무이 델리시오소! 소이 데 하뽀네즈~!Senol~ ¡Muy delicioso! ¡Soy de Japonase!"
아저씨~ 너무 맛있네요! 우리 일본사람이에요~!

평등사회 지향하는
콜롬비아를 본받아

오전에 소화도 시킬 겸 잠시 볼리바르 광장에 산책 나갔다가 경찰의 인도 하에
뜻하지도 않았던 **경찰박물관**을 구경하게 됐다.

불과 몇십 년 전까지 세계 최대의 마약 생산국으로 악명을 떨쳤던 나라에서
현재 남미에서 가장 깨끗하고 잘 사는 나라 중의 하나로 탈바꿈하기까지
경찰의 노력과 그 수고는 말도 못 했을 것으로 짐작이 간다. 이 박물관에는
과거 스페인 통치 시대부터 지금까지 콜롬비아의 경찰에 관한 모든 자료가
전시되어 있었는데, 나도 남자인지라 특히 무기전시관이 인상 깊었다. 수천
정의 총과 칼, 스파이들이 사용했던 비밀장비들까지 총망라되어 시선을
끌었고 옥상에는 보고타 전체를 둘러볼 수 있도록 망원경까지 구비되어
있었다.

한쪽 방은 마약의 나라답게 콜롬비아 역사상 악명을 떨쳤던 범죄자들의
사진이 쭈욱 걸려 있었는데, 그 중 가장 특이했던 것은 유리장 속에서
턱수염이 덥수룩하게 덮여 있는 실제 크기의 인체 모형이었다.

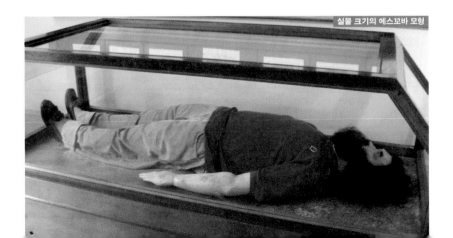
실물 크기의 에스꼬바 모형

가이드의 설명을 들어보니 **빠블로 에밀리오 에스꼬바**^{Pablo Emilio Escoba}라는
콜롬비아 역사상 최고의 현상금_{27억 페소, 약 15억 원}이 걸렸던 희대의 마약왕의
모형이란다. 에스꼬바는 콜롬비아 메데진 주변으로 활약했던 마피아 두목으로
살인·마약·폭력 등 수도 없는 범죄를 저지르기도 했지만, 부자들에게 빼앗은
돈을 가난한 빈민들에게 나눠주기도 하는 이중적인 모습을 보이기도 했다고
한다. 그 덕택에 국회의원 자리에까지 오르기도 했지만, 결국에는 경찰에
쫓기다 지붕에서 떨어져 파란만장한 일생을 마감했던 범죄자다.

한참 구경을 마치고 **나시오날 유니버시다드**^{National Univercidad}로 이동한다. 우리나라로
치면 서울대 같은 국립대학으로 보고타 중심에 자리 잡고 있는데, 공부를
잘하는 가난한 학생들에게는 무료로 교육을 제공하는 한편 잘 사는 부유층
학생들에게는 거액의 기부금을 받는다고 한다.

콜롬비아는 여러 면에서 사회적으로 자본주의와 공산주의가 결합된 형태를
보이고 있다. 예를 들어 콜롬비아의 대도시는 1구역부터 6구역까지 등급이
매겨져 있는데 숫자가 높을수록 안전하고 생활수준이 높은 사람들이 모여
살기 때문에 집값도 천정부지로 치솟아 있다. 반면 가장 빈민가인 1구역의

거리에 있는 공중전화는 무료로 제공되고 그들에게는 세금도 거의 받지
않는다고 한다. 한 마디로 잘 사는 사람이 못 사는 사람을 먹여 살리는 구조다.
모든 사람이 평등하다는 전제 아래 끊임없이 무한경쟁을 강요받는 잔혹한
자본주의 체제를 벗어나 최소한의 생활을 보장받는 이런 정도의 안전장치는
어느 정도 본받으면 좋겠다는 생각이 든다.

호스텔에서 친해진 스페인 친구 에네꼬의 안내로 대학교 구석구석을 둘러본다.
오래된 대학이라 그런지 그리 깨끗하지만은 않다. 길거리 어디에서나 볼 수
있는 지저분한 낙서들이 이곳 신성한 대학교의 벽면마저 점령하고 있었다.
물론 예술적 가치가 충분한 놀라운 작품들도 있긴 하지만 대부분 선정적이고
욕설이 가득찬 문구일 뿐이다.

그러다가 눈에 띈 곳은 수의과 대학. 나도 모르게 발길이 그 쪽으로 향한다.
말과 소 같은 대동물을 위한 목장도 있고 개나 고양이 같은 소동물을 위한
동물병원도 있다. 물론 이곳 학생들을 위한 강의동과 연구실도 마련되어 있다.
가운을 입고 바쁘게 걸어 다니고 있는 학생들을 보며 옛 생각에 빠져본다.

마약단 에스꼬바의 현상수배 포스터

빡빡한 수업과 하루 종일 진행된 실험,
그리고 일주일 내내 잡혀 있는 시험에 찌들어
대학생활의 낭만을 제대로 맛보지 못한 것만
같아 심히 아쉬움이 남긴 하지만, 그래도 '학생
때가 좋았구나!' 하는 생각이 더 많이 드는 건
어쩔 수가 없다. 다시 대학시절로 돌아갈 수만
있다면 훨씬 더 잘 보낼 자신이 있는데……
부질 없는 후회만 남길 뿐, 지나간 과거는
돌이킬 수 없다는 동서고금의 진리만 씁쓸하게
되뇌어 본다.

심하게 부러운 장면도 목격한다. 교수님으로
보이는 분이 살아있는 말 옆에서 여러 가지

설명을 하고 주변에는 학생들 몇 명이 열심히 경청하며 무엇인가를 받아 적고
있다. 척 봐서는 말 발굽을 깎는 기술과 편자 교체하는 방법에 대해 설명하는
것 같은데 말에 대한 수업은 제대로 받아 본 적이 없는 나로서는 더할 나위
없이 신기하고 부러울 따름이다.

현재 우리나라의 수의학은 80% 이상 소동물 쪽으로 치우쳐 있어 대도시
주변에는 개·고양이들만을 위한 동물병원이 포화상태에 이르러 있다. 하지만
농촌이나 대동물 목장 쪽에는 인력부족으로 인한 서비스 질의 하락 현상이
나타나고 있다고 한다. 가뜩이나 계속된 불경기로 어려운 시기에 수의학도로서
여러 가지를 생각하게 만드는 일이다.

이제 장장 9일간이나 머물렀던 보고타를 떠날 때가 되었다. 너무나 편했던
태양여관과 주인장 다니님의 배려 하에 잘 놀고 잘 먹고 잘 쉬다 가는 것 같다.

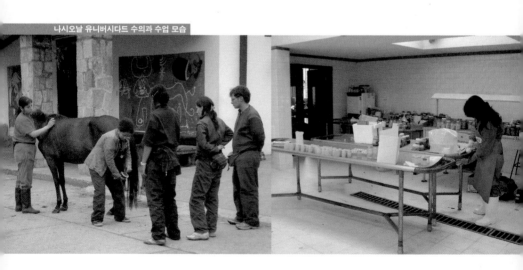

나시오날 유니버시다드 수의과 수업 모습

콜롬비아 커피 맛보고
나도 바리스타처럼

콜롬비아의 대표산물이자 과거 전쟁커피전쟁의 불씨를 지피기도 했었던
작물인 커피는 원산지가 에티오피아로 파란만장한 역사를 가지고 있다.
최초 에티오피아 원주민이 커피를 발견하게 된 계기가 재미있는데, 처음에는
커피콩을 생으로 씹어서 먹어 보기도 하고 차처럼 물을 우려내서 마셔 보기도
했지만 떫기만 한 그 맛에 화가 난 원주민들은 홧김에 커피콩을 불속에
던져버렸단다. 하지만 다음날 타고남은 잿더미에서 까만색 콩을 발견하게 되고
향긋한 그 향에 깜짝 놀란 그들은 숱한 시행착오 끝에 결국 지금처럼 가루를
내 뜨거운 물에 타서 마시는 방법을 터득하게 되었고, 그후 오랜 세월동안
커피는 황금보다도 더 소중하게 여겨져 오게 되었다고 한다.
지금도 에티오피아에서는 커피콩의 반출을 법으로 금지하고 있는데, 마치
문익점이 중국에서 목화씨를 붓통에 숨겨와 우리나라에 퍼트렸듯이,
약 300년 전 네덜란드의 한 선교사가 에티오피아에서 몰래 커피콩을 숨겨서
들여온 이후, 네덜란드는 유럽 최초의 커피 생산국이 되었다. 그 후 네덜란드는
전리품으로 프랑스에 커피 묘목을 선물함으로써 프랑스는 유럽에서 두 번째로
커피를 소유하게 되었고, 결국 네덜란드와 프랑스는 유럽 경제를 좌우할 만큼
강대한 힘을 가질 수 있었다.
친치나 커피농장은 마니살레스에서 약 2시간 떨어진 곳에 위치하고 있는데
콜롬비아 내에서도 최고급의 커피를 생산하는 만큼 굉장한 자부심을 가지고
있었다. 가이드인 세르데이의 안내 하에 3시간에 걸쳐 농장을 견학한다.

커피콩을 심어 묘목을 키우는 법, 떡잎의
크기에 따라 암컷과 수컷을 판별하는 법

커피나무는 전부 암컷들만 있는데 암컷 묘목들이 수컷에
비해 수확량이 3배 이상 많기 때문이라고 한다., 묘목을
모판에서 옮겨 심는 법, 커피콩의 형태와
색깔에 따른 등급판정, 커피나무를 재배함에
있어서 해충관리법이 곳에서는 절대로 화학비료를
사용하지 않고 천적인 또 다른 벌레를 이용해서 해충을
없애고 있다고 한다., 그리고 우리가 마시는 커피가
테이블에 올라오기까지의 유통과정에 대해서도
자세하게 배울 수 있었다.
"이거 보이죠? 이쪽이 후안 발데스에 납품되는
커피콩이고, 이쪽이 네스까페, 레스비 만드는
커피콩이에요!"

후안 발데스는 콜롬비아의 대표적인 원두커피 전문 체인점으로 세계에서 유일하게 스타벅스가
들어왔다가 실패하고 물러난 나라가 바로 콜롬비아라고 한다. 물론 그 중심에는 후안 발데스가
버티고 있었기 때문인 건 두말하면 잔소리다.

여러 가지 재미있는 사실이 너무 많았다. 솔직히 커피에 있어서 고급
원두커피와 인스턴트 캔 커피의 차이를 별로 느끼지도 못할 정도로 문외한인
나에게, 자세한 설명과 함께 그 차이를 눈앞에서 보여주는데 정말 놀라지 않을
수가 없었다.

또한 커피를 마시는 방법에 대해서도 배웠다. 최고로 맛있게 커피를 마시기
위해서는 우선 당연히도 커피가루의 품질이 좋아야 하고, 물은 90도 정도를
유지해 주는 것이 가장 좋단다. 그리고 커피를 입에 머금을 때 와인을
마시듯이 공기를 같이 빨아들여 입 안 전체에서 커피의 향이 퍼지도록
해주는데, 이 때 최고급의 커피일 경우에는 그 향이 입 안에서 1시간 이상

느껴진다고 한다.

'공짜 좋아하는 조영광이 이 기회를 놓칠쏘냐? 오늘밤 시뻘겋게 뜬눈으로 지새우면 어떠하리? 내가 또 언제 이렇게 좋은 커피를 마셔보겠는가?' 싶어 수도 없이 마시고 또 마셨다. 태어나서 커피 마시고 배부르긴 처음인 듯하다. 견학이 끝나고 커피에 대해서 자세하게 배웠다는 증표로서 수료증까지 받아드니 마치 바리스타라도 된 양 기분이 우쭐했다.

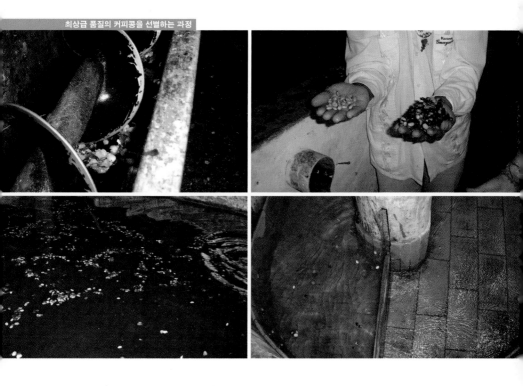
최상급 품질의 커피콩을 선별하는 과정

2009.2.12 (화)

까르따헤나에서
진흙 목욕을 즐기다!

여기는 콜롬비아 **까르따헤나**.

그 유명한 캐러비안 해변의 도시로서, 예전부터 시도 때도 없이 출몰하던
해적들의 습격을 막기 위해 도시 전체를 튼튼한 석벽으로 둘러싸 버렸다고
한다. 물론 지금은 관광지화 되어 성벽에는 오래된 대포와 예쁜 커피숍들이
들어차 있긴 하지만, 떨어지는 해를 감상하기에는 이보다 더 좋은 장소를
찾기도 힘들 듯!

좁은 골목길을 돌아다니다 보면 구석구석 예쁜 광장도 많고 고즈넉한
건물들도 얼추 구색을 맞춘다. 하지만 다른 한편으로는, 불과 몇백 년 전
아프리카에서 흑인들을 끌고 와 노예로 팔아넘기는 노예시장이 열렸던
곳으로서의 가슴 아픈 역사가 어려 있는 곳이기도 하다.

한참을 돌아다니다가 작은 분수가 있는 광장 벤치에 주저앉았다. 잠시 숨을
고르고 있는데 옆에 커피를 파는 사내가 다가온다. 예전 보온병을 들고 재래
시장통을 돌아다니며 커피나 율무차를 팔았던 아줌마들. 꼭 그것과 닮은
행태다. 신기하기도 하고 맛도 궁금하기도 해서 한 잔 청하니, 손이 데일
정도로 뜨거운 커피를 작은 플라스틱 소주컵만한 데다 가득 따라준다. 근데
이게 웬걸? 역시 누가 커피의 나라 아니랄까봐, 진짜 너무너무 맛있는 게
아닌가? 순식간에 한잔을 들이킨 후, 떠나가던 사내를 뒤쫓아 가서 또 한잔을
더 사먹을 정도였으니! 무이 델리시오소! ¡Muy Delicioso! 너무 맛있다!

다음날은 투어 일행을 따라 이곳의 명물인 진흙목욕을 하러 나선다.

까르따헤나에서 약 3시간 가량 떨어진 곳에 위치해 있는 이곳의 첫 모습은 솔직히 좀 뜬금없었다. 허허벌판에 솟아 있는 산 하나. 이게 뭔가 싶지만 가이드의 안내를 받아 수영복으로 갈아입고, 계단을 올라가보니 산봉우리 가운데 진흙이 가득 고여 있는 게 아닌가? 크기는 우리나라 목욕탕의 온탕 하나 정도 될 듯한데, 이미 먼저 온 일행들로 가득 차 있어 한참 동안이나 줄을 서서 기다릴 수밖에 없었다.

드디어 내 차례가 되었다. 조심스럽게 탕 안으로 한 발씩 들여놓는다. 근데 느낌이 요상하다! 요구르트에 빠진 느낌이라고 하면 이해가 가려나? 끈적끈적하면서도 미끈미끈한, 그러면서도 한편으론 걸쭉한, 그런 이상야릇한 진흙탕 속에 몸을 담그는데, 더 신기한건 발이 땅에 닿지 않는다는 것이다. 허공에 대고 다리만 허우적허우적 거릴 뿐. 또 그러면서도 절대 가라앉지는 않는다. 옆에 사람들이랑 장난치면서 머리를 아무리 힘껏 눌러 빠뜨리려고 시도해 봐도 금세 떠오르는 게 여간 재미있는 게 아니다.

"아시죠? 여기 머드 좋은 거! 특히 피부에 최고래요!"

동서고금으로 그저 몸에 좋다면 난리 피우는 건 죄다 똑같은가 보다! 밖에 서 있던 가이드가 한 마디 부추기니 너나 할 것 없이 서로 얼굴에 발라주느라 바쁘다. 진흙으로 떡칠을 해 놓으니 머리 노란 서양인인지, 아님 시커먼 흑인인지 당최 구분이 안 간다. 원초적인 자연으로 돌아가면 다 같은 인간일 뿐! 피부색이며, 머리카락 색깔이며, 그게 뭐 그리 중요하겠나 싶다.

바란끼야 카니발
그 광란의 현장 속으로!

매년 2월 20일경. 남미의 거의 모든 도시가 들썩대기 시작한다. 브라질의
리오카니발을 비롯해서, 크고 작은 축제들로 인해 대륙 전체가 밤새도록 먹고
마시고 즐기는 광란의 도가니에 빠지게 되기 때문이다.

솔직히 정말로 브라질 리오카니발이 보고 싶었다. TV로만 봐왔던 화려한
퍼레이드 행렬이며, 그 정열적인 축제의 현장에 뛰어들고 싶어 여러 가지로
루트를 짜봤지만, 결론적으로 불가능하다는 판단을 내릴 수밖에 없었다.

눈물을 머금고 차선책으로 선택한 곳이 바로 이곳, 콜롬비아의 **바란끼야**란
작은 마을이다. 남미에서 리오카니발 다음으로 두 번째로 큰 축제가
열린다기에 콜롬비아 일정을 보름 동안이나 늘려가며 어렵게 축제 하루 전날,
때 맞춰 도착할 수 있었다.

이미 도시 전체는 축제가 시작된 것이나 다름없었다. 온 거리는 퍼레이드
준비와 리허설로 술렁거렸고 전 세계 각지에서 몰려든 관광객과 취재진들로
인해 물가는 천정부지로 치솟아 있었다. 축제를 습격할 우리의 정예용사는
전부 여섯 명. 콜롬비아 각지에 뿔뿔이 흩어져 있던 한국 여행객들을 죄다
연락해서 모은 멤버들이다.

드디어 축제 당일! 오늘부터 총 3박 4일간에 걸쳐 펼쳐지는데 첫째 날과 둘째
날이 그 중에서도 하이라이트란다. 시작 5시간 전부터 퍼레이드가 열리는
거리에 가서 자리를 잡고 앉았다. 돈 몇 푼 아껴보겠다고 천막 아래 마련된
편한 의자석이 아니라, 바리케이드 바로 앞 인도 바닥에 털썩 주저앉았다. 숨이

턱턱 막힐 정도로 태양볕이 작렬하는 가운데 다들 빠르게 지쳐갔지만, 드디어 기다리고 기다리던 퍼레이드 행렬이 시작됨과 동시에 언제 그랬냐는 듯 모두 다 펄떡 일어나 괴성을 지르며 축제에 빠져들기 시작했다.

색색의 화려한 깃털 장식을 한 미녀들, 온몸에 새까만 검댕칠을 하고 안 그래도 흉측한 얼굴을 잔뜩 찌푸리며 관람객을 위협하는 토인들, 비키니 차림으로 건강미를 뽐내며 열정적인 삼바춤을 선보이는 무희들, 종종거리며 행렬을 따라가기 바쁜 앙증맞은 꼬마들, 오랜 기간 연습한 듯 일사불란한 군무를 보여주는 학생들, 트럭에 올라타서 마이크에 대고 연신 목청껏 노래를 불러대는 가수들, 왕년에 꽤나 명성을 날렸을 듯 노익장을 과시하는 할머니, 할아버지들까지 그야말로 남녀노소를 가리지 않고 모두 다 하나가 되어 축제 그 자체를 즐기는 모습이 너무나 행복해 보였고 미친 듯이 부러웠다.

어찌 보면 구경하던 인파들보다 오히려 퍼레이드에 참여한 사람들이 더 많아 보일 정도로 행렬은 끝도 없이 이어졌다. 주변에 있던 모든 관람객이 하나가 되었고 퍼레이드의 모든 참가자들도 하나가 되었다. 이 한 순간을 위해 그들은 얼마나 준비를 하고 얼마나 많은 땀을 흘려 왔을까? 규모에서는 리오카니발에 조금 뒤질지언정, 그들이 뿜어내는 열정과 열기는 그 무엇에도 밀리지 않을 것이라고 단언할 수 있다. 용광로같이 달궈진 인파들 사이에서 하도 소리를 질러댔더니 목이 잔뜩 쉬어 버릴 정도였다.

말도 못하게 웃기는
오타발로 시장

드디어 오늘부턴 **에콰도르**다!

나라의 중심 한복판에 적도가 가로지르고 있어 나라 이름 자체가 "적도"라는 뜻을 가지고 있는 곳. 하지만 국토 대부분이 워낙 높은 고지대에 위치하고 태평양 쪽을 흐르는 한류의 영향으로 그리 덥지는 않은 곳. 남미 그 어느 곳보다도 아메리카 원주민의 비율이 높아 시간이 정지한 듯 순박한 생활을 이어 나가고 있는 나라. 바로 그 에콰도르에 도착했다.

콜롬비아에서 늦어진 일정을 메우려면 서둘러 이동해야만 하기 때문에 국경을 통과하자마자 바로 에콰도르의 수도 끼또로 향한다. 하지만 그것도 잠시. 현지인들과 함께 버스 타고 가면서 한참 수다를 떨고 있는데, 언뜻 창밖에 비친 이정표에 **오타발로**라고 쓰여 있는 게 보인다.

"스톱~~~!! 기사 아저씨! 스토~~~~옵!!"

오타발로 하면 토요일마다 남미에서 가장 큰 새벽시장이 열린다는 그 유명한 곳 아닌가? 원래 계획에는 없었지만, 가는 날이 장날이라고 마침 내일이 토요일이고 해서 이 좋은 기회를 놓칠 수는 없다고 판단! 결국 멀쩡하게 잘 가던 버스를 억지로 세워 내리고야 말았다.

대충 여관을 잡고 들어가 내일을 기약하며 노곤한 몸을 뉘었다. 새벽 6시쯤 됐으려나? 밖이 시끌시끌하다. 졸린 눈을 비비면서 일어나 창밖을 보니 어제밤 분명히 황량한 골목이었던 곳에 어느새 천막이 세워지고, 어디선가 몰려든 수많은 장사치들이 하나둘씩 자리를 펴고 있는 게 보인다. 부리나케 샤워를

마치고 사진기 하나 어깨에 달랑 메고 거리로 나섰다.

과연 남미 최고라는 그 명성답게 오타발로라는 마을 하나 전체가 시장으로
둔갑해 버렸다. 형형색색의 토산품을 비롯, 수많은 옷가지들, 먹거리들, 잡다한
생활용품들까지 도대체 없는 것이 없을 정도로 빽빽하게 거리를 채우고 있다.
하지만 오늘의 하이라이트는 이 정도가 아니었다. 시내 중심가에서 도보로
20분 정도 떨어진 곳에 위치한 널따란 공터. 그 곳에선 이미 말도 못할 정도의
난장판이 벌어지고 있던 것이다. 세상에서 제일 재미있는 동물시장Mercado
Animale이 바로 그것이다.

가는 새끼줄에 목이 묶여 억지로 끌려가고 있는 새끼 돼지들과 철장 속에
빽빽하게 들어차 있어 보기에도 안쓰러운 토종닭들, 곱게 차려입은 원주민
아낙네 등에 업혀온 양들하며 좋은 값에 팔려가기만 하염없이 기다리고 있는
시커먼 소와 조랑말들까지, 사람과 동물이 한데 섞여 정말로 "아수라장"이란
말이 딱 들어맞는 광경이 아닐 수 없다.

팔딱팔딱 활력이 살아 넘치는 그 바다 속으로 꾸역꾸역 밀치고 들어가 보니
그 안은 더 가관이다. 사방에 온갖 동물들의 배설물들이 지뢰마냥 널려 있어

도저히 안 밟으려야 안 밟을 수가 없을 지경인데도 불구하고, 새벽부터 서둘러
나오느라 끼니도 못 챙겨먹고 나온 상인들을 위한 음식장수들은 작은 수레를
이끌고 요리조리 잘만 돌아다니고 있다.

그 중에서도 가장 내 혼을 쏙 빼앗아간 건 다름 아닌 꾸이Cuy였다. 영어로는
기니아 피그Guinea pig라고 하는데 생김새는 조금 커다란 햄스터처럼 귀엽게
생겼다. 이곳 에콰도르와 페루 쪽에서는 예전부터 없어서는 안 될 중요한
단백질 공급원으로서, 시골마을 집집마다 부엌 아궁이 옆에서 길러 왔다고
한다. 조만간 꾸이 통바베큐 요리를 소개할 기회가 있을 것이기 때문에 여기서 꾸이 얘기는
넘어가기로 한다.

당당하게 적도를 밟고
계란을 세우다

지구의 정중앙을 가르는 선. 일 년 내내 새벽 6시에 해가 떠서 정확히 저녁
6시에 해가 지는 곳. 지구상에서 가장 더운 그 곳, 적도. 그 적도를 밟으러
간다.

끼또의 신시가지, 미라 플로렌스에서 버스를 몇 번이나 갈아타면서 겨우
도착한 그 곳. 워낙 유명하고 관광객들도 많이 찾는 곳이라 우리나라의
창덕궁마냥 공원으로 잘 꾸며져 있다. 하지만 미리 입수한 정보에 의하면 공원
안에 그려져 있는 적도는 진짜가 아니고, GPS의 눈금이 정확히 0도 00분
00초를 가리키는 곳은 공원 울타리 바깥쪽에 있는 작은 야외 박물관에
숨겨져 있단다. 까딱 잘못했으면 엉뚱한 곳에 가서 폼 잡을 뻔 했지 않은가?
사뿐하게 으리으리한 공원의 정문을 즈려 밟고 표지판도 하나 제대로 없는

박물관을 향해 20분 동안 걸어가 보니, 멀리 '인띠난 박물관Inti Nan Museum'이라는
글자가 보인다. 이 박물관은 잉카시대 이전부터의 문명과 정글 속에 살았던
인디오들의 생활상, 그리고 적도에서 벌어지는 믿기 힘든 현상들에 대하여
상세하게 보여주고 있었다.

천천히 이동하면서 가이드의 설명을 들었는데, 우선 우리가 살고 있는
북반구에서는 고여 있던 물이 배수구를 통하여 빠져나갈 때 언제나 시계
반대방향으로 돌고, 반대로 남반구에서는 시계방향으로 물이 돌면서 내려가게
된단다. 아마도 자전의 영향 때문인 듯싶다. 하지만 적도 위에서 배수구의 물은 회전
없이 그대로 내려간다. 실제로 가이드가 적도 위에서 보여준 실험에서는 분명히
물이 어느 방향으로도 회전하지 않고 그대로 떨어지는 걸 확인할 수 있었다.
잠시 후, 적도를 기준으로 북쪽과 남쪽으로 약 1미터 정도 실험세트를 옮겨
다시 실험해 보니 서로 반대방향으로 물이 회전했다. 실제로 눈으로 봐도 믿기
힘든 일이었다.

다음은 계란을 못 위에 똑바로 세우기 실험. 이것은 지구상에서 오직
적도에서만이 가능하다고 한다. 하지만 막상 해보니 그리 쉽지는 않은 듯.
인내심을 가지고 마음을 가라앉힌 뒤 수십 번이나 시도한 끝에 결국 성공할
수 있었다. 같이 설명을 듣던 프랑스 아주머니와 함께 기쁨을 나눈 뒤

기념사진 찰칵!

마지막 테스트는 눈을 감은 상태로 적도
위를 똑바로 걷기 실험이었다. 우스갯소리로
이곳에서는 이 실험을 "에콰도르식 음주단속
테스트"라고 하는데 생각하기에 따라 그리
어려울 것 같지 않았지만 적도 위에서는 우선
균형을 잡는 것 자체가 힘들었고, 도전하는
사람들 중 백이면 백, 불과 열 발자국도 걷기
전에 한 쪽으로 기울어지고 말았다.

다들 소풍 나온 초등학생 마냥 신기해서 웃고
떠들며 즐기는 와중에 사실 가장 내 관심을
끌었던 것은 따로 있었다. 옛날 정글 속에 살던
인디오 원주민들은 자신의 소중한 사람이
죽게 되면 그 사람의 머리 가죽을 목걸이로
만들어 간직하는 풍습이 있었다고 한다. 그
과정은 우선 죽은 사람의 머리 가죽을 통째로
벗겨내서 뜨거운 물에 삶게 되면 수분이
빠져나가고 조그만 형태로 쭈그러들게 되는데,
그것을 실로 잘 엮어 목걸이로 만들었다고 한다.
아버지가 어린 나이에 병들어 죽은 자신의
아들을 영원히 기억하기 위해 만든 목걸이를
봤는데, 끔찍하기도 하지만 한편으론 그 마음이
느껴지는 듯 가슴 한켠이 아려온다.

지구의 중심을 가로지르는 적도를 밟고 서니
마치 내가 지구의 중심이 된 것 마냥 뿌듯하다.

지붕열차와 악마의 코에
된통 속다!

난 지금 아주 평범한 기차에 앉아 한없이 불만에 가득 차 있고, 짜증이 머리
꼭대기만큼 나 있다.

이틀 전, 바뇨스에서 부리나케 서둘러 **알라우시**Alausi라는 곳으로 왔다. 목적은
에콰도르의 명물이자 내가 에콰도르에 온 가장 큰 이유 중의 하나인
'지붕열차'를 타고 '악마의 코Nariz del Diablo, 나리스 델 디아블로'를 보기 위해서였다. 모든
여행 가이드 북에도 상세하게 나오고 사진으로도 숱하게 보긴 했지만, 달리는
기차의 지붕에 올라타서 거친 계곡 사이를 헤치고 달린 끝에 무시무시한
악마의 코를 꼭 닮은 바위를 구경하는 낭만 가득한 환상의 모험은 다른
곳에선 절대 해볼 수 없는 진귀한 경험이었기에 잔뜩 부푼 마음을 가지고
이곳까지 오게 된 것이란 말이다.

그런데, 난 지금 지붕에서의 낭만은커녕, 잔뜩 낡은 기차의 통로좌석에
앉아있을 뿐이다. 워낙 인기가 많은 탓에 기차 지붕 위에 타는 표를 구하기가
하늘의 별따기만큼이나 어렵다는 정보를 듣고 이틀을 꼬박 기다려 새벽
6시부터 줄을 서서 기다린 끝에야 간신히 표를 구할 수 있었다.

"안 됩니다! 못 올라가요! 안전 때문에 더 이상 지붕에 탈 수 없습니다!"

"네? 뭐라고요?"

부푼 가슴을 안고 플랫폼에 입장, 기차 지붕으로 올라가려고 하니 승무원이
단호하게 가로막는다. 말 그대로 안전 문제로 인해 두 달 전부터 더 이상
지붕열차는 운행하지 않는단다. 그렇다면 비싼 표를 구입할 때까지 아무

얘기도 못 들은 것은 어쩌고, 여기까지 고생고생하며 와서 이틀이나 허비한 황금 같은 시간은 누구한테 보상을 받는단 말인가? 땅을 치고 통곡할 문제지만 죄다 정보가 부족했던 내 잘못이지 누굴 탓하리요? 결국 울며 겨자 먹기로 기차는 타고 볼 수밖에.

왕복 총 1시간 반 동안의 코스. 그래도 중간 중간에 잠깐씩 멈춰 서서 바깥 경치를 구경하며 사진 찍을 시간을 주긴 하더라. 한 폭의 그림 같은 풍경이 눈앞에 펼쳐졌지만 이미 무너져버린 내 가슴은 그것을 담아낼만한 깜냥이 못 됐다. 더욱이 굽이굽이 한참 만에 도착한 악마의 코. 솔직히 한 마디로 "개뿔"이다! 그냥 산줄기 한 등성이일 뿐 아무리 눈을 가늘게 뜨고 쳐다봐도 악마는 어느 구석에도 없는 게 아닌가? 속았다는 생각에 뿌득뿌득 이만 갈린다.

때론 그렇다. 너무 큰 기대는 더 큰 실망을 가져오는 법. 나도 모르게 불현듯 펼쳐진 절경엔 탄식이 흘러나올 만큼 커다란 감동을 받을 수 있지만, 잔뜩 부푼 가슴을 안고 간 경우에는 그렇지 못한 경우가 훨씬 많다. 아마도 감정의 세밀한 조절이야말로 모든 여행자들의 숙제일 듯. 혹자는 억지로 감정을 짜내기도 하고, 편의상 감동을 받은 척 하기도 한다던데 그건 그저 자신을 속이는 것일 뿐, 본인에게도, 또한 그 얘기를 전해들은 타인에게도 아무런 도움이 되지 못한다. 하지만 반대로 감정이야말로 극히 주관적인 것이기에 내 감수성의 초라함에서 비롯된 무미건조한 느낌이 어떤 이에게는 평생 간직될 소중한 기억이 될 수도 있기에 항상 신중해야만 하는 것이다.

그래도 에콰도르 지붕열차는 정말 기대를 많이 하고 왔는데 너무하다는 생각만 들 뿐이다.

잉카문명 이전에 존재했던
문명을 찾아가다

이제부턴 **페루**다! 에콰도르를 떠나 이틀 밤낮을 달려 겨우 도착한 페루.
그 옛날 광활한 남미대륙의 거의 대부분을 차지할 정도로 위용을 떨쳤던
잉카제국의 발상지이자 그 유명한 신비의 도시 마추픽추가 있는 곳이기도
하다.
잉카문명 이전의 문명을 보러갔다. 국토의 3분의 1을 사막이 차지하는 페루는
엄청 더운 곳이다. 특히 페루 북부지방은 일 년 내내 비가 안 오는 것으로
유명한데, 간혹 5월 중순경 한두 번 안개비가 내리는 것을 일컬어 "잉카의
눈물"이라고 칭할 정도니 얼마나 건조한 곳인지 짐작할 수 있다.
방금 도착한 이곳의 지명은 **뜨루히요**! 잉카시대 이전의 문명이 존재했던
곳이다. 14세기경 절정기를 이루었던 잉카문명은 위로는 에콰도르, 아래로는
아르헨티나에 이르는 거대한 제국을 세워, 잉카의 왕조는 라틴 아메리카의
실질적 지배자로 군림하게 된다. 하지만 잉카시대 이전 페루에는 지역별로
모체·치무·나스까·우아까 등 여러 문명이 존재하고 있었다고 한다. 그
중에서도 이곳 뜨루히요를 중심으로는 모체와 치무 문명이 번성했는데 비가
안 오는 기후적 특징으로 인해 모든 건물들이 어도비흙벽돌를 이용하여 지어져
있었다고 전해진다.
사실 이 문명의 존재가 발견된 것은 불과 20~30년 밖에 되지 않는다고
한다. 모든 것들이 땅속에 파묻혀 있거나 사막에 방치되어 있었는데, 그로
인해 유적들의 보존상태가 그리 좋지만은 않아 보였다. 더구나 몇 년 전부터

엘니뇨의 영향을 받아 이 건조한 지역에 비가
내리기 시작하면서 가뜩이나 흙벽돌로 지어진
건물들이 녹아내려 그 훼손 정도가 나날이
심해지고 있다고 한다. 세계의 귀중한 유물이
이렇듯 허무하게 사라져 간다는 사실에 너무나
안타까운 마음이 들긴 하지만, 다행히도 현재
발굴과 복구 작업이 활발하게 진행되고 있다.
가이드의 안내를 받아 여러 곳을 구경한다.
태양의 우아까, 달의 우아까, 무지개 신전,
물고기 신전을 차례로 돌아보고, 그와 관련된
일화와 당시의 시대상에 대한 이야기도 듣는다.
놀라울 정도로 정교한 토기를 통해 고대인들의
손재주를 미루어 추측해 볼 수 있었고, 어떻게
이 땅에 잉카문명처럼 훌륭한 문명이 꽃필 수
있었는지 짐작할 수 있었다.

역사는 연속성을 가진다. 모체·치무·잉카·스페인 침략기, 그리고 현재의
페루까지, 이 모든 역사는 단지 후세 사람들에 의해 구분될 뿐, 당시 시대를
살아가는 사람들에게는 삶이요, 생활의 연속인 것이다. 결국 모체문명의
토기를 만들었던 사람의 손자가 잉카의 정교한 석벽을 건설하는 것으로,
시대가 바뀌더라도 그 영혼은 대물림되어 후손들에게 전해지게 된다. 그런
의미로 볼 때, 한 지역에서 발굴되는 유물들을 통해 당시의 시대상과 함께 그
이전과 이후의 역사를 추측해 볼 수 있다는 점에서 유물들은 더욱 더 중요한
가치를 지니는 것이다.

나스카 지상화와
작은 갈라파고스 바이에스타 섬

바쁜 하루의 시작이다.

사막의 오아시스 와카치나를 뒤로 하고 새벽부터 일어나 택시에 몸을 실었다. 목적지는 작은 갈라파고스라고 불리는 **바이에스타 섬**. 에콰도르에서 다윈의 진화설의 발상지이자 야생동물의 천국이라고 불리는 갈라파고스 섬을 못 보고 온 것이 계속 마음에 걸렸는데(투어비용이 엄청나게 비쌌다. 1주일 동안 배타고 주변 섬 둘러보는 게 고작이었는데 200만원 가까이 지불해야 했으니. 아쉽지만 눈물을 머금고 포기할 수밖에 없었다. 이곳 페루에 갈라파고스 섬에 버금갈 정도의 환상적인 곳이 있다는 소문을 들어 찾아 나선 것이다.

한참을 달려서야 선착장에 도착할 수 있었다. 뱃삯을 지불하고 작은 투어용 배에 올라탄다. 눈부시게 푸른 바다를 가르고 30분쯤 후에 멀리 작은 섬들이 보이기 시작한다. 그때부터 시작이었다. 수많은, 아니 내 생에 그렇게 많은 새들을 한꺼번에 본 건 단연코 처음이었다. 동물원이나 새장 속에 가둬진 조금은 딱해 보이는(?) 애완용 조류가 아니라 그야말로 바다 새들의 향연이었다. 펭귄과 펠리컨을 비롯해서 이름도 모를 수백만 마리의 새들이 섬 전체를 뒤덮고 있었던 것이다. 그 모습 자체도 장관이었지만 그들이 목청 높여 한꺼번에 울어대는 웅장한 교향곡 역시 섬 전체를 진동시키고도 남을 정도로 대단했다.

정신없이 감탄하며 플래시를 터트려댈 무렵 어디선가 갑자기 한두 마리씩 날아 오르더니 그 많은 새 무리들이 어딘가를 향해 떼 지어 긴 비행을

시작한다. 마치 의자왕의 삼천 궁녀들이 바다를 향해 몸을 날리듯 절벽에서
차례로 비상하는 모습은 정말 넋 놓고 바라볼 만큼 감동적이었다.
또 다른 섬은 바다사자들의 천국이었다. 족히 수백 마리는 넘을 듯한
바다사자들이 해변의 바위 위에 걸터앉아 짝을 찾아 소리를 질러대거나 때론
휴식을 취하고 있었다. 간간히 보이는 늠름한 수컷들과 그 주변에 모여 있는
암컷들, 그리고 천진난만하게 장난을 치고 있는 귀여운 새끼 바다사자들까지
그들만의 어떤 서열과 규율에 맞춰 평화롭게 조화를 이루며 살아가고 있는
모습을 보니 절로 미소가 지어진다. 비록 투어라는 프로그램을 통해서
조금이나마 그들의 모습을 엿본 것뿐이지만 지극히 평화로워 보이는 그
무리들을 보며 야생동물들은 무조건 최우선적으로 보호되어야 한다는 생각이
들었다.

투어를 끝내고 또 다시 세 시간을 달려 나스까라는 동네를 찾아간다.
세계적으로도 유명한 나스까 지상화를 보기 위해서다. 광활한 사막 한복판에
그려져 있는 수십 개의 기묘한 그림들은 각각 수십, 수백 미터에 달할 정도로
워낙 커서 경비행기를 타고서야 겨우 그 형태를 파악할 수 있다고 한다. 그
기원에 대해서는 현재까지도 언제, 누가, 어떤 목적으로 그렸는지 아무도 알
수 없는 미스터리로 남아 있는데, 고대인들의 우주로 보내는 신호라는 설부터
외계인들의 소행이라는 이야기까지 분분하게 전해진다.
경비행기를 탔다. "한 푼 두 푼 밥 먹을 돈 아껴서 멋진 투어 한 번 더 하자!"
라는 평소 내 여행수칙대로 거금 50달러나 내고 비행기에 올랐다. 파일럿까지
총 6명이 탄 경비행기가 덜컹덜컹 시동을 걸고 힘차게 활주로를 박차고 올랐다.
약 30분 동안 돌고래를 비롯하여 원숭이·우주인·거미·벌새·앵무새에 이르는
총 10여 가지의 지상화를 감상하는 코스. 땅에서는 절대 볼 수 없다는 거대한
그림들이 하나하나 모습을 드러내면서 난 도저히 감탄사를 멈출 수가 없었다.
그 중에서도 특히 우주비행사라는 그림은 커다란 산의 한 면 전체에 새겨져
있을 정도이니 그 규모를 가히 짐작해 볼 만하다.
새벽부터 오후 늦게까지 계속된 투어로
저녁 무렵쯤에는 몸이 완전 파김치가
되어 버렸다. 늦은 저녁을 먹으며 삐스꼬
원산지에서 먹는 삐스코 샤워 지역의
토속술인 삐스꼬에 레몬즙, 달걀흰자 등을 섞어
만드는 칵테일 한 잔으로 피로를 달래본다.

나스까 지상화 중 가장 유명한 벌새 그림

세계의 배꼽 꾸스꼬에서
쥐고기를 먹다

드디어 잉카의 수도이자 세계의 배꼽이라고 불리는 **꾸스꼬**에 왔다.
유난히 언덕이 많은 곳. 하지만 워낙 높은 곳인지라 산소도 희박해 다섯
걸음만 옮겨도 헉헉댈 수밖에 없는 곳이다. 도시 전체가 빽빽한 산으로
둘러싸여 언덕 꼭대기에 있는 숙소 창밖으로 내다보면 황토색 지붕들이
오롯하게 내려다보인다. 사이사이에는 사람 하나가 겨우 지나갈 정도로 좁은
골목들이 미로처럼 얼기설기 얽혀 있고, 그 골목마다 형형색색 전통복장을
차려입은 아낙네들이 포대기에 아이를 둘러업거나 기운 없어 보이는 양 한
마리씩을 안고 사진촬영을 독촉하며 "운 솔! 운 솔!"Un Sol, 한국 돈으로 약 500원을

잉카문명의 전설 속의 도시 마추픽추

잉카 유적 앞에서 하프 연주를 하는 원주민

외쳐댄다. 전설 속의 공중도시 **마추픽추**라는 천혜의 자원을 이용하여 끝도 없이 관광화, 상업화 되어버린 처연한 도시. 처음 내 눈에 비친 꾸스꼬는 그 정도로밖에 안 보였다. 잉카문명에는 글자가 없었다. 그렇기 때문에 그 당시의 생활상이 후세에 자세하게 전해지지 않았고, 한편으로는 그 이유로 고스란히 비밀을 간직할 수 있었다고 한다. 글자도 없이 어떻게 위로는 에콰도르부터 아래쪽으로 아르헨티나에 이르는 대제국을 건설했는지 의문이 들지만 거기에는 '찰스키'라는 존재가 있었다고 한다. 10대·20대의 젊은이들로 구성된 찰스키는 밧줄에 매듭을 짓는 방법으로 잉카왕조의 뜻을 담아 광활한 대제국의 곳곳으로 전파하기 위해 하루 160㎞에 달하는 거리를 밤낮으로 달려갔다고 한다.

꾸스꼬는 그 자체만으로도 수없이 많은 볼거리들이 산재해 있지만, 주변 잉카문명의 흔적을 따라 성스러운 계곡오얀따이땀보, 우루밤바을 비롯하여 삭사이와만, 살리나스염전 같은 여러 유적지들도 존재하고 있다.

꾸스꼬 도시 내에 있는 유적들과 박물관을 구경하기로 했다. 중앙에 위치한 아르마스 광장을 중심으로 라 꼼빠냐 데 헤수스 교회와 대성당을 보고 산타 도밍고 성당과 코차밤바 유적을 둘러본다. 고고학 박물관에 들어가 유물들과 마치 살아있는 것 같은 미이라도 보고, 미술관에서 아름다운 미술품들에 흠뻑 젖어보기도 한다. 잉카의 발자취를 따라 성스러운 계곡을 거슬러 올라가고 인디오 마을에서 전통적인 생활상도 엿본다. 비록 몸은 고달프고 정신없이 바쁜 여정이지만, 하나도 놓치기 싫을 정도로 가치가 있는 것들이기에 끝없이 발걸음을 재촉할 수밖에 없다.

그러던 와중 드디어 기회가 찾아왔다. 우연히 얻게 된 정보. **띠뽄**Tipon이라는 옆

남미

마을에 기막히게 맛있게 꾸이 고기를 먹을 수 있는 레스토랑이 있단다. 꾸이는 모르모트라고 일컫는 팔뚝만한 쥐의 일종으로, 에콰도르와 페루 쪽에서는 옛날부터 부엌 한구석에서 길러 특별한 날에만 잡아 통으로 구워먹는 풍습이 있었다고 한다.

오후 느지막이 꾸스꼬에서 만난 한국 친구들 4명과 함께 잔뜩 부푼 가슴을 안고 옆 마을로 꾸이 고기 원정을 나선다. 버스를 두 번이나 갈아탄 후에야 도착한 마을 띠뿐. 마을 어귀에 들어서자마자 호객꾼들이 자기 집으로 우리들을 이끈다. 알고 보니 마을 전체가 꾸이 고기로 유명한 곳이었다. 흥정 끝에 못 이기는 척 따라 나선다. 통구이 두 마리를 주문하고 기다리고 있는데 옆에 있는 화덕 속에 이미 요리를 시작한 회색빛의 꾸이들이 가지런히 놓여 있다. 혐오스럽기 그지없지만 짐짓 별거 있겠냐는 표정으로 애써 평정심을 유지해 본다. 하지만 30분 후 바싹 구워진 채로 우리 앞에 등장한 꾸이를 보고 도저히 경악을 금할 수 없었다. 나름 해부학을 전공한 수의사로서 수백 마리도 넘는 쥐들을 갈갈이 파헤쳤던 나에게도 바삭바삭 노릇노릇하게 요리된 꾸이 통구이는 충격 그 자체였다. 그렇다고 한 번 주문한 요리를 무를 수도 없는 법. 조용히 입으로 가져가 한 입 덥석 베어 물어본다. 맛은 후라이드 치킨과 비슷하지만 살코기 부분이 별로 없고, 무엇보다도 특유의 누린내 때문에 삼키기 힘들었다.

할당된 양은 그럭저럭 다 발라 먹고 나선, 우리 일행 모두 손가락과 입속에 맴도는 뭐라 표현하기 힘든 그 불쾌한 끈적함 때문에 더 이상 말을 이을 수 없었다. 어쨌든 정말 특별했던 경험. 성공적으로 완수하긴 했지만 다시 먹고 싶지는 않다.

티티카카 호수에서
신선놀음을 하다

여기는 볼리비아 **코파카바나**.

지금은 세상에서 가장 높은 해발 4000미터 티티카카 호수에서 유유자적하게 낚시를 즐기고 있는 중이다. 송어를 잡아보겠다고 나룻배를 빌려서 나온 지 한 시간이 훌쩍 넘도록 송어는커녕, 피라미 한 마리도 잡지 못했지만 솔직히 상관은 없다. 시도해 봤다는 것이 중요할 뿐. 단지 오늘의 저녁메뉴가 성대한 송어회와 얼큰한 송어 매운탕에서 맨날 똑같은 치킨과 풀풀 날리는 맨밥으로 바뀌었다는 것이 아쉬울 따름이다.

우로스 섬의 여인네들. 갈대를 간식거리로 먹기도 한다.

한가롭게 호수에 배를 띄우고 이미 포기해버린 낚싯대를 한 켠으로 치워버린 채 벌러덩 누워 실없이 하늘에 떠가는 구름만 바라보니 신선이 따로 없다. 하루하루 늦어져만 가는 일정도 솔직히 이젠 '에라, 모르겠다' 싶다. 사실 누가 뒤에서 떠미는 것도 아닌데 조금 늦어지면 어떠랴 하는 게 속마음이다.

드디어 **볼리비아**에 왔다. 남미에서 가장 못 사는 나라. 얼마 전 치러진 총선거에서 인구의 65퍼센트를 차지하는 원주민의 전폭적인 지지를 받아 원주민 출신 대통령이 탄생했다고 한다. 그래서 조만간 공산주의 국가로 바뀌게 될지도 모른다는 소문으로 술렁이는 곳이기도 하다. 이웃 나라와의 잦은 전쟁 끝에 마지막 남은 해안도 빼앗겨 남미에서 유일하게 바다가 없는 나라가 되어버린 불운한 곳. 얼마 전 배낭여행자들이 뽑은 "세계에서 가장 가보고 싶은 곳" 설문조사에서 당당하게 1위를 차지한 세계 최대의 소금사막 **우유니**가 있는 나라이기도 하다.

페루에서 국경을 넘어오는 일도 그다지 쉽지만은 않았다. 인근 주민들이 국경을 점거하고 파업을 선언하는 바람에 뜨거운 햇볕 아래 한 시간이 넘도록 큰 배낭을 들쳐 메고 낑낑거리며 걸어서 국경을 넘어야만 했던 것이다. 길을 막고 있는 커다란 바위와 자동차들을 요리조리 피하고 허술하게 매어놓은 밧줄을 넘어 꾸역꾸역 걸어가는 모습이 뭐가 그리 재밌는지 길가에 앉아있는 현지인들이 좋다고 낄낄거린다. 한 대 쥐어박고 싶지만 우리나라 정부까지 말려드는 국가 간의 분쟁거리(?)가 될까봐 꾹 참는다. 어쨌든 우여곡절 끝에 볼리비아에 도착했다.

페루와 볼리비아 국경 표식

드디어 아마존 정글 속으로!

여행 7개월 만에 **아마존** 정글 속에 이렇게 당당하게 발을 딛고 서 있다.
'아마존' 하면 빽빽한 밀림, 거대한 아나콘다, 여전사 아마조네스, 식인 물고기
피라니아, 어디서 갑자기 나타날지 모를 사나운 맹수들과 무서운 흡혈
독충들이 떠오른다. 흔히 상상 속의 아마존은 이런 곳이다.
볼리비아 수도인 라파즈에서 끔찍하게 허름한 버스를 타고 울퉁불퉁한 비포장
길을 22시간이나 달려 겨우 도착한 아마존의 입구 루네라바께. 새벽에 도착한
그곳에서 2박 3일 투어를 예약하고 바로 정글 탐험에 나선다.
시작부터 장난이 아니다. 딱딱하게 말라붙은 흙바닥을 3시간, 작은 배로
갈아타고 또 다시 3시간을 넘게 이동해서 저녁 무렵에야 간신히 베이스

캠프에 도착할 수 있었다. 얼기설기 얽힌 나무들 사이에 지어진 수상가옥. 그래도 나름 운치가 있어 점점 기대감은 높아져만 간다. 더욱이 3일 동안 우리들의 요리를 책임져줄 원주민 아주머니의 요리 솜씨가 수준급이라 적어도 배를 곯지는 않을 듯.

첫째 날 밤은 새끼악어 탐험에 나선다. 천천히 움직이는 배를 타고 각자 가지고 있는 작은 랜턴으로 수풀 구석구석을 비추다 보면, 어느 순간 '번쩍' 하고 악어 눈에 반사된 두 개의 빛을 발견할 수 있다. 조용히 먹잇감이 다가오기만을 기다리는 그 모습을 가만히 보고 있노라면 나도 모르게 숨을 죽이게 된다. 처음엔 꽤나 무서웠지만 너무 자주 봤더니만 시간이 지날수록 친근해진 기분이다. 결국 우리 숙소 앞을 떠나지 않고 있던 악어를 애완동물 삼아 '앨리'라는 이름을 붙여줄 정도로 친숙해져 버렸다.

다음 날은 일찍 일어나 피라니아 낚시를 즐겼다. 낚시 바늘에 생 닭고기를 미끼로 달아 잔잔해 보이는 강물 속으로 던져 넣는 순간, 마치 전쟁 같은 한판의 사투가 벌어지는 걸 볼 수 있다. 수백 마리의 피라니아 떼가 달려들어 이리 쪼아대고 저리 쪼아대는 바람에 미끼로 달아놓은 닭고기는 춤을 추듯 심하게 흔들리고, 몇 초 지나지 않아 순식간에 사라져 버리기 때문에 낚아 올리는 타이밍을 잡기가 그리 쉽지만은 않다. 수십 번의 시도 끝에 결국 두 손 두 발 다 들고 포기했다.

다음 날 새벽 6시부터 일어나 혼자서 피라니아 낚시에 나선 결과, 감격스럽게도 제법 굵다란 피라니아 한 마리를 낚을 수 있었다. 그 새벽녘에 혼자서 물고기 한 마리를 손에 들고 신나서 이리 뛰고 저리 뛰고 그야말로 달밤의 체조가 따로 없을 정도였다.

점심 먹고 늘어지게 한숨 자고 일어난 오후에는 아나콘다 탐험이 기다리고 있었다. 기다란 검은 부츠로 갈아 신고 사람 키를 훌쩍 넘는 수풀 속을 헤치며 아나콘다를 찾아 나선다. 이리저리 1시간가량 헤맸으려나? 멀리 다른 투어팀 사이에서 "찾았다~!"라는 함성이 들려온다. 정신없이 뛰어가 보니 족히 2m는

되어 보이는 아나콘다가 가이드 팔에서 둘둘 똬리를 트고 있는 걸 볼 수 있었다. 서늘하면서도 끈적끈적한 느낌과, 뭐라 설명할 수조차 없는 역한 냄새를 꾹 참으면서 목에 걸고 사진촬영을 해보지만, 오돌오돌 전신에 닭살이 돋을 만큼 몸서리쳐지는 건 어쩔 수가 없다.

하지만 가장 힘들었던 건 끝없이 달려드는 모기떼였다. 수풀 속을 일렬로 걷다보면 앞 사람 머리부터 발끝까지 전신에 까맣게 달라붙은 모기떼를 볼 수 있다. 마치 모기옷을 입고 있다고 해도 과언이 아닐 듯! 숙소를 나서기 전부터 온몸에 모기가 접근하지 못하게끔 거의 목욕을 하다시피 기피제를 바르고, 뿌리고 난리를 쳐 봤지만 그것도 한 순간일 뿐. 사방에서 달려드는 수백, 수천 마리의 모기떼의 공격엔 속수무책일 수밖에 없다. 끊임없이 양손을 휘둘러 얼굴로 달려드는 놈들만이라도 떼어내려고 시도해 보지만, 연신 입이며 콧구멍까지 파고 들어오는 모기들 때문에 한 시도 가만히 있을 수가 없다.

마지막 날 오전에는 핑크 돌고래와 함께 수영을 즐길 수 있었다. 아마존의 민물에 사는 핑크 돌고래는 워낙 장난기가 많고 사람을 두려워하지 않아, 물 속에서 수영을 하고 있으면 밑에서 쿡쿡 찌르면서 장난을 걸곤 한다. 처음

남미

당할 때는 미끌미끌한 게 영 이상한데 나중에는 돌고래 머리를 딛고 배에
매달려 있을 정도로 친해졌다. 돌고래와 교감이 통하는 기분, 짜릿하다!
2박 3일 동안의 아마존 정글 탐험. 그 꿈만 같은 시간들은 아마도 평생 잊지
못할 소중한 기억이 될 것이 분명하다. 아마존 탐험 임무 완수!!

모든 배낭 여행자들의 로망!
우유니 소금사막에 오다

무사히 아마존 정글 투어를 마치고 루네나바께에서 비행기를 타고
이동하려는데 문제가 발생했다. 3일 연속 비행 취소! 잘 닦여진 아스팔트
활주로가 아닌 일반 잔디밭을 이용하는 탓에 비가 조금이라도 내리게 되면
무조건 비행기 이착륙이 금지되어 버린단다. 결국 기다리다 못해 비행기는
포기하고 버스를 타고 죽음의 꼬로이꼬 계곡을 넘어 23시간 만에 라파즈에
도착할 수 있었다.

하루 쉬고 다음 날, 심야 버스를 타고 바로 **우유니**로 향한다. 우유니는
볼리비아 남부에 위치한 작은 마을로, 마을 자체는 황량하기 그지없지만
소금사막을 보기 위해 전 세계에서 수많은 사람들이 몰려드는 유명한 곳이다.
끝없이 새하얀 대지가 펼쳐져 있는 곳. 그 옛날 이곳은 바다였다고 한다.
그러다 어느 날 갑자기 대륙이 꿈틀대면서 바닷물을 가둬 거대한 소금호수가
형성되고, 수천 년에 걸쳐 뜨거운 햇살이 작렬하면서 물은 증발하고 하얀
소금사막만 남게 되었다고 한다. 우기에 비가 내리게 되면 사막 전체에 물이
고여 하늘과 땅의 구별이 모호해질 정도로 환상적인 자태를 뽐내기에, 실상
우리나라 모든 배낭여행자들을 대상으로 한 설문조사에서 "세계에서 가장
가보고 싶은 곳" 1위를 놓치지 않는 꿈의 장소다.

새벽 6시 반에 우유니에 도착, 서둘러 투어회사를 알아본다. 한 푼이라도
저렴한 곳을 찾기 위해 동분서주한 끝에 최소 가격을 제시하는 곳을 택해
떨리는 가슴을 안고 투어에 나선다.

지프차를 타고 비포장도로를 한참 달리다보니, 어느새 주변이 점차 하얗게
밝아져 오는 게 느껴진다. '어?' 하는 순간, 갑자기 눈을 씻고 봐도 도저히 믿기
힘들 정도로 엄청난 광경이 드러났다.

하얗다. 정말 하얗다. 하얀 것 말고는 아무 것도 존재하지 않았다. 차에서
내려 정신없이 뛰어가 본다. 서걱서걱 소금이 밟히는 느낌이 낯설기만 하다.
조심스럽게 하얀 알갱이를 집어 들어 혀에 올려본다. 절로 얼굴이 찌푸려질
정도로 짜다. 온 천지가 굵은 소금뿐이다. 흙이 없고, 풀이 없고, 먹이가
없으니 그 어떤 동물도 존재하지 못한다. 오로지 푸른 하늘과 끔찍하게도 허연
소금만이 존재하는 공간. 여기는 그런 곳이다.

하지만 그게 끝이 아니었다. 새하얀 소금이 지평선 너머로 끝없이 깔려 있는
장소가 있는가 하면, 염전마냥 군데군데 소금언덕이 쌓여있는 곳도 있었고,
소금 덩어리가 마치 벌집 같은 육각형 모양으로 펼쳐져 있기도 했다. 하도
넓기에 도대체 어떻게 방향을 찾느냐고 가이드한테 물어보니 손가락으로

땅바닥을 가리킨다. 자세히 들여다보니 막대기로 파놓은 듯, 가는 선 하나가 멀리까지 끝없이 이어져 있는 걸 볼 수 있었다. 모든 차량은 그 선을 기준 삼아 이동한다고 한다. 안전을 위해서, 그리고 사방팔방 막무가내로 바퀴자국을 남겨 소중한 자연유산이 파괴되는 것을 막기 위한 가장 좋은 방법이 아닐까라는 생각이 절로 들었다. 하지만 불과 얼마 전, 지프차를 빌려 우유니 사막에 들어선 일본 여행객 팀을 비롯해서 여러 여행자들이 길을 잃고 목숨을 잃기도 했단다. 절대 만만히 볼 곳은 아니다.

점심식사는 사막 한가운데 뜬금없이 박혀 있는 물고기 섬에서 먹었다. 멀리서 보면 지평선에 반사된 언덕의 모습이 영락없이 물고기와 비슷하다고 하여 물고기 섬이란 이름이 붙었다고 한다. 메뉴는 라마 고기! 약간 질기고 노린내가 조금 나기는 하지만 그럭저럭 먹을 만했다.

소금호텔을 방문했다. 건물을 포함하여 침대·탁자·장식품, 심지어 화장실마저도 전부 소금으로 만들어진 천연호텔이다. 행여 비가 오면 녹아내리지 않을까 심히 걱정이 되는데, 소금을 가공해서 벽돌처럼 딱딱하게 굳히기 때문에 쉽게 무너지지는 않는다고 한다. 2박 3일이나 3박 4일 투어를 신청하면 이 호텔에서 하루 밤 묵고, 뜨거운 온천에 몸을 담글 수도 있다고 한다.

볼리비아는 남미에서 최고로 가난한 나라에 속하기는 하지만, 적어도 내가 보기엔 볼거리 많고 정 많은 사람들이 넘치는 아주 행복한 나라이기만 하다. 경제력의 척도가 반드시 행복지수에 비례하지만은 않다는 사실을 명쾌하게 증명해주는 곳이기도 하다. 볼리비아의 마지막을 우유니 소금사막으로 장식할 수 있어서 너무나 행복하다.

소금호텔 객실의 모습

세상에서 제일 긴 나라 칠레,
시작부터 삽질이다!

우유니를 떠나 세상에서 제일 긴 나라, **칠레**로 들어가는 길.
해발 5000m의 산악지대를 넘어가야 하는 구간으로 창문 밖에는 일 년 내내
녹지 않는 만년설이 쌓여 있다. 그 길을 밤새도록 20시간 가까이 달려야만
하는데, 정말 말도 못할 정도로 춥다. 빈 컨테이너를 개조해 좌석을 만들고
앞에서 낡은 트럭이 끌고 가는 구조의 버스. 히터는커녕 창문도 잘 안 닫혀서
찬바람이 막무가내로 들이닥치는데 도저히 방법이 없다. 욕이 절로 나오는
상황! 내가 왜 이런 선택을 했을까? 연신 후회를 해 보지만 왔던 길을 다시
돌아갈 수는 없지 않은가? 밤새도록 덜덜 떨면서 가지고 있는 옷이란 옷은 다
꺼내 입고 애꿎은 침낭만 머리 꼭대기까지 덮은 채로, 기나긴 밤을 뜬눈으로
지새울 뿐이다.
한낮에 도착한 칠레의 국경도시 **산 페드로 아따까마**. 이곳은 어젯밤 일이 마치
거짓말처럼 느껴질 정도로 푹푹 찐다. 입고 있던 나시티가 땀에 흠뻑 젖을
정도다. 그냥 허탈한 웃음만 나온다.
세달 전 과테말라에서 만났던 대만 친구 페일런을 다시 만났다. 장기 여행을
다니다 보니 전에 아쉽게 헤어진 친구를 우연히 다른 장소에서 다시 만나게
되는 일이 쏠쏠하게 벌어진다. 한참동안 방방 뛰면서 재회의 기쁨을 나눈 뒤,
아따까마의 명물 **달의 계곡**을 구경하러 나선다.
풀 한 포기 없는 사막지대에 펼쳐져 있는 협곡들의 행렬. 도저히 지구라고
생각하기 힘든 그 모습이 마치 달 표면과 같다고 하여 '달의 계곡'이라는

이름이 붙게 되었다고 한다. 직접 본 내 느낌은 글쎄……. 불과 며칠 전, 절정의
풍경인 소금 사막 우유니를 보고 와서 그런지 성에 안 찬다. 이미 그 정도로는
한껏 단단해져 버린 내 감성에 작은 파도조차 일으키지 못하는 것 같다.
한편으론 아쉽고, 한편으론 슬프다.

다음날은 새벽 4시 반에 일어나 게이세르Geyser, 온천를 보러간다. 아따까마에서
3시간가량 떨어져 있는 곳, 아침 7시경에 뜨거운 온천물이 용솟음치는 광경을
구경할 수 있다기에 서둘러 발길을 재촉한다. 그런데, 어젯밤 투어회사에서
예약할 때는 뜨거운 야외 온천에 몸을 담글 수 있다기에 수영복과 타월을
챙기고 한껏 가벼운 옷차림으로 따라 나섰는데, 그저께 밤 사방에 만년설이

뜨거운 물이 분수처럼 솟아오르는 게이세르

추위에 벌벌 떨다가 들어간 온천. 천국이 따로 없었다.

쌓여 있는 그 지옥 같았던 국경지대의 산꼭대기로 다시 올라가는 게 아닌가?
늦은 후회 속에 또 몸만 고생이다. 버스에서 내려 뜨거운 물기둥이 솟구쳐
오르길 기다리면서 덜덜 떨었더니만, 처음에는 낄낄대면서 구경만 하던
외국친구들이 모자며, 목도리며 하나 둘씩 옷을 벗어 건네준다. 더없이 처량한
신세. 자존심이고 뭐고 주는 대로 넙죽넙죽 받아 입어 간신히 위기를 벗어날
수 있었다.
얼렁뚱땅 투어를 마치고 나니 몸 상태가 말이 아니다. 불과 이틀 동안 극한의
추위와 더위를 오갔으니 괜찮으면 사람도 아니지. 저녁부터 오한이 느껴지는
게 심상치가 않다. 지금 내게 필요한 건 잠시 동안의 휴식인 것 같다.

칠레의 명물
해물잡탕 꾸란또

항구도시 **발디비아**와 **뿌에르또 몬또**로 향했다. 오로지 목적은 해산물! 칠레는
국토의 절반 이상이 바다와 맞닿아 있어 가히 해산물의 천국이라고 할 수
있다. 그 중에서도 특히 지금은 신선하면서도 값싼 연어·대게·조개 등이
제철이라서 잔뜩 기대를 품고 칠레 땅을 다시 밟은 것이다. 죽기 일보 직전까지
먹어 주리라! 대게 먹고 배터지는 상상이라!
도착하자마자 서둘러 숙소를 잡고 해산물 시장으로 나가본다. 소문대로
곳곳에 연어들이 속을 드러낸 채로 쩍 벌어져 자판을 가득 메우고 있고, 여러
가지 이름 모를 해초며, 조개, 홍합 등이 수두룩하게 쌓여 있다. 그런데 한참을
돌아봐도 오늘의 하이라이트 대게가 안 보인다. 분명히 보름 전에 이곳을
방문했던 친구들이 알려준 정보에 의하면 어딜 가나 대게가 널려있다고
했는데 아무리 눈을 씻고 찾아봐도 보이지가 않는다. 이게 어찌된 일이지?
짧은 스페인어 실력으로 열심히 수소문해 봐도 지금은 구할 수 없다는
대답뿐이다. 아무래도 바다에서 잡히는 어종이 시즌을 많이 타는가 보다.
아쉽지만 꽝! 대게는 다음 기회에 먹어야 할 것 같다.
결국 갓 손질한 신선한 연어를 오븐에 구워낸 연어찜과, 고춧가루 팍팍
뿌린 얼큰한 홍합탕을 먹기로 결정했다. 파·마늘·고추 등등 국물을 우려낼
재료들을 사고 근사한 와인까지 몇 병 사서 궁합을 맞췄다. 근데 내가 이렇게
요리 실력이 뛰어났던가? 막상 만들어 놓고 나니 연어찜은 그렇다 쳐도,
이놈의 홍합탕은 나 자신도 깜짝 놀랄 만큼 맛있는 게 아닌가?

154

뿌에르또 몬또의 명물 꾸란또

칠레 대표와인이다.

배 터지게 먹고 오후 내내 쉬다가 저녁때쯤 또다시 슬금슬금 밖으로 나선다.
이번엔 이곳의 명물 꾸란또를 먹으러! 꾸란또는 갖은 해물에 돼지고기랑
닭고기까지 한데 넣고 하루 종일 팔팔 끓인 '칠레식 육해공 해물잡탕'이라
할 수 있다. 칠레에서도 이 지역에서만 맛볼 수 있는 전통음식으로 "뿌에르또
몬또 해산물 시장에 가면 무조건 꾸란또를 먹어라!" 라고 가이드북에 떡 하니
나와 있는 별 다섯 개짜리 음식이기도 하다. 가난한 여행자의 신분이긴 하지만
아낌없이 배팅을 했다.

맛은 기대를 너무 많이 해서 그런지 그저 그랬다. 기름이 둥둥 떠 있는 게
느끼하기는 어찌나 느끼하던지. 꾸리꾸리한 냄새가 난다고 해서 꾸란또이려나?
별별 생각이 다 들었지만 내 평생 언제 또 다시 꾸란또를 먹겠는가 싶어
꾸역꾸역 국물까지 남김없이 먹어치웠다.

그동안 여행하면서 아낀다고 못 먹었던 거 칠레에 와서 배가 터져라 먹고 있다.
영양 보충도 하고 재충전도 할 겸 3박 4일 동안 푹 눌러앉아 맛있는 것들만
찾아다니고, 매 끼니마다 와인도 꼬박꼬박 두 병씩 마셨더니 세상에 부러울
게 없는 것 같다. 어찌됐건 해산물 천국 발디비아, 뿌에르또 몬또 만세다!

아메리카의 땅 끝을 밟고
토레스 델 파이네를 품에 안다

달렸다. 끝없이 달려왔다. 북쪽 캐나다부터 수많은 나라들을 달리고 또 달려, 이제 드디어 남쪽 끝까지 왔다. 이제야 드디어 아메리카 대륙을 횡단했다고 자랑스럽게 말할 수 있을 것 같다. 7개월, 꽤나 힘들었고 꽤나 긴 시간이었다. 이곳은 **뿐따 아레나스**Punta Arenas. 어제 오후 버스를 탄 뒤, 국경을 2번이나 넘나들면서 장장 32시간 만에 도착한 곳이다. 남아메리카 대륙 칠레의 마지막 마을. 여기 사람들은 이곳을 땅 끝이라 일컫는데, 남극으로 들어가는 마지막 베이스 캠프가 되는 곳이기도 하다. 자랑스러운 대한민국의 남극세종기지에서 일하시는 분들도 모두 이곳을 거쳐 들어가신다고 한다.

무지 추워서 덜덜 떨면서도 땅 끝에 서서 바다를 보며 잠시 동안 감상에 잠겨보기도 하고, 의미 있는 사진도 찍어보면서 한참 돌아다니다가, 우연하게도 너무도 당당하게 한글이 떡 하니 적힌 간판을 발견하게 되었다. 그것도 꿈속에서마저도 그리워하던 "신라면" 간판! 너무도 반가운 마음에 무작정 문을 열고 들어가니 후덕해 보이는 인상의 아저씨 한 분이 반갑게 우리를 맞이해 주신다. 무역상을 하다가 어찌어찌 작년부터 여기 뿐따 아레나스에 라면가게를 차리셨다는 아저씨. 다행히도 반응이 좋아 현지사람들도 많이 찾아와 준다는데, 저번 주에 왔다간 친구들을 마지막으로 올해 한국 사람들은 더 이상 못 보게 될 줄 아셨단다. 여긴 한국과는 반대로 5월부터 9월까지 뼛속까지 시린 혹독한 겨울이 계속된다. 아저씨와 함께 도란도란 많은 이야기를 나누고 정말 오랜만에 뜨거운 신라면 국물을 마시니 이보다 더 행복할 순 없을 것 같다.

그렇게 땅 끝을 밟고 이번에는 뿐따 나탈레스라는 마을로 이동했다. 이곳에 온 목적은 오로지 남미 여행의 하이라이트인 **'토레스 델 파이네**Torres del Paine**'** 트래킹을 하기 위해서다. 칠레를 여행하는 여행자라면 누구나 인생에 한번쯤은 경험해 보고 싶은 모험 중의 모험으로, 짧게는 2박 3일에서 길게는 7박 8일까지 텐트와 모든 캠핑 장비를 짊어지고 '신들의 산'을 보기 위해 떠나는 여정이다. 나도 꼭 한번 해보고 싶었지만 이미 시기를 놓쳐 아쉽게도 트래킹은 단념할 수밖에 없었고, 결국 차선책으로 지프차를 타고 하루 만에 둘러보는 1일 투어를 나섰다.

새벽 6시, 아침 일찍 숙소에서 출발해서 덜컹덜컹 비포장도로를 정신없이 달린다. 그러다가 갑자기 눈앞에 펼쳐지는 몇 개의 호수, 그리고 몇 개의 폭포를 보면서 감탄을 금치 못했다. 태초의 자연이 이러했을까? 물빛이 어쩜

멀리 보이는 세 개의 봉우리가 토레스 델 파이네이다.

저렇게 천연의 에메랄드 색깔로 빛날 수 있단
말인가?

수많은 야생동물들도 볼 수 있었다. 이
지역에서만 볼 수 있다는 낙타과의 동물
구아나꼬, 이리저리 펄쩍펄쩍 뛰어다니는 냔두,
동물 시체를 뜯어먹고 있는 회색여우, 그리고
하늘 높이 조용하게 떠 있는 독수리들까지,
인간의 손때가 묻지 않은 자연 그대로의
생태공간을 보장받고 있는 그들이 적어도 본의

토레스 델 파이네의 구아나꼬

아니게 게을러져버린 동물원의 그들보다는 더
자유로워 보였다. 시간 맞춰 제공되는 먹이보다는 친구가, 울타리에 둘러싸인
안전보다는 맘껏 뛰놀 수 있는 벌판이 그들에겐 더 중요한 게 아닐까?

그리고는 거짓말 같은 풍경이 나타났다. '헉' 소리가 절로 날 정도로 압도적인
그 모습에 말을 잊을 수밖에 없었다. 가운데 우뚝 솟아 있는 파스텔 톤의
세 봉우리와 그들을 병풍처럼 둘러싸고 있는 험준한 산맥들. 그리고 엄청난
크기의 빙하들까지. 정말로 현실감이 안 느껴지는 광경 앞에 과연 왜
고대인들이 이곳을 "신들이 산"이라고 불렀는지 알 것만 같았다.

천천히 둘러본다. 내리받는 햇볕 속에 그 각도에 따라 시시각각 색깔이 완연히
달라진다. 회색·노란색·붉은색·푸른색·녹색·보라색·검정색까지 한데 뒤섞여
몽환적인 분위기를 자아내는데 그 자태를 선명하게 담아내지 못하는 내
사진기가 원망스럽기만 하다. 이럴 땐 도저히 방법이 없다. 그저 하나 가득
눈과 가슴 속에 담아가는 수밖에…….

눈이 행복하고 마음이 가득 찼던 하루. 결국 토레스 델 파이네를 품에 안았다.

빙하 위에서 맛보는
위스키 한 잔!

여기는 남미의 최남단 **파타고니아 깔라파떼.**

추워도 너무 춥다. 가지고 있는 모든 옷들로 아무리 온몸을 칭칭 감아 봐도
칼날 같은 한기는 어느새 스멀스멀 틈새를 파고 들어온다. 더군다나 차가운
비바람이라도 몰아치는 날엔, 얼굴에 와서 꽂히는 빗방울이 너무 따가워
눈조차 제대로 뜰 수 없을 지경이다.

어느새 자연스럽게 동행이 되어버린 22살 유리와 함께 모레노 빙하 투어에
나선다. 멀리서 하얀 무언가가 눈에 들어오기 시작한다. 다가가면 갈수록 그
크기에 한 번 놀라고 그 아름다운 색깔에 또 한 번 놀란다. 하얀…… 아니,
하얗다 못해 은은한 푸른색마저 띠는 그 색을 도대체 무어라 표현할 수
있을까 싶다.

그 오묘한 색에 취해 정신없이 셔터를 눌러대는 순간, 어디선가 하늘이
무너지는 듯한 엄청난 소리가 들려왔다. 거대한 빙하의 붕괴다! 떠오르는
태양빛을 받아 빙하 내부에서부터 균열을 일으키면서 "쩌어억" 하고 엄청난
굉음을 일으켰고, 잠시 후 적어도 집채보다 훨씬 큰 얼음 덩어리가 빙하 호수
속으로 떨어지고 있는 상황! 찰나의 순간이었지만 마치 슬로우 화면을 보는
것마냥 너무나 생생한 그 장면을 지켜보며 어떠한 행동도 취할 수가 없었다.
카메라를 들이댈 생각은 꿈도 못 꾸고, 입만 떡 벌린 채 그저 미친 듯이
소리만 질러댈 뿐. 낙하한 빙하는 주변에 해일같이 커다란 파도를 일으켜
거울처럼 평온했던 호수 표면은 한참동안이나 잠잠해질 기미가 보이지 않았다.

그렇게 한 편의 아이스쇼가 끝나고 이번에는 직접 빙하 위에 올라가 보기로
했다. 워낙 미끄러운 탓에 일반화로는 등반이 불가능하다고 해서 아이젠을
신발에 장착했다. 그러고 나니 마치 남극탐험대라도 된양 기분이 우쭐하다.
간단한 기본교육을 받고 한 발 한 발 조심스럽게 디디며 빙하 위로 올라가기
시작했다. 중간중간 나타나는 끝도 없이 깊은 크레바스<small>빙하 사이의 균열</small>는 보는
것만으로도 아찔했고, 자연적으로 형성된 빙하 연못에서는 코를 박고 시원한
물을 들이키기도 했다.
겉으로 드러난 빙하의 크기만도 이렇게 어마어마한데, 갑자기 우리나라 속담
중에 "빙산의 일각"이라는 말이 생각나서 가이드한테 물어보니 물속으로는
180m가 넘는 훨씬 더 거대한 빙하가 잠겨 있단다. 더구나 하루에 약 2m
가량씩 자라나기 때문에 혹시라도 실수로 크레바스에 빠질 경우 신속하게

거대한 빙하가 떨어져 나간 직후. 주변에 유빙들이 떠다닌다.

빠져 나와야지, 안 그러면 차에 깔린 개구리마냥 납작해 질 수도 있다는
설명도 곁들여 주었다.

투어가 막바지에 이를 무렵 환상적인 선물이 우리를 기다리고 있었다.
진짜 빙하 얼음을 깨서 넣은 독한 위스키 한 잔! 이가 시릴 정도로 차갑지만
빙하 위에 서서 한 모금 마셔보니 너무너무 부드럽고 끝내주게 맛있다. 무이
비엔 ¡Muy Bien! 최고야!

엘 찰튼 피츠로이에서
최고의 사진을 얻다

또 다른 신의 산, **엘 찰튼**의 **피츠 로이**Fitz Roy.

여기는 아무에게나 그 영험한 자태를 드러내지 않아 신들의 허락을 받은 자들만이 눈에 담을 수 있다는 곳이다. 같은 숙소에 머무르고 있는 분의 말씀으로는 자기가 갔을 땐, 날씨가 너무 좋지 않아 13박 14일이나 텐트를 치고 산 속에서 기다렸음에도 불구하고 결국 제대로 못 보고 돌아왔다고 한다. 여행자 조영광은 과연 신들의 간택을 받을 수 있을까? 떨리는 가슴을 안고 길을 재촉해 본다.

깔라파떼에서 버스로 6시간, 오후 늦게야 도착해서 숙소를 잡을 수가 있었다. 연속되는 강행군으로 몸이 많이 축나서 하루는 쉬기로 결정. 다음날 왕복 8시간 동안의 트랙킹에 나선다.

이번에는 가이드 없이 대만 친구 페일런과 둘이서만 출발했다. 지도만 보면서 길을 찾자니 솔직히 죽을 맛이다. 사람들이라도 많았으면 조금은 괜찮았을 텐데, 관광 시즌이 지나 개미새끼 하나 보이지 않는다. 별 수 없다. 서로를 믿고 열심히 발을 옮기는 수밖에. 몇 번이나 길을 잃으면서도 꼬박 5시간 만에 목적지에 도착했다.

역시 난 억세게 운 좋은 사나이였다. 신은 내게 피츠 로이의 모든 것을 허락하셨던 것이다. 구름 한 점 없는 하늘 아래 전망대에서 바라보는 피츠 로이의 모습은 또 다른 "신의 산봉우리" 그 자체였다. 불과 며칠 사이에 너무나 엄청난 장관들을 구경해서 감정이 꽤나 무뎌졌을 만도 한데 이건

가히 하이라이트라고 할 수 있을 정도가 아닌가! 너무나 남성적이고 너무나
고혹적인 그 자태는 그 앞에 있는 모든 것들을 입 다물게 만들 수 있을
것만 같다. 이걸 어떻게 말해야 하려나 겁이 덜컥 날 만큼, 어떤 미사어구를
동원하고 그 어떤 과장된 표현을 해도 부족할 것이다. 또 다시 자연스럽게
눈앞이 흐려진다. 눈물이 너무 헤퍼지는 듯해서 조금은 부끄럽지만 어떻게
이런 걸 보고도 감동받지 않을 수 있단 말인가?
또 다시 사진을 찍어댄다. 산을 찍고, 호수를 찍고, 호수에 비친 산을 찍고,
호수를 품은 산도 찍는다. 오후가 되면서 조금씩 하늘 저쪽에서 구름이
밀려온다. 산자락에 모자마냥 살짝 걸린 구름을 찍고, 산을 거칠게 휘감은
심술궂은 구름도 찍는다. 이파리 하나 남지 않아 앙상하다 못해 심히 우울해
보이는 나뭇가지는 또 어찌나 산을 돋보이게 하던지! 살을 에는 듯한 차가운
바람이 불 땐 산중턱에 쌓여 있는 만년설이 마치 폭신폭신한 양털 코트마냥
보여서 그걸 두르고 있는 산이 한없이 따뜻해 보이기까지 한다.
그러다가 드디어 한 장의 사진을 건졌다. 갈대가 우거진 호수 위로 이미

신들의 산 피츠 로이. 이 사진은 내게 특별한 의미로 남아 있다.

수명을 다한 몇 개의 고목들이 쓸쓸하게 떠 있고, 뒤로는 한없이 고고한 자태로 솟아있는 눈부신 피츠 로이를 더없이 우울한 회색빛의 나지막한 바위 언덕들이 감싸고 있는 사진! 한 장의 사진 속에 빼곡하게 들어선 그 모든 것들이 너무도 완벽한 하모니를 이루고 있다. 여행 7개월 만에 가장 내 자신을 만족시킨 사진이다. 물론 차후에 훨씬 더 좋은 사진을 얻을 수도 있고, 더 나은 또 다른 한 장을 향한 내 목마름도 계속될 것이 분명하지만, 지금 한 순간의 작은 만족은 내 여행에 꿀과 같이 달콤한 신비의 묘약으로, 그리고 힘을 주는 비타민이 될 것이다.

모래 알갱이 사이로 기이하게 얽힌 얼음조각들

정열이 꿈틀대는
부에노스 아이레스의 탱고

드디어 눈물이 찔끔 날 정도로 추웠던 파타고니아 지방을 벗어나 아르헨티나의
수도이자 예술의 도시, 그리고 탱고의 도시인 **부에노스 아이레스**로 향한다.
아르헨티나는 불과 몇십 년 전까지만 하더라도 남미에서 가장 부유한
나라로서 이름을 떨쳤지만, 갑자기 불어 닥친 경제 위기의 한파를 맞아
순식간에 몰락해버렸고 오늘날까지도 많은 어려움에 허덕이고 있다고 한다.
하지만 관광객인 내 눈에 보이는 아르헨티나는 여전히 옛날의 그 화려했던
위상을 고스란히 간직한 멋진 나라임에 틀림없는 듯하다.
역시 부에노스 아이레스는 예술의 도시이자 정열적인 탱고의 도시였다. 거리
곳곳에 걸려 있는 수많은 공연 간판들의 홍수 속에서 강한 에너지가 뿜어져
나오는 걸 몸으로 체험할 수 있었고, 그들의 삶 자체가 예술 속에 파묻혀
자연스럽게 화려한 탱고의 선율에 녹아들어 있음이 강하게 느껴졌다.
그 중에서도 벼룩시장 **산 뗄모**San Telmo와 알록달록 예쁜 거리 **라 보까**La Boca는
빼놓을 수 없는 특별한 곳이었다. 산 뗄모는 매주 일요일마다 커다란
벼룩시장과 함께 거리 곳곳에서 크고 작은 공연이 벌어지기 때문에, 진정한
예술도시로서의 부에노스 아이레스를 맘껏 즐길 수 있어 세계 전역에서
몰려든 관광객들로 북적대는 곳이기도 하다. 며칠간 손꼽아 기다렸다가 날
맞춰서 방문한 산 뗄모는 나의 이런 기대를 십분 만족시켜 주었다. 솔직히
벼룩시장이야 하도 많이 봐서 그냥 그러려니 했지만 눈이 휘둥그레질 정도로
기발한 아이디어를 한껏 뽐내는 거리 예술가들의 퍼포먼스는 나도 모르게

라 보까 거리의 탱고 무용수들

박수가 터져 나올만한 정도였다.

반면 축구를 그다지 좋아하지 않는 사람이더라도 누구나 한 번쯤은 들어봤을
법한 전설적인 축구 신동 마라도나의 홈팀 보까 주니어스 홈구장 바로 옆에
위치하고 있는 라 보까는 예전부터 뱃사람들이 들락날락거리는 조그만
항구마을이었다고 한다. 그러던 어느 날, 선원 중 하나가 배에 칠하다 남은
페인트를 마을 건물의 외벽 함석판에 칠하기 시작했고, 그 후 마을은 점차
알록달록 화려하게 탈바꿈되면서 그 분위기에 취해 몰려든 뱃사람들에 의해서
탱고가 태어났다고 한다. 지금도 라 보까는 탱고의 발상지로서, 그리고 탱고를
좋아하는 모든 사람들의 성지로서 그 역할을 톡톡히 해내고 있는 부에노스
아이레스의 명소 중 하나이다.

내친김에 본고장 탱고의 화려한 선율 속으로 빠져들어가 보고 싶었다. 우선
찾은 곳은 매일 저녁마다 길 한복판에서 열리는 탱고축제 밀롱가^{Milonga} 라이브
탱고 연주에 맞춰 군데군데 둥글게 모여 전문 강사의 지도를 받거나, 혹은
맘에 드는 파트너에게 요청해서 즉석 탱고를 즐길 수도 있었다. 나도 엉겹결에

간단한 스텝 몇 가지를 배워 엉거주춤하게 서서 따라해 보지만 이게 말처럼 쉽지가 않은 듯. 자꾸만 꼬이는 스텝 속에서 땀만 뻘뻘 흘릴 뿐이다.

저녁에는 탱고쇼를 관람하러 갔다. 적지 않은 금액을 지불하고 나서 화이트 와인 한 잔과 함께 테이블 한 켠에 자리 잡고 앉으니 잠시 후에 쇼가 시작된다. 각각 세 쌍의 젊은 남녀가 나와 같이, 때론 따로따로 춤을 선보이는데 바라보는 것만으로도 손에 땀이 흥건히 배일만큼 열정적이다. 그들의 공연이 잠시 멈추고 이번에는 머리가 하얗게 샌 노신사가 흰 양복을 빼입고 나와 관객들에게 노래를 선사한다. 참으로 감미로운 선율! 계속 이어지는 공연에서도 단지 춤과 노래만이 아닌, 사랑하고 배신하고 다시 참된 사랑의 의미를 되찾는 하나의 스토리를 엿볼 수가 있었다. 중간 중간 관객의 손을 잡고 끌어내서 참여를 유도하기도 하고, 섹시한 무희가 관객석까지 내려와 유혹의 손길을 던지기도 하면서 잠시도 쉴 틈을 주지 않는가 싶더니 어느새 두 시간이 훌쩍 지나가 버렸다. 너무나 만족스럽고 흡족했던 시간. 부에노스 아이레스를 방문하는 모든 이에게 꼭 추천해주고 싶은 공연이다!

거리의 탱고축제 밀롱가. 남녀노소 가리지 않고 탱고를 즐긴다.

세상에서 제일 큰 폭포
이과수를 보다!

흔히들 세계에서 가장 큰 3대 폭포를 꼽을라치면, 미국의 나이아가라 폭포와
아프리카의 빅토리아 폭포, 그리고 브라질의 이과수 폭포를 말하곤 한다. 그
중에서도 나머지 폭포 두 개를 합친 것보다도 더 크다는 명실공히 세계 제일의
폭포인 **이과수 폭포**! 이것을 보기 위해 지금 버스를 타고 가고 있는 중이다.
비록 잠시 동안이었지만 정이 흠뻑 들어버린 부에노스 아이레스를 뒤로 하고
12시간을 꼬박 달려 도착한 곳은 뿌에르또 이과수Puerto Iguasu라는 마을. 이과수
폭포는 아르헨티나와 브라질의 국경에 걸쳐져 있기 때문에 양쪽에서 모두
감상할 수 있다. 하지만 브라질 쪽보다는 아르헨티나 쪽에서 보는 것이 훨씬
낫다고 하기에 이곳을 선택했다.
새벽부터 서둘러 버스를 잡아타고 출발, 이과수 폭포 앞에서 입장권을 끊고
들어갔다. 국립공원 자체가 워낙 넓기 때문에 입구에서 다시 미니 기차를
타고 폭포까지 가야한다. 슬슬 또다시 이 마약 같은 설레임이 일기 시작한다.
입가에 절로 슬그머니 미소가 지어지면서 손에 땀이 고이는 이 기분! 부디
내 여행이 끝날 때까지, 아니 평생토록 이 느낌을 가지고 살아가기를! 혹자는
치열한 생존경쟁의 삶 속에서 그런 감정은 사치일 뿐이라고 폄하하기도
하지만, 또 다른 누군가가 말한 것처럼 삶 그 자체가 여행이라고 볼 때 그런
감정이야말로 꿋꿋하게 인생을 살아갈 수 있고 지루한 인생을 버틸 수 있는
원동력이 되어 줄 수도 있는 것이다.
한 걸음, 한 걸음 다가간다. 이과수 폭포의 하이라이트 '가르간다 델 디아블로

Garganda del Diablo, 악마의 목구멍' 속으로. 멀리서부터 서서히 거대한 소리가 들려오고, 차가운 물방울이 안개비가 되어 얼굴로 날아들기 시작한다. 잠시 후 세상의 모든 것들을 집어삼킬 듯 엄청난 크기의 목구멍을 떡하니 벌리고 있는 악마가 모습을 드러냈다. 근래 들어 너무나 자주 느끼고 있는 바이긴 하지만 웅장한 대자연이 뿜어내는 중압감 앞에서 인간이란 극히 소소한 존재에 불과할 뿐이라는, 너무나 미미해서 평생토록 지지고 볶고 사는 집착어린 인생사 또한 그 얼마나 부질없는 짓일까라는 생각마저 들곤 한다. '내려놓음'의 진정한 의미를 되새김질 할 수 있게 만들어 주는 곳. 난 지금 그러한 말도 안 되게 커다란 폭포 앞에 서 있다.

타고 돌아가야 할 기차를 미련 없이 보내버리고 계속 그 자리에 있었다. 서서히 흘러오던 강줄기가 갑자기 천 길 낭떠러지로 떨어지면서 온갖 괴성을 질러댄다. 한참을 쳐다보고 있으니 내 몸마저 빨려 들어갈 것만 같다. 정신을 단단히 먹지 않으면 큰일 나겠구나 싶어 얼른 몸을 추슬러 본다. 으르렁대는 소리가 너무 커서 바로 옆에 있는 사람에게도 고함을 질러야만 한다. 밑에서부터 타고 올라오는 물보라가 너무 세서 물에 젖은 생쥐마냥 흠뻑

뒤집어 쓸 수밖에 없었다. 하지만 그래도 괜찮다.
난 지금 북미·중미·남미를 모두 거쳐 마지막
목적지 이과수 폭포에 와 있다. 도저히 믿기지는
않지만 결국 여기까지 해냈다. 또 다시 가슴
한켠이 뿌듯하게 저려온다.

아쉬움을 뒤로 하고 악마의 목구멍을 벗어나
다른 곳으로 향한다. 현재 우기가 끝나 물이
많이 말라있는 상태라고 하지만, 이 정도가
물이 없는 것이면 도대체 물이 많을 땐
어떻다는 건지 도저히 상상이 안 간다. 절벽의
바닥까지 내려가는 산책로를 따라 걷다보니
선착장이 나오는데, 배를 타고 폭포 바로 앞까지
가서 흘러내리는 물을 맞을 수도 있단다. 일말의
망설임도 없이 구명조끼를 입고 보트를 탔다.
가까이에 다가가서 본 폭포는 훨씬 더 멋있었다. 비록 악마의 목구멍이 있는
폭포까지 가는 건 아니었지만 그쪽은 도저히 접근이 불가능한 곳이다. 아마 그랬다면
떨어지는 물에 맞아 배가 산산조각이 나 버릴지도 모른다. 주변에 있는 여러 개의 작은
폭포들을 돌아보면서 사진촬영도 한다. 그러다 갑자기 선원들이 두꺼운
방수복을 갖춰 입더니만 승객들에게 단단히 주의사항을 일러주기 시작한다.
잠시 후, 세차게 내리꽂는 폭포 밑으로 돌진! 한동안 눈도 못 뜰 정도로
정신없이 물벼락을 맞고 나서야 탈출할 수 있었다. 진짜 끝내줬다.
그렇게 세상에서 제일 큰 이과수 폭포 구경을 마쳤다. 나이아가라는 지난 번에
봤고 이제 남은 건 아프리카의 빅토리아 폭포 뿐! 기대 반, 아쉬움 반의 요상한
기분을 안고 이과수를 떠나 브라질 리우를 향한다.

브라질 리우에 온
두 가지 이유

여기는 **리우 데 자네이루** Rio de Janeiro! 불과 얼마 전까지 브라질의 수도였던 곳이자 매년 2월마다 그 유명한 브라질 리우 카니발이 열리는 곳이다. 세계 3대 미항 중의 하나로서 미녀들이 널려있다는 아름다운 **꼬파카바나 해변**이 펼쳐져 있어 전 세계에서 몰려온 관광객들이 득실거리는 곳이기도 하다.

이곳을 방문하게 된 특별한 이유는 없다. 어차피 카니발 기간도 지나서 그다지 볼거리가 많은 것도 아니고 그렇다고 해변에서 젊음을 불살라보겠다는 강한 의지를 가지고 있는 것도 아니다. 아니, 오히려 그러기엔 이곳은 너무 위험 부담이 큰 곳이다. 남미에서도 가장 악명 높은 빈민가가 자리 잡고 있기 때문이다.

하지만 난 여기에 왔다. 이유는 두 가지! 그 유명한 예수상과 브라질 축구를 보고 싶어서이다. 브라질의 상징이자 남미 여행책자를 보면 항상 등장하는 그 거대한 조각상. 언덕 위에 높게 자리 잡고 앉아 양팔 좌악 벌리고 온 인류를 품에 안고 싶다고 말씀하시는 듯한 포즈의 예수님. 얼마나 크고 대단한지 내 눈으로 직접 보고 싶었다.

솔직히 조금은 실망했다. 물론 조각상 자체는 충분히 컸고, 충분히 관광객들을 끌어모을 만 했다. 하지만 그게 다일 뿐, 중요한 무언가가 빠져 있었다. 파타고니아의 장엄한 산들에 비해, 이과수의 웅장한 폭포에 비해 한없이 모자란 그것! 아무래도 그건 일종의 신비감이라고 해야 하나?

그날 저녁에는 브라질 축구를 보러 갔다. 마침 리우 데 자네이루의 홈팀인

플라멩고의 경기가 있는 날! 대낮부터 도시가 들썩거린다. 거리는 온통
검정색과 빨강색이 교차된 유니폼을 걸친 사람들로 가득차고, 경기장까지
가는 지하철도 시합을 보기 위한 사람들로 북적거린다.

시작 한 시간 전에 미리 도착했건만 이미 경기장 안에는 응원단이 내는
함성으로 시끌벅적하다. 이왕 온 거 가만히 있을 수 없어 플라멩고 팀의
티셔츠도 한 장 사 입고, 가장 열정적으로 보이는 응원단들 앞쪽에 자리를
잡고 앉았다.

드디어 경기가 시작되었다. 자리에 앉았던 건 시작하기 전 잠시 뿐. 경기가
끝날 때까지 90분 내내 단 한 번도 앉을 수가 없었다. 주변에 있는 모든
사람들이 아무도 안 앉는 걸 어쩌랴? 어쩜 그렇게 열정적이고, 축구광일 수가
있는지. 내가 보기엔 죄다 감독이었고, 죄다 선수들이었다.

경기는 아쉽게도 0:0 무승부로 끝났다. 아마도 상대팀의 실력이 한 수
아래였는지, 저쪽 관중들은 축제 분위기였고 플라멩고 관중들은 실망하며
야유를 보냈다. 승부의 세계에서 이럴 수도 있고 저럴 수도 있겠다마는,
승리했으면 훨씬 더 좋았을 것을 그저 아쉬울 따름이다. 그래도 브라질 본토의
정열적이고 열광적인 응원문화를 봤으니 만족스럽다 싶다.

세계의 동물원

동물원 하면 흔히 떠오르는 그림이 있다.
아이들이 철창에 대롱대롱 매달려 소리치며 과자
부스러기들을 던지고 있고, 멀찍이 떨어져 앉은
동물들은 축 늘어진 채 눈만 감고 있을 뿐이다.
도대체 산거야, 죽은 거야? 궁금해진 아이들은
돌팔매질도 서슴지 않는다. 슬프지만, 내가 어린
시절 경험한 동물원의 모습이고 지금이라고 크게
다르지 않은 것 같다.

미국의 동물원은 상대적으로 우리나라보다는 조금
더 나은 환경이다. 일단, 단일 개체가 차지하는
면적이 한국보다 넓다. 한두 마리만 유지되는
한국의 동물원과 달리 집단 서식하기 때문에 가족·
친구·무리 등의 공동체가 존재한다. 창살이 아닌
강화 유리로 보호되어 있기 때문에 외부의 자극을
차단하면서 적당한 시야 확보도 가능하다.
아프리카에서 본 세렝게티 초원은 흔히 말하는 생태
동물원Ecotourism의 성격을 띤다. 서울시 반 정도 되는
면적에 울타리만 쳐서 경계를 지었을 뿐 자연 상태
그대로이다. 세렝게티를 찾은 사람들은 관광객이든
가이드이든 행여 동물들을 방해할까 봐 조용히
숨을 죽인다. 한국과 미국의 동물원이 인간 중심의
세계라면, 세렝게티는 말 그대로 동물들의 세계에
인간이 잠깐 방문한 것이다. 누가 주가 되느냐에
따라 환경과 분위기는 천양지차였다. 세렝게티에는
인공 연못이 있다. 상대적으로 물이 부족한 초원

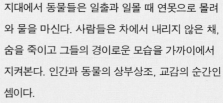

지대에서 동물들은 일출과 일몰 때 연못으로 몰려
와 물을 마신다. 사람들은 차에서 내리지 않은 채,
숨을 죽이고 그들의 경이로운 모습을 가까이에서
지켜본다. 인간과 동물의 상부상조, 교감의 순간인
셈이다.
한국의 동물원이 변두리 고시원 쪽방이라면,
세렝게티는 주상복합 펜트하우스쯤 될까. 그러나
세렝게티와 같은 환경은 대한민국에선 불가능하다.
사람이 살 땅도 없는데, 하물며 동물들이 서울 반만
한 땅을 차지할 수는 없는 일이다. 그래서 나는
사람이 살지 않는 무인도에 동물들만의 작은 왕국을
만들어주고 싶다. 세렝게티에서 그렇듯, 사람과
동물이 교감할 수 있는 그런 파라다이스 말이다.

4

유럽   스페인·포르투갈

길고 긴 내 여행의 두 번째 대륙 유럽. 비록 스페인과 포르투갈, 이렇게 두 나라밖에 못
보긴 했지만 조금이나마 유럽의 맛과 정취를 느낄 수 있었던 것 같다. 살인적인 물가는
나름대로 아껴가며 여행하던 내 가계부를 엉망으로 만들었고, 호시탐탐 노리고 있는
소매치기들 때문에 항상 긴장을 늦출 수 없었지만 그래도 맛있는 것도 많이 먹었고,
좋은 사람들도 많이 만났으며, 멋진 것들도 많이 볼 수 있었다.

하지만 한편으로는 조금 슬프다. 여행을 다니면 다닐수록 정말로 많은 것들을 보고,
많은 것들을 느끼고 있긴 하다. 하지만 그때마다 내 몸뚱이의 어느 한 곳을 거기다
놔두고 오는 것만 같은 느낌이 든다. '미련'일 수도 있고, 다시 돌아오리란 '기약 없는
약속'일 수도 있겠지! 누군가 추억은 가슴에 묻는 거라고 하던데 내 경우에는 쉽게
묻어지지가 않는 것 같다. 오히려 작은 파편으로 흩어져 날개를 달고 머릿속을 헤매고
다니는 듯······.

유럽의 시작,
이제부터 스페인이다!

유럽의 첫 느낌? 우선 남미와는 느낌이 확연하게 다르다. 사람들 생김새가
다르고, 거리의 건물들이 다르고, 살인적인 물가도 눈물이 날 만큼 다르다.
스페인은 유럽 중에서도 물가가 많이 싼 편이라고 하던데, 만날 만 원짜리
방에서 자다가 4만원을 내고 자려니 분해서 도통 잠이 안 올 지경이다. 그래도
남미에서 근 5개월 동안 조금씩 늘려갔던 스페인어가 유용하게 쓰이고 있다.
마드리드 구경에 나선다. **프라두 미술관**에서 고야의 그림들을 보고, 마요르
광장에 가서 맛있는 초코라떼와 츄러스도 먹고, **레이나 소피아 미술관**에서
수없이 많은 거장들의 그림들도 만났다.
그런데 그런 멋진 작품들, 멋진 거리, 멋진 건물들을 만나면 만날 때마다,
무언가 답답한 안개마냥 머릿속을 떠나지 않는 생각이 있다. 도저히 그런
것들이 순수하게 받아들여지지 않는 느낌이라고나 해야 할까? 그건 아마도

여기 오기 바로 이전에 남미를 보고 왔기 때문인 듯!

300년간의 스페인 식민지로서 온갖 수탈을 당하면서 치가 떨릴 만큼의
저항의식과 독립의지 등이 묻어나오는 '그런 것들'을 봐오다가, 막상 가해자의
나라에 와서 그들의 피땀 어린 황금을 토대로 일구어진 화려하고도
사치스러운 '그런 것들'을 눈앞에서 보니 솔직히 거부감이 들다 못해
구역질까지 치밀어 오른다. 그림 속에 등장하는 너무나 매혹적인 귀부인의
보석 장식을 위해 얼마나 많은 아메리카 원주민들이 눈물을 뿌려야만 했을까?
배알이 뒤틀리는 듯한 날카로운 감정들이 꼬리에 꼬리를 물 뿐이다.

하지만 그런 감정들과는 별개로 **마드리드**의 대광장과 박물관, 그리고 거리의
건물들은 충분히 크고 아름다웠다. 말 그대로 유럽 특유의 고풍스러운
분위기가 물씬 풍기는 길모퉁이 카페에서 마시는 카페오레 한잔의 내음은
향기롭기 그지없다.

박차를 가해 마드리드에서 기차로 2시간 떨어진 **세고비아**로 향한다. 이곳에는
동화 <백설공주>의 배경이 된 아름다운 고성이 자리잡고 있다.

하지만 사실 이 곳에 온 목적은 따로 있었다. 바로 새끼돼지 통구이 바비큐!
그건 도저히 피할 수 없는 유혹으로 다가왔고, 지금 난 그 환상의 요리 앞에
앉아 있다. 살이 통통하게 오른 넓적다리를 집어 들어 입에 한 입 물었을 때의
느낌은 실로 환상적이다. 입 안 가득 퍼지는 풍부한 향과 부드러운 살코기의
질감은 입에 침이 가득 고일 정도로 멋지다. 그러나 솔직히 딱 한 입까지였다.
이건 기름기가 너무 심하게 풍부해서 좔좔 흘러넘칠 지경이다. 열심히 먹긴
먹었는데 다 먹고 났더니 콜라가 무지하게 그립다.
내친김에 다음날은 **똘레도**까지 접수했다. 멋진 고성으로 둘러싸여 있는
이곳은 스페인의 대표적인 화가 엘 그레코의 고향이자, 세르반테스의 소설
<돈키호테>의 무대가 되었던 마을이다. 늙은 말 로시난테를 타고 풍차를
향해 돌진했던 돈키호테와, 그의 충실한 하인 판초의 흥미진진한 방랑기는
오늘날까지도 스페인에서는 물론 전 세계적으로 널리 사랑받고 있다.
어쨌든 유럽의 시작! 그럭저럭 나쁘지는 않다.

용감한 투우사에게
'올레'를…

'스페인' 하면 투우를 빼놓을 수 없다. 물론 그 잔인함 때문에 요즘 스페인 젊은이들에게는 그리 인기를 얻지 못하고 있지만 그래도 나이 지긋한 노인들과 관광객들 사이에서는 더할 나위 없이 볼만한 구경거리임에 틀림이 없다.

투우장을 찾았다. 그날그날 등장하는 투우사에 따라 관중들의 수가 좌우된다는 얘기는 익히 들어서 알고 있었지만, 솔직히 관중석이 꽉 메워질 정도로 투우 경기의 인기가 그렇게 많을 줄은 몰랐다. 시작 전부터 투우장 주변이 붐비더니만 순식간에 경기장은 사람들로 꽉꽉 들어찼고, 또한 그만큼 열기로 달아올랐다.

투우 경기장 앞의 멋진 조각상

잠시 후 오늘의 쇼에 등장할 주인공들이 한꺼번에 나와서 관중들에게 인사를
마치고 들어간 뒤, 텅 빈 경기장 안으로 소 한 마리가 뛰어들어오면서 투우
경기의 시작을 알린다. 투우는 정해진 일련의 순서에 따라 진행이 된다. 소가
등장하면 우선 몇 명의 보조 투우사들이 경기장 이곳저곳에서 소를 유인하며
약을 올리기 시작한다. 이 단계에서 뒤에서 지켜보고 있던 진짜 투우사는
소의 습관이나 민첩성 등을 파악할 수 있다고 한다. 그 후 어디선가 길게
나팔소리가 울리면 말을 탄 삐까도르Picador, 장창찌름꾼가 등장해 소의 등에 긴
창을 두세 번 찔러 넣게 된다. 그러고 나면 다시 나팔이 울리고 양손에 작살을
든 세 명의 반데리예로스Banderilleros, 작살꽂이꾼가 나와 이미 화가 날대로 난 소를
날렵하게 피하면서 등에 총 6개의 작살을 꽂아 넣는다.
여기까지 성공하게 되면 드디어 양손에 붉은색 까뽀떼Capote, 천와 칼을 든
오늘의 주인공 마따도르Matador, 투우사가 등장한다. 마따도르는 왼발을 고정시킨
채로 최대한 소를 몸 가까이에 붙여 멋지게 피하는데, 이 과정에서 잔뜩

흥분한 소의 뿔에 받혀 다치거나 심지어 목숨을 잃는 경우도 발생한단다.
자신의 생명을 담보로 멋진 공연을 보여주는 마따도르에게 관중들은 연신
"올레Hole"를 목청껏 외쳐가며 힘을 불어넣어 준다.

마지막으로 긴 칼을 높이 치켜 든 마따도르와 피투성이가 된 소 사이에
최후의 신경전이 벌어지는 순간, 경기장은 숨 막힐 듯한 긴장감으로 싸늘하게
얼어붙는다. 잠시 후 마침내 긴 칼이 소의 등에 깊숙하게 박히고, 다리에 힘이
풀려 풀썩 쓰러진 소의 등에 보조 투우사가 다가와 단검을 몇 번 쑤셔 넣어
마지막 숨통을 끊어주는 것으로 쇼는 마무리된다.

이 때 모든 관중은 일어나서 기립박수를 보냄으로써 마따도르의 용기를
격려한다. 때에 따라 그 실력이 탁월했을 경우 관중들은 흰 손수건을 흔들기도
하는데 이 경우에는 죽인 소의 귀를 잘라 마따도르에게 선사하고, 그것은
곧 투우사에게 있어 최고의 영광이 된다고 한다. 그렇지만 반대로 실력이
형편없거나 실망스러운 경기를 보여준 투우사에게는 여지없이 야유와 비난이
퍼부어진다. 솔직히 난 누가 잘하고 누가 못하는지 하나도 모르겠더라! 그저
옆에서 박수치면 따라서 치고, 야유를 보내면 따라서 고함지르고 할 뿐.
하지만 눈 높은 스페인 관중을 만족시키기는 여간 힘든 일이 아닐 듯싶다.
하루 저녁, 총 6마리의 소가 등장하고, 곧 시체가 되어 끌려 나가게 된다.
솔직히 처음 투우를 접한 내게는 가히 충격적인 장면이었다. 그 잔혹성과
함께, 살우殺牛의 처참한 현장 속에서 열렬하게 환호를 보내는 관중들의
모습이라니……. 꼭 수의사로서가 아니라도 한 인간으로서 기가 막힐
노릇이었다. 하지만 한 경기, 한 경기가 반복될수록 나도 모르게 그 생과 사의
순간에서 나오는 긴장감과 열광적인 분위기 속에 흠뻑 빠져 들어감을 느낄 수
있었고, 네 번째 소가 죽어서 끌려 나갈 무렵 다른 관중들과 마찬가지로 벌떡
일어나서 격하게 박수와 환호를 보내는 나의 새로운 모습을 발견할 수 있었다.
스페인 마드리드에서 처음 접한 투우는 그렇게 내게 강한 충격을 안겨주었고,
긴 여운 속에서 마무리되었다. 아마도 절대 잊지 못할 경험일 듯하다.

바르셀로나,
자유로운 영혼들의 휴식처

여기는 그 유명한 **바르셀로나**!

"너 토플리스 해변이라고 알아? 바닷가에서 여자들이 남자들 마냥 수영복
아랫도리만 입구 달랑달랑 뛰어 다닌대! 완전 죽여준다는데~!"

익히 소문은 들었다. 천국과도 같은 곳. 태초에 아담과 이브가 벌거벗고
다녔듯이, 거기 가면 누구나 세상사의 구속을 훨훨 벗어버리고 진정한
해방감을 느낄 수 있다더라! 비록 코딱지만한 수치심은 남아 있기에 아래는
대충 가리지만 또 그게 진정한 묘미 아니겠는가? 홀딱 벗으면 그게 찜질방
목욕탕이지 해변이겠는가!

한국인 멤버들을 모아서 **바르셀로나 해변**을 찾았다! 두근두근 들뜬 가슴을
안고 해변에 다가가니 하나둘씩 사람들이 눈에 들어오기 시작한다. 헉, 있다!
있어! 말간 아기의 밥통을 훤히 드러낸 채, 너무나 해맑고 순수한 표정으로
나를 기다리고 있던 그녀들……. 예상은 했지만 그 충격이 생각보다 너무 커서
우선 선글라스부터 집어 썼다. 완전범죄를 노리려면 눈을 드러내선 안 된다.
한결 여유로워진 눈동자가 정신없이 바빠지는 시간. 여기도 있고 저기도 있다!
여기저기 다 착한 친구들이다! 이래서 바르셀로나가 유명하구나. 진심으로
이해가 간다.

하지만 상상했던 것과는 조금 다르다. 모두가 홀러덩 벗은 것은 아니고,
개중 몇몇만 자유로운 영혼일 뿐이다. 해변을 통틀어 100명쯤? 솔직히 말해
자꾸 보다보니 조금씩 무덤덤해진다. 역시 인간은 사회적인 동물로 어딜

가던지 간에 적응하도록 만들어져 있나 보다.

바르셀로나는 도시 전체가 용광로 같이 달아올랐다. 마치 2002년 월드컵 때 우리나라 광화문과 시청 앞 광장 분위기를 방불케 하는데, 그건 오늘 저녁 8시 15분, 운명의 챔피언스 리그 결승전, 맨체스터 유나이티드맨유 대 바르셀로나 FC바르샤의 경기가 있기 때문이다. 호날두·메시·앙리·루니 등등 세상에서 제일 축구 잘하고, 제일 몸값 비싼 선수들끼리 왕좌를 놓고 겨루는 최후의 한판승부가 벌어진다. 더욱이 오늘 경기엔 우리나라의 자랑스러운 산소탱크 박지성이 출장한다는 소문이 파다한 이 영광스러운 순간, 난 지금 바르셀로나에 있는 것이다.

준비를 마치고 시내 번화가 **산블라스 거리**로 향했다. 이미 거리와 주변 술집, 레스토랑 할 것 없이 사람들로 가득차서 빈 자리를 찾는 게 그리 쉽진 않았지만, 어찌어찌 골목 구석 인도식 바에 둥지를 틀었다. 이미 그곳에선

홀리건을 방불케 하는 광기 어린 응원단들이
연신 테이블을 두드리고 고함을 질러가며
바르샤를 응원하고 있었다. 이곳에서 감히
맨유를 응원한다는 일은 상상조차 할 수 없다.
그건 마치 붉은악마 응원단 한가운데서
"간바레~ 니뽄!"을 외치는 꼴! 목숨이 아깝다면
오늘 하루는 무조건 골수 바르샤 팬 노릇을 할
수밖에 없는 것이다.

산블라스 거리의 행위 예술가

이미 경기는 시작해서 10분 만에 바르샤가 한
골 앞서가는 상황이다. 자리에 앉아 맥주를
시키려고 하는데, 갑자기 화면에 박지성이
비춰졌다. 우리의 자랑스러운 한국인 원정
응원단 6명은 누가 먼저랄 것도 없이 벌떡
일어나며 "까아악~" 하는 괴성을 질러버렸다.
순간 갑자기 술집 안에는 정적이 흘렀고, 모든
사람들의 시선이 우리에게 쏠렸다. 즉시 상황을
깨달은 우리들은 마치 아무 일도 없었다는
듯, 조용히 다시 자리에 앉아 경기를 관전하기
시작했고, 그 후로도 박지성이 화면에 비칠 때면
테이블 아래에서 조용히 주먹을 꽉 쥐는 걸로
대신할 수밖에 없었다.

후반전이 끝나기 직전 메시의 헤딩슛까지
터지며 경기는 2:1 바르샤의 승리로 끝이
났다. 도시가 미쳐버렸다. 모든 사람이 길거리로
뛰쳐나와 소리를 질러댔고, 자동차들은
끊임없이 경적을 울려댔으며, 폭죽과 연기에

천재 건축가 안토니오 가우디의 작품 〈까사 바뜨요〉

186

뒤덮인 그 상황은 도저히 그렇게 밖에 표현할 방도가 없다. 정도가 심한 데는
쓰레기통이 불타오르기도 했고, 흥분을 못 이긴 사람들은 자동차·버스정류소·
가로등까지 올라갈 수 있는 곳이라면 죄다 기어오르기도 했다. 노는 거라면
둘째가라도 서러워할 조영광이 거기에 빠질 수야 있겠는가? 나도 길가에
있는 동상에 기어올라 맥주를 뿌리고, 응원가를 따라 부르며 그들의 미친
짓에 기꺼이 동참했다. 수많은 사람들에게 둘러싸여 사진도 찍히고, 나중에는
방송국 카메라까지 동원되어 동상 위에 올라선 사람들을 찍어대던데, 모르면
몰라도 다음날 어딘가에 내 얼굴이 대문짝만하게 실렸을 게 뻔하다. 끝내주게
재미있는 밤이었다.

독특한 분위기의 알함브라!

여기는 스페인 남부 **안달루시아**의 **그라나다**. 안달루시아 지방은 수차례에 걸쳐 이슬람과 유럽 기독교 문명의 통치를 번갈아 받아온 곳으로 그만큼 두 문명의 흔적이 고스란히 남아 있어 독특한 분위기를 자아내고 있다. 특히 그라나다는 유네스코 세계유산 중의 하나인 아름다운 이슬람 궁전 알함브라가 자리 잡고 있는 도시로, 1492년 국토수복운동레꽁끼스따을 따라 밀고 내려온 페르디난도 왕과 이사벨 여왕에게 어쩔 수 없이 알함브라를 내주면서 두 번이나 뒤돌아보며 눈물을 흘렸다는 마지막 이슬람 왕인 보압딜 왕의 일화로 유명한 곳이다.

그라나다 구경에 나선다. 전형적인 스페인의 도시답게 골목골목 아기자기한 상점들이 들어차 있고 한낮의 찌는 듯한 태양빛을 피하기 위해 천막이 드리워져 있다. 스페인의 하루 일과는 우리와 굉장히 다르다. 낮 2시부터 5시까지는 거의 40도에 육박할 만큼 무지하게 덥기 때문에 공식적인 낮잠시간인 '시에스타Siesta'가 있다. 그 시간에는 시내의 모든 상점이 문을 닫기 때문에 텅 빈 거리에는 오로지 다른 나라에서 온 관광객들만이 하릴없이 돌아다닐 뿐이다. 자연스럽게 오후 느지막하게 일어난 사람들은 잠깐동안 나머지 일을 하고 9시부터 12시까지 여유로운 저녁식사를 즐긴다. 여긴 해가 늦게 져서 밤 10시까진 환하다. 그 후 자정이 넘어서야 펍이나 클럽 같은 곳이 붐비기 시작하여 때론 아침까지 시끌벅적하게 노는 게 그들의 일과라고 할 수 있다. 이와 같은 시에스타의 풍습 때문에 스페인 사람들이 게으르다는 인식이 박혀 있다고 하는데, 이건 그들 나름대로의 삶의 지혜가 배어 있는 생활습관으로 함부로 말 할 수 있는 건 아닌 것 같다. 근래 들어 에어컨을

빵빵 틀어대는 실내생활이 늘어난 마드리드나 바르셀로나 같은 대도시에서는 거의 사라졌다고는 하지만, 안달루시아 지방에서는 아직까지도 철저하게 시에스타가 지켜지고 있어 대낮의 길거리는 한산하다 못해 음울하기까지 할 정도다.

다음 날은 드디어 **알함브라**를 보러 갔다. 전 세계에서 몰려든 관광객으로 항상 붐비기 때문에 며칠 전에 미리 예약을 하거나 아니면 새벽부터 줄을 서야만 간신히 구경할 수 있다. 알함브라는 크게 세 곳으로 나눠지는데 가장 유명한 곳으로서 이슬람 왕이 살았던 나사리 궁전과 낙원의 상징인 정원 헤네랄 리페 General Life, 그리고 견고하게 지어진 성곽 알카사르 Alcasar가 그것이다. 이슬람 궁전의 특징이라고 하면 주로 서서 생활하는 유럽 사람들에 비해, 바닥에 앉거나 누워서 생활하는 이슬람 사람들의 라이프 스타일에 맞추어 천장 쪽 장식이 유독 정교하고 아름답게 발달한 것을 들 수 있다. 또한 겉모습은 소박하지만 궁전 내부로 들어가면 더할 나위 없이 화려한 자태를 뽐내는 면도 이슬람 양식의 또 다른 특징이다.

황홀한 알함브라의 야경

역시 너무 큰 기대는 적지 않은 실망감을
가져온다는 것이 여실히 증명되었다. 하도
사람들이 알함브라, 알함브라 하길래 잔뜩
기대에 부풀어 올랐건만 내 눈엔 그다지 와
닿는 게 없었다. 물론 건축 당시에는 눈부시게
선명한 색채를 자랑했겠지만 지금에 와선
빛바래고 남루한 모습만이 남아 있을 뿐, 솔직히
별다른 감흥을 느낄 수 없었던 것이다. 바쁜
이동으로 몸이 피곤해서 그랬는지도 모르지만,

그렇다고 왠지 모르게 지루한 감마저 드는데 마냥 보고 있을 수만도 없는 법,
남들은 하루 온종일 봐도 모자란다는 알함브라를 나는 2시간 만에 대강대강
돌아보고 서둘러 빠져나왔다. 야경이 그렇게 예쁘다던데 나중에 야경이나
보러 다시 와야겠다.

정교한 이슬람 양식이 돋보이는 알함브라

플라멩코,
집시의 애환을 노래하다

예부터 사람들은 창공을 자유롭게 떠돌아다니는 새들을 바라보며 항상
날고 싶어 했던 탓인지, 거의 모든 춤들은 하늘로 날아오르는 동작이 주가
되곤 한다. 하지만 플라멩코만은 예외적으로 땅을 향하는 춤이다. 기원이
언제부터인지, 도대체 어디에서부터 흘러들어왔는지 알 수 없는, 그저 정처
없이 떠돌아다니면서 갖은 미움과 핍박을 받고 또 때로는 다른 곳을 향해
어쩔 수 없이 떠나야만 했던 한 많은 사람들. 유럽에서는 그들을 '집시'라고
불렀다. 집시들은 그들의 오랜 역사동안 하루라도 마음 편하게 지낼 수 있기를
갈망했고, 방랑생활을 접고 한 곳에 정착할 수 있게 되길 바랐다고 한다.
플라멩코는 바로 그 집시들의 땅에 대한 집착을 표현한 춤이요, 플라멩코가
태어난 곳이 바로 이곳 그라나다이다.
저녁에 플라멩코 공연장을 찾았다. 여자 무희 세 명과 남자 무희 한명, 그리고
두 명의 가수와 악기 연주자들로 구성된 공연단의 플라멩코 공연은 두말할
것도 없이 최고였다. 원치 않는 결혼을 하게 된 어린 신부와 어쩔 수 없이 딸을
보내야만 하는 어머니의 슬픈 마음을 표현한 내용이었다. 그라나다에서도 최고
수준에 속한다는 무희답게 뿜어내는 내공이 장난이 아니었는데, 춤뿐 아니라
표정 하나하나에서도 수천 년 동안 내려온 집시들의 애환이 서려있음을 느낄
수 있었다. 공연이 펼쳐지는 동안 신들린 듯한 무희의 땀방울이 관객석까지
튈 정도라면 얼마나 열정적인 무대인지 익히 짐작할 수 있을 것이다. 모든
관객들은 숨소리마저 죽인 채 넋을 잃고 바라보기만 하다가, 공연이 끝난 뒤

카리스마 넘치는 남자 무희. 땀방울이 관객석으로 튈 정도다.

우레와 같은 환호와 함께 기립박수를 보낼 뿐이었다.

그라나다 알함브라의 성벽 옆에는 집시들이 동굴을 파고 모여사는 곳이 있다.
많은 곳이 관광자원화 되어 돈을 받고 동굴 내부를 구경시켜주는 투어까지
생겼지만, 아직까지도 외부의 손길을 거부한 채 그들만의 생활을 영위하고
있는 곳도 있다. 가이드북에도 가능하면 낮에도 그곳에는 접근하지 말 것을
신신당부하고 있을 정도로 많이 위험한 곳이다. 하지만 그라나다를 한참
구경하던 중 실수로 길을 잘못 들어 그들의 동굴 앞에 다다르고 말았다.
뜨거운 햇살 아래 시커먼 흑인 몇 명이 웃통을 벗은 채 휴식을 취하고 있는데
솔직히 겁이 덜컥 났다. '혹시라도 갑자기 달려들어 해코지라도 하면 어떻게
하지?' 별별 생각을 다 하면서 망설이고 있다가 용기를 내서 다가가 말을
걸었다.

"헤이, 친구! 너 집시 맞아? 길을 잃어서 여기까지 왔는데, 이왕 온 김에 집 구경 좀 시켜 줄래?"

솔직히 어디서 그런 용기가 솟았는지 잘 모르겠다. 후들거리는 다리를 간신히 붙잡고 툭 내던진 요청에 너무나 흔쾌히 오케이 사인이 돌아왔다. 바로 옆에 있던 자기 집으로 들어오란다. 산기슭에 동굴을 파서 마련한 집 내부는 축축하고 어두컴컴했다. 몇 년 동안은 청소를 안 한 듯 구석구석에 쓰레기가 처박혀 있고 곰팡이 냄새가 푹푹 피어올랐지만, 자랑스러운 표정으로 이곳저곳을 안내해주는 집시 청년에게 차마 치우고 살라는 둥 잔소리를 할 수는 없었기에, 활짝 웃는 얼굴로 엄지손가락을 치켜들며 "베리 굿"만 연발했다. 몇 마디 더 얘기를 나눠보니 원래 자기 고향은 영국인데 집 주인은 따로 있고 자기는 떠돌아다니던 중 잠시 빌려서 살고 있다고 했다. 자기가 가지고 있던 대마초나 같이 하고 가라고 꼬시는데 어렵게 뿌리치고 빠져나왔다. 어쨌든 운 좋게도 진짜 집시 동굴도 구경하고, 다행히 돈을 빼앗기거나 맞지도 않았다! 휴우~.

바르에 들러
따빠스를 찾아주세요

그동안 여행을 다니면서 가장 많이 본 것 중의 하나가 바로 성당Catedral이다. 도시를 가건 시골마을을 가건 어디에나 있고, 그 중에서도 특히 노른자 같은 중심부에 떡 하니 자리 잡고 있기 때문에 안 보고 갈 수 없을 정도로 많다. 하지만 이제 웬만해선 그냥 쓰윽 둘러보고 지나가거나 그마저 시간이 없을 때는 제일 먼저 지나치게 되는 계륵 같은 존재가 됐다.

그런데 여기 있는 **세비야 대성당**은 이탈리아 로마에 있는 성당과 영국 런던에 있는 성당 다음으로 세상에서 세 번째로 크단다. 대체 얼마나 크길래 그렇게 호들갑을 떠는지 내 눈으로 직접 보고 싶었고 결국 세비야로 여정을 잡게 되었다.

크긴 진짜 무지하게 크다. 둘레를 종종거리며 빠른 걸음으로 걸어도 족히 20~30분은 걸릴 듯. 외부는 또 어찌나 화려하던지……. 수십 개나 되는 뾰족뾰족한 고딕 양식과 바로크 양식의 첨탑들이 하늘 높은 줄 모르고 서 있다. 이곳 역시 예전 이슬람 사원이 있던 자리에 사원을 허물고 새로 성당을 세운 거라고 하던데, 그중 망루 역할을 하던 높다란 시계탑만은 그 아름다움으로 말미암아 차마 부수지 못하고 남겨놓았다고 한다.

스페인에는 그들만의 독특한 문화인 '바르Bar'라는 것이 존재한다. 물론 다른 유럽국가들 뿐 아니라 우리나라에도 엄연히 바Bar가 존재하긴 하지만 우리의 그것과는 조금 느낌이 다르다. 대부분의 스페인 사람들은 아침에 느지막이 일어나 바르에 가서 달콤한 초콜릿 라떼 한잔과 크루아상으로 허기를 달랜다.

대낮에도 여기저기 바르의 테이블에 기대어 맥주를 마시는 모습을 심심치 않게 볼 수 있다. 물론 밤늦은 시간까지 야외에 내 놓은 테이블에 앉아 수다를 즐기는 것은 당연지사! 이렇듯 바르는 술집으로서의 의미도 있겠지만 그들의 생활 속에 젖어들어 있는 '또 하나의 집'으로서 역할을 충실히 수행하고 있는 것이다. 천성적으로 놀기 좋아하고 수다 떨기 좋아하는 스페인 사람들에게 바르는 어찌 보면 너무나도 당연한 문화인지도 모르겠다.

거기에 또 하나, '따빠스Tapas'를 빼놓을 수 없겠다. 접시라는 뜻을 가지고 있는 따빠스는 우리나라로 치면 기본안주 같은 개념이다. 바르에서 맥주 한 잔을 주문하면 작은 접시에 그날그날에 따라 오징어며 감자튀김, 말린 과일, 찹 스테이크 같은 안주가 조금씩 서비스된다. 여기에 추가로 맥주를 주문하면 또 다른 안주를 담은 접시가 나오는데, 전통 있고 유명한 바르에서는 수십 종류의

세비야 대성당의 화려한 내부

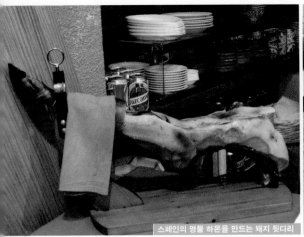

스페인의 명물 하몬을 만드는 돼지 뒷다리

따빠스를 갖춰 놓기도 한단다. 이 따빠스의 기원이 또 재미있다. 워낙에 밤늦은 시간까지 수다 떨기 좋아하는 스페인 사람들인지라 보통 바르에서 맥주 한 잔 시켜놓고 두세 시간 동안 버티는 건 기본이었다고 한다. 그러면서 자연스럽게 맥주의 김이 빠지지 말라고 접시를 맥주잔 위에 덮어놓게 되었고 거기다가 조금씩 안주를 담아주기 시작한 게 따빠스의 기원이 되었다고 한다. 초저녁부터 두세 군데 바르를 돌아다니며 맥주 한 잔씩 주문해서 따빠스와 함께 먹다 보면 어느새 제법 배가 불룩할 정도로 훌륭한 저녁 한 끼 대용이 되기 때문에 더할 나위 없이 만족스러움을 느낄 수 있다.

포르투갈
리스본의 꽁치 축제!

오늘부턴 **포르투갈**이다!

밤새도록 야간 버스를 타고 새벽녘에야 도착한 **리스본**. 아직 행인들의 발길은 뜸하고 간간이 거리에 아무렇게나 누워있는 노숙자들만이 퀭한 눈길로 나를 반긴다.

요즘 들어서 점점 더 '무계획이 계획'처럼 되어가고 있다. 하루 단위로 계획을 짜서 혹여나 일정이 조금이라도 헝클어질 경우 안절부절 못하며 몸달아했던 남미 여행과는 달리, 당장 오늘 무얼 해야 할지, 다음 목적지가 어딘지 조차도 안 정해놓은 날들이 부지기수다. 그저 발길 닿는 대로 정처 없이 떠돌아다니는 나그네 마냥, 그렇게 바람과 같은 여행을 즐기고 있다. 물론 각기 장단점이 있긴 하겠지만 이런 여행도 그다지 나쁜 것 같지만은 않다.

하여튼 여기는 리스본! 포르투갈의 수도이자 과거 치열했던 식민지 경쟁
시대에 그 어느 나라보다도 화려했던 부귀와 영광을 누렸던 곳이다. 하지만
지금은 이빨 빠진 호랑이로 전락해서 유럽 내에서 가장 못 사는 나라가 되긴
하다만 거리 곳곳에선 예전의 눈부셨던 흔적이 묻어나오곤 한다.
운 좋게도 도착한 다음 날, 때맞춰 일 년에 딱 한 번뿐인 리스본의 꽁치
축제가 열렸다. 축제를 알리는 포스터가 사방에 나 붙었고 슬금슬금 모여든
관광객들로 거리가 북적거리기 시작한다. 솔직히 축제가 언제 열리는지,
어디서 치뤄지는지도 잘 몰랐다. 비록 기본 어휘는 속성으로 익히긴 했지만
포르투갈어는 내게 너무 먼 당신이었고, 사람들 앞에선 어쩔 수 없이 꿀 먹은
벙어리가 될 수밖에 없다. 열심히 영어와 스페인어를 섞어서 손짓발짓 다
해보지만 큰 눈만 껌뻑거리면서 멀뚱멀뚱 쳐다보고 있는 현지인들을 볼 때면
그저 답답하기만 할 뿐이다.
축제 당일 저녁 7시경, 출출해서 뭐라도 먹어볼 생각으로 숙소를 나서는데
사람들이 몰려가고 있는 게 보인다. 가벼운 호기심으로 따라가다 보니 이게
웬걸, 길거리 광장에 사람들이 한가득 들어차 있다. 갓 잡은 신선한 꽁치를
굽는 연기가 사방에서 피어올라 눈이 다 따가울 지경이고, 짭짤하면서도

고소하게 구워지는 꽁치 냄새가 광장을 가득 메우고 있었다. 적당히 자리를
잡고 앉아 대충 손짓으로 노릇노릇하게 구워져 가는 꽁치를 가리키니 햄버거
빵 속에다 잘 익은 꽁치를 통째로 넣어서 준다. 신기하기도 하고 이걸 도대체
어떻게 먹어야 하나 고민도 됐지만, 옆에 사람들 먹는 걸 등 뒤로 훔쳐보면서
한입 베어물었다.

진짜 맛있다! 바삭바삭한 껍질 속에 통통하게 살이 오른 꽁치는 간이 적당히
배서 그냥 먹어도 맛있고, 흰 빵과 함께 먹어도 그만이다! 거기다 한 컵 가득
따라주는 차가운 생맥주는 어쩜 그리 궁합이 잘 맞던지……. 하루 저녁
동안 제법 커다란 꽁치를 거의 열 마리는 먹어치운 것 같다. 배가 불뚝하게
솟아오를 만큼 먹고, 맥주도 얼큰하게 취할 만큼 마셔서, 남은 건 오로지 세상
부러울 게 없는 뿌듯한 만족감뿐이다.

여기저기 골목마다 작은 공연이 펼쳐진다. 때론 쾅쾅 울려 퍼지는 시끄러운
음악 소리에 묻혀 사람들과 함께 미친 듯이 춤도 추고, 때론 잠시 숨도 돌릴
겸 좁은 골목길의 보도블록에 걸터앉아 인근 대학생들로 구성된 중창단의
아름다운 하모니도 감상한다. 한 손에는 꽁치 햄버거를, 다른 한 손에는
플라스틱 맥주잔을 든 사람들의 얼굴에는 행복한 미소가 떠날 줄을 모른다.
이런 축제라면 365일 계속돼도 좋을 것만 같다!

대학생들로 구성된 중창단의 아름다운 하모니

파두의 선율은 애절했다

리스본에서 두시간 떨어진 '**신트라**'라는 작은 마을을 구경하러 간다.
신트라는 산 중턱에 자리 잡은 시골마을로 중세 시대에는 꽤 많은 사람들로
번성했던 성이라고 한다. 성 자체가 마치 동화 속에 나오는 옆 나라 공주님의
성처럼 알록달록하고 아기자기해서 지금까지도 많은 사람들의 발길이
끊이지 않고 있다. 성에 올라 주변의 탁 트인 풍경과 조용한 산세가 어우러진
평화롭기 그지없는 경관을 가만히 바라보고 있으니 마치 내 마음도 그처럼
맑아지는 기분이 든다.
성은 입구부터 화려하기 짝이 없다. 정교하게 깎아 만든 돌 장식하며 울퉁불퉁
멋을 낸 성 외벽은 당시 영주가 가진 힘이 어느 정도였는지를 보여준다.
오후 늦게서야 리스본에 도착해 잠시 숨을 돌린 뒤 또 다시 전철을 타고
벨렘 지구로 향한다. 원래는 바다를 향해 서 있는 벨렝의 탑과 수도원 등을
돌아보려 했지만 시간이 너무 늦어 멀리서 대강 훑어본 걸로 대신하고,
포르투갈에서 가장 유명한 에그 타르트를 먹으러 갔다. 100년도 훌쩍 넘은
오랜 전통을 자랑하는 집으로 에그 타르트를 만드는 비법은 오로지 수도원
원장만이 알고 있다고 한다. 포르투갈어로는 "파스텔 데 라따*Pastel de Lata*"라고
하는데 겉을 둘러싼 바삭바삭한 페스츄리 속에, 혀 위에서 부드럽게 녹아
내리는 계란 크림의 조화가 말할 수 없이 환상적이다. 거기에 한 잔의 진한
에스프레소까지 곁들이면 금상첨화!
얼추 땅거미가 질 무렵 바와 공연장이 몰려있는 **바이루 알투 지구**로 간다.
포르투갈의 전통음악인 '파두'를 듣기 위해서이다. 파두는 애절한 선율과 함께
삶의 애환이 가득 담긴 목소리를 가진 가수의 노래가 듣는 사람의 가슴을

절절하게 울리는 매력을 가지고 있는 것이 특징이다. 새벽 1시경, 한참을 찾아
헤맨 끝에야 겨우 내 맘에 쏙 드는 멋진 레스토랑을 찾아낼 수 있었다.
운 좋게도 무대 바로 앞 가장 좋은 테이블에 자리를 잡고, 큰맘 먹고 값
비싼 와인 한 병을 시켜놓은 채 공연을 기다리니, 잠시 후 연주자와 가수가
등장한다. 무대 조명이 어두워지면서 드디어 전통악기의 날카로운 선율이 울려
퍼지고, 검은 숄을 두른 나이 지긋한 할머니의 노래가 시작되었다. 그녀의
노래는 부르는 것이 아니라 토해냈다고 표현해야 맞을 듯! 그녀가 어떤 삶을
살았는지 나로선 짐작조차 못 할 만큼 그녀의 허스키한 목소리는 애달팠고,
눈을 감은 채 노래가 끝날 때까지 내달리는 그녀의 표정 하나하나에서 인생의
슬픈 질곡이 묻어나왔다. 난 그저 멍하니 자리에 앉아, 한 손에 들고 있던
와인잔을 마시지도 못하고, 차마 내려놓지도 못한 채 정신없이 빠져들어 있을
뿐이었다.
몇 명의 가수가 바뀌었고, 그 때마다 연거푸 신선한 충격을 안겨주었다.
포르투갈에 와 있다는 것 자체가 행복했고, 지금 이렇게 파두의 차가운
열기 속에 휩싸여 있을 수 있다는 게 꿈만 같았다. 부끄럽지만 또 다시
눈물이 주르륵 흘러나왔다. 공연장의 어두운 조명 아래 조용히 묻힐 수 있어
다행스러울 뿐이다.

내가 맛본 세계의 맥주

미리 의도했던 건 아니지만, 세계를 돌며 매일 바bar에
들러 다른 종류의 맥주를 한 병씩 마셔보는 것은
크나큰 즐거움이었다. 워낙 맥주를 좋아하는 편이라
그 나라에서 먹을 수 있는 맥주를 다 마셔보고 나름
별점도 매기고 그랬는데, 돌아와서 보니 이렇게 쌓인
정보가 상당했다. 맥주를 좋아하는 분을 위하여, 나름
독특한 맥주 일곱 종류를 소개해 본다.

코카니 Kokanee   밴쿠버 휘슬러

파란색 병을 자세히 들여다보면 앙증맞게 생긴
설인 그림이 그려져 있다. 이 설인은 휘슬러 산을
지키는 전설의 영물이다. 밴쿠버에는, 당최 있는지
없는지도 모르는 이 설인을 지키기 위한 10인의
레인저Ranger가 있다고 한다. 코카니 맥주는 바로
이 레인저들의 활동을 지원하는 맥주다. 맥주를
마시면 설인을 보호할 수 있다! 뭔가 판타스틱하지
않은가? 보리맛이 강하지는 않지만 한 모금 마시면
산 정상 살얼음 낀 계곡물을 마시는 것 같은 시원함이
느껴진다.

꾸스께냐 Cusquea   페루의 대표맥주

마추픽추 올라가는 길에 들른 작은 마을, 꾸스꼬에서
마셨던 맥주다. 꾸스꼬는 고산지대에 있어서 물이
부족하다. 이곳에서 진정한 해갈을 맛보게 해 주었던
맥주가 바로 꾸스께냐다. 고산지역이라서 조금만

마셔도 금방 취기가 오르는데도, 너무 맛있어서 많이도 마셨다. 꾸스께냐는 인디오의 영혼을 상징하는 듯, 깊고 진하고 슬펐다. 병 모양도 고대 인디오를 상징하듯 목이 짧고 굵다. 고산병을 이기는 각자의 비법들이 많은데, 나는 이 꾸스께냐를 마시고 고산병을 이길 수 있었다.

블루문 Blue moon 뉴욕에서 마신 벨기에 맥주

여행 중 어느 나라가 제일 무서웠어요? 라고 누군가 물으면 나는, 뉴욕이라고 대답한다. 전갈에 물릴 뻔도 하고 강도, 살인의 위협이 느껴질 만큼 치안이 부실한 나라도 있었는데 그런 순간마저도 뉴욕만큼 무섭진 않았던 것 같다. 희망찬 세계 여행의 첫 목적지는 뉴욕이었다. 해질녁 뉴욕은 '고담'시티처럼 보였다. 흑인들이 아무렇지 않게 쓰레기통을 뒤지고 아무데서나 바닥에 널부러져 자고 있는, 토사물 냄새가 흘러넘치는 도시. 그 때가 막 해가 진 초저녁이었음에도 나는 한 걸음도 옮기지 못할 정도로 겁에 질려 있었다. 그 두려움은 아마도, 이렇게 일 년간 세계여행을 어찌하나 하는 두려움이었던 것 같다. 이 공포를 깨끗하게 날려준 일등공신이 바로 이 블루문 맥주다. 부드러운 거품과 연한 레몬맛이 기가 막히게 어우러진 블루문을 마시는 순간만큼은 끝없이 펼쳐진 하늘 아래 가슴 깊숙이 자유로운 영혼이 된 것 같은 착각에 빠지곤 했다.

가요 Gallo 과테말라 대표 맥주

세계 여러 나라를 여행하면서 개인적으로 가장
위험하다고 느낀 곳 중의 하나가 과테말라였다.
과테말라 시티에서는 현지인들마저도 대낮에 혼자
걸어 다니지 않는다고 할 정도니 당시 분위기가
얼마나 살벌한지 짐작할 수 있을 것이다. 하지만
아이러니하게도 여행 중 가장 편안하면서도 알찬
시간을 보낸 곳 역시 과테말라였다. 그 가운데에는
과테말라의 대표 맥주인 가요가 있었다. 병 중앙에
그려진 수탉 머리 모양이 상징인 이 맥주는 약간
쌉쌀한 뒷맛이 인상적. '세상에서 가장 아름다운
호수'라고 일컬어지는 아티틀란 호숫가에 앉아
일몰을 바라보며 마시던 가요의 풍부한 잔향 덕분에
잠시나마 걱정을 내려놓을 수 있었다.

카사블랑카 Casablanca 금기여서 더 맛있었던 맥주

이슬람 국가에서 음주는 큰 죄악 중의 하나로
여겨진다. 그래서인지 모로코를 여행하던 중에는
그 어느 상점에서도 맥주를 구할 수가 없어 굉장히
안타까웠다. 사하라 사막의 낙타투어를 마치고 잔뜩
지친 몸을 이끌고 돌아오던 길에 발견한 외국인 전용
바. 그곳에서 그렇게나 그리워하던 차가운 맥주
한 병을 마실 수 있었다. 모로코의 매력적인 도시
카사블랑카의 이름을 그대로 딴 맥주 카사블랑카.
맛은 약간 싱거운 감이 없진 않지만 금지된 곳에서
마시는 그 짜릿함까지 더해져 너무너무 맛있게
느껴졌다.

터스커 Tusker 케냐의 대표 맥주

병 라벨에 코끼리가 그려져 있는 것이 특징이다.
스와힐리어로 터스커는 코끼리를 뜻한다. 주로
세렝게티와 응고롱고로 사파리 체험을 하는 도중
많이 마셨는데 여타 아프리카 맥주 중에서 가장
깔끔하고 마시기 편한 느낌을 받았다. 하루 종일
진짜 코끼리를 구경하다가 캠프로 돌아와 따뜻한
모닥불 곁에서 홀짝홀짝 마시던 코끼리 맥주. 그
분위기는 아무리 말로 설명해도 다 못할 듯!

킹피셔 King fisher 인도의 정취를 가득 담은 맥주

인도는 보면 볼수록 독특한 매력을 지니고 있는 나라.
그 중에서도 바라나시는 인도의 강한 향취를 강하게
맡아 볼 수 있는 곳이다. 성스러운 갠지스 강 위로
화장터에서 솟아오르는 매캐한 연기가 자욱하게
깔리고, 브라만 사제가 관장하는 푸자인도식 제사는
매일 밤 경건한 분위기 속에서 이루어진다. 갠지스
강이 보이는 바라나시의 숙소 옥상에 옹기종기
둘러앉아 즐기던 킹피셔 맥주. 그 때 친구들과
나눴던 대화들이 하나하나 아련하게 떠오른다.

5

아프리카

모로코 · 남아공 · 나미비아 · 보츠와나 ·
잠비아 · 짐바브웨 · 탄자니아 · 케냐

아프리카! 그 이름이 주는 느낌만으로도 가슴이 두근두근 설레기 시작한다. 검은
피부의 사람들이 사는 곳. 광활한 벌판에 야생동물이 자유롭게 뛰놀고 있는 곳.
끊임없는 내전으로 아직도 가난하기 짝이 없는 곳.

...

남아공 케이프타운에서 시작해 나미비아·보츠와나·잠비아·짐바브웨·탄자니아를
거쳐 케냐까지 꼬박 두 달간의 아프리카 여행의 감흥은? 지금 당장은 별다른 기억이
나지 않지만, 며칠 지나고 나면 마치 흠뻑 적셔뒀던 스펀지에서 스멀스멀 뿌연 물이
배어나오듯 서서히 진한 기억의 엑기스들이 흘러나오겠지.
다른 대륙들과 확연하게 달랐던 점은 엄청나게 많은 동물들을 봤다는 것이다. 그리고
아프리카는 예상과는 너무나 다르게 무지하게 비쌌고 엄청 추웠다. 지긋지긋하게 많은
흑인들을 봤고, 때로는 해변의 조약돌 마냥 반짝반짝 빛나는 새까만 꼬마 아이들의
희디흰 눈자위에 푹 빠져들기도 했다.
가난에 찌들어 쓰레기를 주워 먹고 있는 아이가 있는가 하면, 단정하게 하얀 드레스를
차려입고 부유해 보이는 부모의 품에 안겨있는 아이들도 있었다. "과연 무엇이 진짜
아프리카의 모습인가?"라는 물음에 섣부르게 대답하는 것 자체가 모순이겠지만, 적어도
배낭 여행자의 눈으로 보고, 듣고, 느낀 아프리카는 무한한 가능성을 지니고 있는
대륙이었다.
지금 당장은 가난과 질병에 찌들어 하루하루 버티는 것만도 벅차겠지만, 뜨거운 태양이
있고, 가히 상상도 하기 힘들만큼 넓은 땅덩어리가 펼쳐져 있으며, 그 어떤 민족보다도
월등히 우수한 신체를 가지고 있는 그들이기에 결국 인류 진화의 최후 승리자로서
당당히 남게 될 것이 분명하다.

모로코,
웃기는 짬뽕 같은 나라!

스페인의 최남단 알제시라스에서 커다란 페리를
타고 **모로코 탕헤르**로 넘어간다. 한 대륙에서
다른 대륙으로 넘어가는데 비행기가 아닌 배로
이동하는 건 처음인 듯. 기분이 묘하다.
꿈의 대륙 아프리카의 첫 나라인 모로코.
한마디로 웃기는 짬뽕 같은 나라. 소속은
분명히 아프리카임에도 불구하고 사람들에게선
아랍쪽 냄새가 물씬 풍긴다. 물론 종교도
이슬람 무슬림이 90%를 차지할 만큼 강력한
지배력을 가지고 있긴 하지만, 오랜 기간
동안 프랑스의 통치를 받아왔기 때문에 공식
언어로는 아랍어와 프랑스어가 둘 다 사용되고
있다. 거기다 지리적 여건 상 북부지방은
스페인어도 통용된다고 하니, 도대체 뭐가 뭔지
갈피를 못 잡겠다.
길거리에 지나다니는 사람들의 옷차림도
제각각이다. 대부분의 여성들이 "몸에 난 털을 남에게 보이지 말라!"는 이슬람
율법에 따라 차도르_{머리에 두르는 스카프}를 하고 다니긴 하는데, 머리끝에서
발끝까지 심지어 검은 천으로 눈마저 가리고 후끈 달아오르는 한낮에

장갑까지 끼고 다닐 만큼 완벽하게 온몸을 가리고 다니는 여인이 있는가
하면, 어떤 여자는 눈만 내놓기도 하고 또 어떤 여자들은 머리카락만 가리고
있기도 한다. 하지만 여기도 유럽 국가와 마찬가지로 젊은 아가씨들은 몸에
딱 달라붙는 청바지에 가슴을 훤히 드러낸 티셔츠를 입고 거리를 활보하기도
한다.

문화라는 것, 전통이라는 것이 참으로 알쏭달쏭하다. 교통과 통신의 발달에
힘입어 문화는 서로 너무나 빠르게 교류하고 있다. 모로코에 와서 가장 놀랐던
것 중 하나가 거의 모든 건물 외벽에 다닥다닥 붙어있는 비행접시 모양의
위성방송 안테나였다. 흙벽돌로 지어진 허름한 건물에 적어도 20~30개씩은
달려 있는 그것들을 보노라면, 그 부자연스러움과 을씨년스러운 분위기에
괜스레 우울해지곤 했다.

모로코의 신고식은 거칠었다. 숙소까지 따라오면서 끝없이 귀찮게 구는
호객꾼들에게 한참 시달릴 무렵, 길에서 만나 의기투합하게 된 쿠바 출신
변호사 칼과 미국친구 두 명까지 합세해서 탕헤르의 광장에 앉아 점심식사를
하게 되었다. 지렁이가 기어가는 듯 어지러운 아라비아 글자가 그려져(?) 있는
메뉴판을 한참 들여다보다 결국 가벼운 세트요리를 주문했더니, 이놈의 식당
주인이 소고기에 닭고기, 생선까지 밑도 끝도 없이 요리를 가져와 테이블에
얹어 놓는 게 아닌? 조금 이상한 감이 들기도 했지만 우선 너무나 배가
고팠기에 먹고 보자는 심정으로 잔뜩 먹긴 했다. 그런데 식사가 끝나고
계산서를 들이미는데 도저히 상상도 할 수 없는 금액이 나와 있는 게 아닌가?
우리 네 명이서 먹은 요리 개수만 합쳐서 열 다섯 개쯤 적혀 있었고, 추가로
샐러드에 음료와 먹지도 않은 디저트까지…… 거기에 마지막 총계는 거의 두
배쯤 부풀려져 있었다. 도대체 우릴 얼마나 만만하게 봤길래 이런 짓거리를
하는 건지, 아님 그냥 한 번 찔러나 보자라는 심정으로 그랬던 건지는 잘
모르겠지만, 하여간 이런 되먹지도 않은 사기꾼 짓에 그냥 당할 우리들이
아니다! 칼은 변호사였고, 미국 친구 두 명 중 하나는 의사, 그리고 다른 한명은 회계사였다.

신나는 아랍음악 공연이다. 어깨가 절로 들썩인다.

회계사 친구가 계산기를 꺼내들고 식당주인을 불러, 우리들이 먹은 음식들을
조목조목 따져 새로 계산한 종이를 들이밀면서 정식으로 항의를 했다. 그러고
나서도 한참 옥신각신한 후에, 우린 죽었다 깨어나도 이거 밖에 지불할 용의가
없으니 불만 있으면 경찰 부르라고 당당하게 주장했다. 무슨 할 말이 더
있겠는가? 결국 자기 혼자 씩씩대면서 길길이 날뛰는 식당주인을 뒤로 하고
유유히 빠져나왔다.
정신 바짝 차리지 않으면 눈코 다 베어갈 것 같은 모로코. 과연 순진한 여행자
조영광이 여기서 잘 살아나갈 수 있을까? 흐음.

신비한 파란마을
쉐프샤우엔!

예전에 여행을 준비하면서 모로코에 대한 자료를 조사하던 중, 특이한 사진한 장을 발견했었다. 파란 하늘, 파란 집들, 파란 골목들이 가득 들어차 있는사진! 그 때도 "와아~ 예쁘다!" 라고 생각했고 꼭 가보고 싶다고 생각했었는데,결국 그곳에 오고야 말았다.

모로코 산 속 깊이 자리 잡고 있는 작은 마을 **쉐프샤우엔**. 장기 여행자들끼리만나면 항상 얘기하는 것 중 하나가 어느 곳을 소개할 때 그곳이 '관광지화된곳'인지 아닌지에 대해 꼭 물어보곤 한다. 너무 심하게 관광지화된 곳은 아무리멋지고 예쁜 무언가가 기다리고 있다고 해도 대개 실망하게 되기 때문이다.비싼 물가, 속이 뻔히 보이는 사기꾼들, 북적대는 단체관광객들까지……. 결국그런 곳들은 필수 관광코스만 둘러보고 나서 한시라도 빨리 벗어날 궁리만하다가 끝나기 마련이다. 반면 반대로 너무 심하게 개발되지 않아서 숙소나식당 같은 기본적인 조건들조차 갖춰져 있지 않으면, 또 그것 나름대로고달프기 짝이 없는 일이다. 그런 면에서 볼 때 쉐프샤우엔은 적당하게조용하고 적당하게 북적거리는 정말로 내 맘에 쏙 드는 그런 마을이다.버스 정류장에서 내려 친절한 호객꾼 아저씨를 만나 물론 나중에 팁을 챙겨가긴했지만 예쁜 숙소에 짐을 풀고 곧장 마을 구경에 나선다. 커다란 광장에는대낮부터 할 일 없는 동네 어른들이 여기저기에 앉아 시간을 때우고 있었는데,아마도 갑작스런 동양인의 출현이 그들에겐 낯선 일인듯 뒤통수에 꽂히는그들의 시선이 따가울 정도다. 통 오렌지가 세 개나 들어가는 그야말로 순도

100%의 진한 오렌지 주스를 손에 들고, 좁은 골목을 따라 올라가다 보니 금세
시야가 확 밝아진다. 진짜로 집도 파랗고, 담벼락도 파랗고, 온통 다 파란색의
물결뿐이다. 한참동안 푸른 숲속을 걷고 있으니 점점 몽롱해지는 게 하늘 위를
나는 듯, 바다 속을 걷는 듯 스르륵 현실감이 사라져간다.

어지럽게 얽힌 골목 끝에선 동네 아이들이 편을 갈라 나무열매를 던지며
신나게 뛰어놀고 있다. 또로록 굴러와 발 끝에 닿은 열매 몇 개를 주워들어
반대쪽으로 던지니 어느새 나도 그들 패거리들 중의 하나가 되어 있다.
녀석들은 담벼락에 숨어 머리끝만 내놓은 채 호시탐탐 공격할 기회를 엿본다.
열매로 하도 얻어맞아 욱신거리는 몸을 이끌고 다시 발길을 옮긴다. 염소들이
한가롭게 풀을 뜯으며 노닐고 있는 언덕 정상에서 바라본 셰프샤우엔은
색다른 분위기를 풍긴다. 모로코의 집들은 담이 높고 서로 다닥다닥 붙어
있는 게 특징이다. 그건 아마도 골목마다 그늘을 만들어 뜨겁게 내리쬐는
한낮의 태양을 피하기 위함이었으리라. 집들이 주로 흰색 계열의 밝은 색들로
칠해져 있는 것도 역시 같은 이유라고 한다. 극한의 추위, 극한의 더위에서도
살아남기 위한 인류의 지혜는 가히 놀라울 정도다.

이 작은 마을이 너무 맘에 들어 결국 이틀이나 일정을 늦췄다. 특별한
볼거리가 없어도 가끔씩 이렇게 마음 속에 꽂히는 곳이 있기 마련이다.
한가롭기 그지없는 나른한 오후, 설탕 범벅인 뜨거운 민트차 한 잔을 앞에
두고 하루 종일 광장의 테이블에 앉아 오가는 사람들을 구경하기만 해도
마냥 기분이 좋다. 한 봉지 가득 찬 체리를 들고 푸른 골목들을 쑤시고
다닌다. 그러다 만난 한 패의 동네사람 무리들. 손짓 발짓으로 이런저런
얘기를 나누던 중 내가 세계여행 중인 수의사라는 것을 밝히자, 집안 어두운
구석에서 축 늘어진 고양이 한 마리를 꺼내왔다. 일주일 전에 달려오던
자전거에 치였다는데, 왼쪽 뒷다리를 심하게 절뚝거린다. 비록 엑스레이가
없어 확실하게 알 수는 없지만, 아마도 부러진 듯하다. 조심스레 만져보니
심한 통증을 느끼면서도 미약하게나마 바닥을 디디는 걸 보면 크게 신경까지

손상되진 않은 것 같다. 깁스를 하면 좋겠지만 병원에 데려가 보라고 말하는
것조차 민망할 정도로 열악한 환경에서 생활하고 있기에, 뼈가 어긋나지
않도록 압박붕대로 단단히 고정시킨 다음, 이틀에 한 번씩만 풀었다가 새로
감아주라고 일러줬다. 솔직히 아무런 약도 가지고 있지 않았기에, 이런 공수표
같은 조언들 밖에 해줄 수 없는 내 처지가 너무나 부끄럽다. 하지만 그런 내게,
그들은 죽어가던 고양이를 다시 살려준 것 마냥 두 손을 마주잡고 몇 번이나
고맙다며 인사를 청해 온다. 가슴이 두근거리며 묘한 기분이 든다. 도저히 말로
표현하기 힘든, 일찍이 경험해보지 못한 그런 감정이다. 거창하게 내가 선택한
길에 대한 자부심이나 보람까지는 아니더라도, 적어도 계속 이 길을 걷고
싶다는 작은 소망이 생긴다. 왠지 이번 일이 내게 어떠한 계기가 되지 않을까
싶다.
몇 달이고 머물고 싶지만 차마 그럴 순 없기에 아쉬움을 뒤로 하고 다음
목적지를 향해 또 다시 배낭을 꾸린다.

그늘에서 쉬고 있는 노파들

다리가 부러진 고양이. 겁에 잔뜩 질려 있다.

모로코 마라케시의
밤은 길다

"모로코의 수도가 어딘지 알아?"

"글쎄, 마라케시? 카사블랑카? 아니면 페스?"

이 물음에 제대로 답변을 하는 사람은 아마도 드물 듯 하다. 정답은 '라밧'이다.
하지만 라밧을 방문하는 여행자들은 그렇게 많지 않다고 한다. 그렇다면 왜
멀쩡한 수도 대신에 마라케시나 다른 작은 도시들이 더 유명할까? 그거야
두말할 것도 없이 볼거리들이 훨씬 더 많아서 그런 거 아니겠는가!

마라케시에는 세계 최고로 시끌벅적한 광장이 있다.

자마 엘 파나 Djemma el-Fna Souq. 마라케시 한복판에 커다랗게 자리 잡고 있는 광장의
이름이다. 사막의 나라 모로코는 12시부터 5시까지는 밖에 나돌아 다니는 건
거의 불가능할 정도로 뜨겁다. 고로 모로코의 하루는 6시가 넘어서야 슬슬
활기를 띤다고 해도 과언이 아니다. 작열하는 태양을 피해 집에 숨어 있던
사람들이 하나둘씩 집밖으로 나오기 시작하면서 광장은 특유의 생명력을
되찾는다. 빽빽하게 광장 한 켠에 자리 잡고 있는 포장마차에서 피어오른
매캐한 연기가 광장을 뒤덮으면서 자연스레 몽롱한 분위기가 연출되고, 흐릿한
가스 초롱불 하나에 의지한 채, 혼신의 힘을 다해 공연을 펼치는 토속악기
연주자들, 뛰어난 언변으로 관객들을 울고 웃기는 만담가들, 손발에 헤나를
하라며 손짓하는 아마추어 문신가 처녀들, 아무리 봐도 도통 시원찮아 보이는
사이비 점쟁이들로 붐빈다. 그리고 그들을 뼁 둘러싸고 광장을 꽉꽉 메우고
있는 수많은 인파들……. 세계 최고로 시끌벅적하다는 마라케시의

자마엘프나 광장은 가지각색의 그들이 빚어내는 와자지껄한, 하지만 삶의
냄새를 진하게 느낄 수 있는 그런 분위기 속에 휩싸여 간다. 사막의 태양보다도
더 뜨거운 그들의 에너지는 새벽 2~3시가 넘도록 도통 식을 줄을 모른다.
자마 엘 파나 광장을 중심으로 방사형으로 어지럽게 골목이 뻗어져 있는데,
이게 전부 다 시장바닥이다. 전통 민예품, 공산품, 각종 먹거리, 색색깔의
염료, 모로코 산 특제 양탄자, 정교한 이슬람 문양의 타일, 말린 곤충 따위의
약재들까지 그야말로 없는 게 없을 정도로 다양한 물건들이 산더미처럼 쌓여
있다. 한참 구경하다 보면 어느 새 또 다시 길을 잃고 헤매기 일쑤지만, 아무나
붙잡고 자마 엘 파나 광장이 어디냐고 물으면 금세 돌아올 수 있어 별로
걱정은 안 된다.
크고 작은 사건이야 끊일 리가 있겠는가! 큰 맘 먹고 단단히 준비해서
한낮에 광장으로 나섰는데 독이 잔뜩 오른 코브라 몇 마리가 날 노려보고
있다. 신기해서 가까이 다가가 보니, 아니나 다를까 뱀 몇 마리를 풀어놓고
사진촬영을 해주는 장사치들이다. 하도 반갑게 맞이하며 열심히 사진촬영을

세상에서 가장 시끌벅적하다는 마라케시 자마 엘 파나 광장

권하길래, 기념으로 삼을 겸 얼마냐고 물으니 한사코 손사레를 치면서 돈 같은 건 받지 않는단다. 그 말만 믿고 독사를 목에 두른 채, 열심히 포즈를 취했다. 사진을 다 찍고 나서 팁이라도 줄 생각으로 동전 몇 개를 꺼내는 순간, 갑자기 체격 건장한 남자 세네 명이 나를 둘러쌌다. 그러더니만 자기네들은 "페이퍼 머니" 밖에 받지 않는다며 험상궂은 표정으로 "10달러, 10달러!"라고 윽박지르는 게 아닌가! 세상에 이런 날강도들을 봤나? 고작 내 카메라로 사진 몇 장 찍어줘 놓고선 그만한 돈을 요구해? 그러나 내가 누군가? 손바닥 위에 200원짜리 동전 두 개 딱 올려놓은 채 두 눈 똑바로 뜨고 맞섰다.
"자! 너희들 이거 가지고 그냥 꺼질래? 아니면 저기에 서 있는 경찰 부를까? 선택해!"
당연히 그들은 아랍어로 궁시렁 거리면서 동전을 확 나꿔채 사라졌고 난 무사히 코브라 사진을 건질 수 있었다. 물론 대낮이었고 광장 한복판에서 벌어진 일이라 별 탈 없이 끝났지만, 나도 잘 안다. 그저 이럴 땐 돈 몇 푼 던져주고 똥 밟은 셈 치면 된다는 거! 그래도 어떻게 해? 이놈들 짓거리가 너무 얄미운 걸! 하여간 이놈의 모로코는 대책 없이 웃기는 놈들도 많지만, 끝내주게 매력적인 나라인 것만은 틀림없는 듯하다!

사하라 사막에서
죽을 고비를 넘기다

"으아아아아아아아악!"
정말 놀랐다! 그리고 너무 너무 아팠다!
"나 아무래도 전갈한테 물린 것 같아요! 어떻게 해요?"
"어서 이리 와서 누워봐요. 상처 좀 보게!"
여기는 **사하라 사막**! 그 이름 자체가 갖고 있는 상징성이 아니더라도,
지구상에서 가장 뜨거운 곳 중의 하나인 이곳은 황량하고 거친 자갈밭과 함께
군데군데 황금빛 모래 언덕이 펼쳐져 장엄한 분위기를 자아내곤 한다.
마라케시에서 2박 3일 간의 투어를 선택해서 두 번째 날이다. 저물어가는

석양을 뒤로한 채 낙타를 타고 끝없이 펼쳐진 사막을 가로질러, 오늘 밤은
사막 한 가운데 모래 언덕으로 둘러싸인 텐트에서 자야만 한다.

그때 시각이 대략 10시 반경, 이미 날은 컴컴하게 어두워지고 하늘엔 수천
개의 별들만이 아름답게 우리를 비추고 있었다. 가이드가 준비해 온 라마
고기로 배부르게 저녁 요기를 때우고 따끈한 민트차까지 마시고 나서, 쏟아질
듯한 별들을 보려고 텐트 밖에 마련한 야외 매트리스 위에 누우니, 슬슬
배에서 신호가 오기 시작한다. 아무래도 거사를 치러야 할 것만 같은데…….
텐트 옆에 간이 화장실이 만들어져 있지만, 기왕에 멀리 사하라 사막까지 온
거, 후손을 남기기 위한 종족 번식의 욕구 마냥 사막 한 복판에 무언가 나만의
흔적을 남기고 싶다는 욕구가 치밀어 올랐다.

아무도 몰래 텐트 경계를 벗어나 사막을 향해 걸어간다. 별들만 가득한 어둠
속에서 발가락 사이로 느껴지는 부드러운 모래의 감촉이 너무나 좋았다.
텐트의 불빛이 아른아른하게 보이는 곳에 적당히 자리를 잡고, 한쪽 발로
30㎝ 가량 구덩이를 팠다. 옆에 바지를 벗어 곱게 개어놓고 마치 짱구마냥
윗도리만 입은 채, 자세를 취하고 쭈그리고 앉았다. 하늘에선 은하수가 나를

반기고 있었고, 초저녁 사막의 감미로운 바람이 나를 감싸준다. 그 순간, 어둠에 익숙해진 내 눈앞에 무언가 손가락 크기의 시커먼 물체가 빠르게 접근하고 있는 게 보였다.

"으아아아아아아아아악!"

화들짝 놀라며 버둥거리며 일어났지만, 이미 때는 늦어버렸다. 미지의 생명체는 쏜살 같이 달려들어 내 왼쪽 허벅지 안쪽을 공격했고, 날카롭게 불에 데인 듯한 통증이 신경을 타고 전신에 퍼지기 시작했다. 정말 너무 놀라고 당황해서 도대체 어떻게 이 상황을 수습해야 할지 아무런 생각도 나지 않았다. 정신없이 바지만 추켜 입고 텐트를 향해 달렸다.

무언가에 쏘였다는, 아무래도 전갈 같다는 내 얘기를 들은 현지 가이드는 우선 나를 눕힌 뒤, 상처 부위를 살펴보기 시작했다. 물린 자리는 동전크기만 하게 빨갛게 부어올랐고, 그 주변으로 독이 올라 손바닥 크기 정도로 거무죽죽하게 피부 색깔이 변해 있었다. 그걸 본 가이드는 급하게 커다란 프로판 가스통을 들고 와서 꼬챙이로 주둥이 부위를 눌러 차가운 가스를 내뿜어 상처 부위를 냉각시키기 시작했다.

해독제 같은 게 있을 리 만무한 사막 한복판에 누워, 솔직히 별별 생각이 다 나더라. 부모님 얼굴도 떠오르고, 가족들, 친구들까지 하나하나 슬로우 화면이 되어 머릿속에 스쳐 지나가는데, '죽는 게 이런 거구나!' 하고 해서는 안 되는 생각까지 들었다. 다행히도 일행 중 의사가 두 명이나 있어서, 당황해서 어쩔 줄 몰라 하는 내 입에 신경안정제도 넣어주고 항생제도 주면서 열심히 날 안정시키려고 노력했지만, 그 어떤 것도 근원적인 치료가 되지 못한다는 걸 알았기에 내 가슴은 쉽사리 진정되지가 않았다.

지옥 같은 밤이 계속되었다. 화끈화끈 달아오르던 상처 부위는 차갑게 급 냉각되어, 마치 칼로 예리하게 도려내는 것 같은 날카로운 통증으로 변해 밤새도록 나를 괴롭혔다. 자정이 넘어가면서부터 갑자기 모래바람이 거세게 불어 닥쳤고, 귓가를 맴도는 시끄러운 바람소리와 가라앉을 기미가 보이지 않는 통증으로 잠 한 숨 이루지 못하고 꼬박 밤을 새우고야 말았다.
이튿날, 붓기는 좀 가라앉았는데 통증은 여전하다. 손끝만 닿아도 온몸에
전기가 통하는 것처럼 머리카락이 쭈뼛쭈뼛해지는데, 돌아오는 길도 낙타를
탄 채 울퉁불퉁한 모래사막 사이를 가로질러 오려니 진짜 죽을 맛이었다.
가이드 말에 의하면 아직까지 살아있는 걸 보면 독이 약한 전갈이었거나,
독거미 같은 다른 독충이었을 수도 있다고 한다. 그러면서 딱 24시간 동안만
무지하게 아플 거라고 그러는데, 진짜 정확히 딱 하루 동안 미친 듯이
아프더니 신기하게도 동전만한 흉터만 남기고 통증이 싹 사라져버렸다.
어쨌든 난 살아남았다. 날 공격했던 것이 도대체 무엇이었는지 결국 미궁에
빠지고 말았지만 꼭 알고 싶지는 않다. 그저 내가 죽지 않도록 지켜준
조상님들께 감사드릴 뿐이다. 내 평생토록 다시는 사막에서 똥 누지 않을
테다!

전갈에 물린 상처를 가이드가 살펴보고 있다.

'재키 찬'으로 불린 한국 남자

"헤이~ 재키찬~! 재키찬~!"

여행을 시작한 이후, 적어도 수천 번은 들었을 거다.
거짓말 하나도 안 보태고 진짜로 수천 번이다.
6·25 사변 직후 우리나라에 수도 없이 흘러 들어온
흑인 병사들을 지칭하는 단어는 오로지
"검둥이"였고, 노란 머리에 파란 눈동자를 가진 덩치
커다란 백인 병사들은 무조건 "양키"라고 불렸다고
한다. 그 당시에는 아마도 그들을 따로 부르는
호칭이 전무하였을 것이고, 솔직히 하나하나 구별할
필요조차도 없었을 것이다. 마찬가지로 여행하면서
내 눈에 비친 남미의 느끼한 남자들은 죄다
"까를로스"였고, 콧수염 덥수룩한 이슬람의 남자들은
죄다 "무하마드" 아니면 "핫산"이었다.

그래. 안다! 충분히 이해할 수 있다. 동양인을
실제로 볼 수 있는 기회가 적었던 그들이 아는
동양인이라고는 오로지 TV 브라운관에서 현란한
액션과 과장된 몸짓으로 시선을 끌었던 성룡(재키
찬)밖에 없다는 사실은 너무나 잘 알고 있다. 거기에
오랜 여행으로 노숙자를 방불케 할 만큼 지저분해져
버린 내 헤어스타일 때문에 한층 더 재키 찬과
비슷해 보일 수밖에 없다는 것도 솔직히 인정한다.
시골 마을에서는 개중엔 피부색 노랗고 눈 쭉 찢어진
'괴상하게 생긴 생명체'를 생전 처음 보는 어린
아이들도 있었기에, 가끔씩은 쿵푸 포즈를 취하면서

맞장구를 쳐주기도 했지만, 대부분은 그냥 무시하고 지나치기 일쑤였다.

근데 이놈들은 진짜 해도 해도 너무하다 싶다. 모로코의 페스 시장 통을 돌아다니는 딱 하루 동안 "재키 찬"이라고 부르는 소리를 진짜 200번도 넘게 들었다. 엉터리 쿵푸 자세를 취하면서 막무가내로 달려드는 꼬마 놈들이 있는가 하면, 길을 지나가는 내 얼굴을 빤히 쳐다보며 "헤이~ 옐로우 멍키! 재키 찬! 재키 찬!" 소리를 질러대는 불한당 같은 놈들도 수도 없이 많다. 이놈의 모로코인들의 붙임성이 워낙에 좋아서인지, 아님 호시탐탐 여행자의 주머니를 노리는 도둑들이 사방에 널려 있어서인지는 모르겠지만, 하도 많이 듣다보니 이젠 머리가 지끈지끈……. 일종의 노이로제까지 생길 지경이다. 바로 앞에 물 사러 거리 나서기가 무서울 정도니 말 다했다.

솔직히 약간의 오기가 생길 때도 있다. 난 "니 하오마~" 하는 중국인이 아니라 너무나 자랑스러운 한국 사람인데, 한편으론 억울하기도 하고 화가 나기도 한다. 그럴 때마다 단단히 앉혀놓고 한국에 대해서 똑똑히 알려주고 싶긴 한데, 현실상 그럴 수도 없고 분통만 터질 뿐이다.

"에휴~ 그래! 알겠다. 알겠어! 나 사실 재키 찬 동생이야~!! 아뵤~"

케이프 타운,
레인보우 컨트리를 꿈꾸며

순식간에 아프리카 대륙의 끝에서 끝까지 점프를 했다. 카사블랑카에서
비행기를 잡아타고 리비아의 트리폴리, 카타르의 도하, 남아공의
요하네스버그를 거쳐 케이프 타운까지 비행기를 4번이나 갈아타고 장장
2박 3일 만에 도착했으니, 이게 다 한 푼이라도 비행기 삯을 아끼기 위한
눈물겨운 노력이다.

케이프 타운에 도착해서 아프리카에 대한 고정관념이 확 깨져버렸다.
아프리카는 무조건 더운 나라인 줄로만 알았는데, 무지무지하게 추운 게
아닌가? 그리고 물가가 어마어마하게 비싸다. 남아공은 '랜드'라는 화폐 단위를
사용하는데 밥 한 끼 사 먹으려면 우리나라 돈 만 원 가지고도 힘들 정도다.
남아공은 아프리카에서 가장 잘 사는 나라로 불과 20년 전까지만 해도

케이프 타운 워터프론트에서 전통공연을 펼치고 있는 청년들

10%의 백인들이 90%의 흑인들을 억압하는, 지구상에서 가장 심한
인종차별이 존재하는 곳이었다고 한다. 하지만 자체적으로 많은 저항운동이
일어나고, 국제사회에서도 거센 반발이 일어나, 결국 아파르트헤이트^{Apartheid}
흑인들의 통행허가증 지참, 흑인들의 도시거주 금지 같은 이전의 불평등한 법령제도가
폐지되고, 넬슨 만델라가 대통령에 당선되면서 차츰 자유와 평등의 꽃이
피어나기 시작했다.
예전부터 가지고 있었던 선입견 때문인지는 몰라도 내 눈에 비친 남아공의 첫
모습은 아직까지 곳곳에서 '차별'의 냄새가 강하게 느껴지는 곳이었다. 너무나
평화로운 표정을 하고 대낮부터 한가로이 카페에 앉아 수다를 떨고 있는 얼굴
하얀 백인들의 모습 뒤로, 지저분한 파란 옷을 입고 잔뜩 불만어린 표정으로

거리 청소나 주차 같은 허드렛일을 맡고 있는
흑인들의 모습이 대조적으로 비춰졌기 때문이다.
끊임없이 대물림되어 왔던 부와 가난의 역사
속에서 그들의 삶의 방식이 하루 아침에 바뀌
리야 없겠지만, 가느다란 희망의 빛마저도
보이지 않는 거리 흑인들의 탁한 눈동자는 한낱
이방인의 눈에도 그리 행복하게만은 보이지
않았다.

케이프 타운은 꽤 많은 볼거리를 가지고 있는
도시였다. 항로개척 시대에 바스코 다 가마가
발견한 희망봉을 비롯해, 마치 산 정상을 칼로
싹둑 잘라놓은 듯 평평한 테이블 마운틴, 집
앞 바닷가에 펭귄이 뛰놀고 있는 캠스베이,
진귀한 먹거리들이 즐비한 선창 워터프론트까지
몇날 며칠을 두고 돌아봐도 다 못 볼 여러

가지 볼거리들이 널려 있는데, 그 중에서도 가장 내 관심을 끌었던 건 **유태인
박물관**이었다. 그곳에는 '홀로코스트Holocaust'의 소용돌이 속에서 유태인들이
겪었던 악몽이 고스란히 재현되어 있었다.
흑과 백이 공존하는 세상, 여행자의 눈에 비친 남아공은 적어도 아직까진
넬슨 만델라가 제창한 '레인보우 컨트리Rainbow Country모든 피부색의 사람들이 평등하고
평화롭게 어우러져 사는 세상'가 완전하게 자리 잡고 있지는 않아 보였다. 하지만
언젠가는 그 날이 꼭 도래하게 될 것이라고 믿어 의심치 않는다.

아프리카 트럭킹 시작!
빈민가 투어

드디어 아프리카 대탐험의 대장정이 시작되었다.

오늘부터 장장 19일간, 남아공 케이프 타운을 출발해 나미비아·보츠와나·
잠비아를 거쳐 아프리카의 꽃 빅토리아 폭포에 이르는 오버랜드 트럭킹을
시작하게 된 것이다. 어제 저녁 무사히 오리엔테이션도 마쳤고 모든 준비가
끝났다. 새벽 7시. 앞으로 24시간을 함께 할 24명의 일행을 만나 차에 올랐다.
19살부터 많게는 37살까지, 세계 각지에서 모인 다양한 국적의, 다양한 인종의
친구들!

앞으로 3주일간 우리가 타게 될 애마는 트럭을 개조해서 만든 다목적
차량이다. 내부에는 버스형 좌석에 텐트와 각종 캠핑도구를 넣을 수 있는
수납공간을 포함, 냉장고와 개인별 사물함까지 갖추어져 있는 최신형
머신이라고 할 수 있다. 부디 고장 안
나고 무사히 마칠 수 있기를.

첫 날에 준비되어 있는 코스는 빈민가
투어였다. 현재까지도 케이프타운 한
구석에 자리 잡고 있는 흑인들만의
거주지. 동네에 들어서자마자 풍겨오는
퀴퀴한 냄새와 함께 길거리에 아무렇게나
자리 잡고 앉아 음울한 표정을 짓고 있는
검은 피부의 사람들이 눈에 들어온다.

아프리카 대장정을 이끌어준 트럭

아프리카

아무런 감정이 느껴지지 않는 그들의 탁한
눈동자를 보면서 약간 겁을 집어먹긴 했지만
그것도 잠시 뿐, 낯선 이방인들을 보고 좋다고
달려드는 동네 꼬마들 때문에 다들 정신이 없다.
신기한 듯 동그란 눈을 뜨고 말똥말똥 쳐다보는
놈들이 있는가 하면, 자꾸만 안아달라고 보채는
녀석들도 있다. 가이드가 봉고차에 탄 채 선물로
가져온 볼펜을 흔드니 쏜살같이 달려들어 채
간다.

한편으로는 도대체 어떻게, '못 산다'는 이유만으로 다른 사람들의 구경거리가
될 수 있는지 의구심이 든다. 하루에도 수십 대의 봉고차가 동네에 들어와
수백 명의 백인들을 떨궈 놓으면, 그들은 아무런 거리낌 없이 집안을
들여다보고 생판 모르는 아이들을 안고 카메라 플래시를 터트려 대고 있다.
여기서 프라이버시란 애초부터 찾아볼 수가 없는 것인가? 먼 발치에서 묵묵히
지켜보고 있는 저 흑인 어른들에게는 약간의 돈이 쥐어질 테지, 그걸로 그들은
생계를 꾸려나갈 테고……
하지만 겨우 여행 첫 날부터 이런 씁쓸한 감정을 다른 사람들에게 내비치긴
싫다. 그저 이렇게 일기장에 넋두리나 쏟아놓으며 넘어갈 뿐이다.

나미비아! 세상에서 제일 높은
모래언덕에 가다

하루가 굉장히 빠르게 지나가고 있다. 역시 아프리카가 넓긴 넓구나 하는 게 몸으로 느껴질 만큼 이동 시간이 길기 때문이다. 새벽부터 서둘러 일어나 시리얼과 과일로 요기를 하고 출발! 아침나절 내내 트럭 타고 이동만 하다가, 점심때쯤 길가에 적당히 차를 세우고 샌드위치를 만들어 먹는다. 그리고 나선 또 다시 이동, 결국 저녁 해가 뉘엿뉘엿 넘어갈 때쯤에야 캠프장에 도착해서 텐트를 치고 야영 준비를 한다. 며칠 동안 이걸 반복하다보니 어느새 남아공을 벗어나 나미비아에 들어서 있다.

나미비아. 남한의 8배나 되는 전 국토의 20%가 사막으로 뒤덮혀 있는 나라로서, "신이 지구에 물감을 칠하는 과정에서 다른 곳에 푸른색을 너무 쓴 나머지 나미비아를 칠하게 될 즈음에는 남은 게 누런색 밖에 없어 여기에 칠했다."라는 재미있는 전설을 가지고 있는 나라다.

지금은 나미비아의 **나미브 사막**! 새벽 4시부터 일어나 열심히 부지런을 떤 끝에 세상에서 제일 높은 모래언덕 '듄 45$^{Dune\ 45}$'라는 곳에 올라와 있다. 이제 곧 해가 떠오를 시간이다. 여행 중 몇 번인가 사막의 모래언덕 위에서 장엄한 석양을 본 적은 있지만 이렇게 일출을 보는 건 처음인 것 같다. 잠시 후, 불사조가 방금 토해낸 듯 뜨겁고 새빨간 덩어리가 서서히 치솟기 시작하면서, 주변에 광대하게 펼쳐진 노란 모래언덕이 검붉게 물들어간다. 새벽바람이 제법 매서워 얼굴로 날아와 꽂히는 모래 알갱이들이 따갑긴 하지만, 그래도 다들 그 무엇보다도 멋진 일출을 보겠노라며 눈을 가늘게 뜬 채 자리를 지키고 앉아 있다. 이 세상이 생긴 이래 단 하루도 태양이 안 뜨거나 지지 않은 적은 없건만, 매번 볼 때마다 색다르고 감동적인 일출의 모습이야말로 신이 만든 아름다움 중 으뜸의 광경이 아닌지 다시 한 번 생각해본다.

장소를 옮겨 '**소수스플라이**Sossusvlei'라는 곳으로 향한다. 사막은 물 한 방울 찾아보기 힘든 뜨겁고 건조한 지역이다. 하지만 백 년에 한 번, 천 년에 한 번 꼴로 큰 비가 내리게 되면 넓디넓은 사막 언덕 사이로 커다란 강줄기가 만들어지고, 그 강의 끝에는 커다란 호수가 생겨나게 된단다. 그것이 바로 소수스플라이라는 지형이다. 물론 우리가 찾아간 지금은 물이 하나도 없이 말라버려 호수의 바닥면이 앙상하게 드러나 있었지만, 몇십 년, 몇백 년 후에는 또 다시 이 호수에 물이 가득 찰 날이 있으리라.

한 일본인 여자 가이드를 만났다. 여행 도중 나미비아의 매력에 빠져 정착한지 벌써 12년째로 지금은 나미브 사막 국립공원을 지키고 홍보하는 일을 맡고 있는데, 사막에 살면서 언제부턴가 신발을 신지 않게 되었다는 그녀는 우리에게 많은 것들을 가르쳐 주었다.

한 예로 사막에 사는 풍뎅이가 새벽에 물구나무 서는 걸 관찰할 수 있는데, 이건 아침이슬이 자신의 반질반질한 등껍질에 맺히게 만든 다음, 또로록 굴러

멋지게 말라붙어 버린 나무

세상에서 제일 높은 사막언덕에 앉아 일출을 바라보며

떨어지는 이슬을 받아 섭취함으로써 수분을 얻기 위함이라고 한다.

이렇듯, 사막에서도 수많은 동식물들이 살아가고 있고, 다들 그 나름대로의
생존방식을 강구하며 적응하고 있다는 것을 알 수 있었다. '적응'이라는 것은
실로 굉장한 일이 아닐 수 없다. 특히 척박한 환경 속에서 수억 년의 세월동안
진화하게 된 자연의 모습을 눈으로 직접 접해보니 가히 상상을 초월할 정도다.
그들에 비하면 고작 하루하루 일상에 쫓기듯이 살아가는 우리의 모습이
한없이 초라하게 비춰질 뿐이다.

저녁 무렵, 어느새 친해져버린 독일친구 두 명과 텐트 파트너인 크리스까지 네
명이서 각자 매트리스와 침낭을 옆구리에 끼고 캠프장 근처에 있는 돌산 위로
올라갔다. 나란히 누워 금세 쏟아져 내릴 것만 같은 별들을 바라보고 있자니
슬쩍 외로움이 밀려온다.

아프리카

에토샤 사파리,
얼룩말은 신기한 축에도 못 낀다

여기는 **에토샤 국립공원**Etosha National Park. 나미비아에서 가장 큰 야생동물들의
천국으로 사자·코끼리·얼룩말·스프링복·오릭스·표범·기린 등 144종의
야생동물들과 홍학 등 350종의 조류가 살고 있다. 크기가 대충 어느 정도
되냐면 어림잡아 서울의 약 30배쯤 된다. 아프리카 동네는 거의 다 이런
식이다. 일개 국립공원인 나미브 사막만 해도 우리 남한의 절반이 넘는다고
하니, 이놈의 땅덩어리가 얼마나 큰지 충분히 미루어 짐작해 볼 수 있을
것이다.

여기선 약 이틀 동안 총 세 번의 '게임 드라이빙'을 했다. 게임 드라이빙은 흔히
말하는 사파리 투어로서, 허가를 받은 차를 타고 국립공원 내를 돌아볼 수
있는 프로그램을 말한다. 주로 하루 중 동물들이 가장 활발하게 활동하는
해뜨기 직전과 해질녘에 진행되었기 때문에 매번 졸린 눈을 비비며 차에 오를
수밖에 없었다.

국립공원 내에서는 야생동물 보호를 위해 절대로 차에서 내려서는 안 되고,
총기류 휴대 금지, 먹이를 주는 행위 금지, 주변에 동물이 있을 경우 절대 정숙
유지 등의 몇 가지 규칙들이 엄격하게 요구되고 있다.

솔직히 아프리카에 오기 전까진 그저 사파리 하면 광활한 대지 위에 자유롭게
뛰어놀고 있는 수만 가지 야생동물들 사이로 지프차를 타고 흙먼지를
휘날리며 질주하는 모습만을 상상하고 있었던 게 사실이다. 하지만 그
가운데에서도 아프리카 나름대로의 규칙이 존재하고 있고, 동물들을 보호하고

유지하기 위한 노력들이 행해지고 있다는 사실이 꽤 흥미로웠다. 한 마디로 표현하면 '에코 투어리즘Ecotourism'이라고 하여 아프리카 생태관리 시스템의 뼈대를 이루고 있는 정신으로서, 자연을 파괴하거나 훼손시키는 것이 아니라 가능하면 자연 그대로의 모습을 최대한으로 살리면서 관광지화 시키고자 하는 노력을 말한다. 이런 면에서 볼 때 에코 투어리즘이야말로 하루라도 빨리 우리나라의 동물원들이 배우고 받아들여야만 하는 점이 아닐까 하고 생각해 본다.

에토샤에는 정말 많은 동물들이 살고 있다. 멋진 무늬를 자랑하며 떼를 지어 다니는 얼룩말Zebra 무리들은 처음 봤을 때는 무지 신기했지만, 그 개체수가 워낙 많았기에 나중에는 그냥 무시해 버릴 정도가 되었다. 그렇기 때문에 이곳에서는 얼룩말들을 "사자 밥"이라는 별명으로 부르기도 한단다. 그 외, 커다란 코끼리 가족들과 한가롭게 거닐고 있는 기린들, 폴짝폴짝 잘도 뛰어다니는 스프링복, 긴 뿔을 자랑하는 오릭스, 진짜 야수처럼 생긴 와일드 비스트와 이름 모를 수많은 새들까지, 내 눈에 비친 사파리의 모습은 치열한

얼룩말·가젤·오릭스 등 야생동물이 한데 어울려 쉬고 있다.

생존경쟁의 틈바구니가 아닌 지극히 평화로운 모습 그 자체였다.

물론 조금은 잔인한 야생 그대로의 모습을 볼 수 있는 기회도 있었다. 이미 사냥을 마친 암사자 한 마리가 배부르게 뜯어먹고 난 얼룩말 사체 옆에서 늘어지게 휴식을 취하고 있었는데, 그 주위로 몇 마리의 쟈칼들이 호시탐탐 기회만 엿보고 있었다. 여간해선 사자가 경계를 늦추지 않는 모습이 제법 인상적이다.

뭐니뭐니해도 하이라이트는 해질녘 캠프장 근처에 인공적으로 만들어 놓은 웅덩이에 물을 마시러 몰려드는 동물들을 구경하는 것이었다. 와인 한 잔을 손에 들고 벤치에 앉아 끝없이 펼쳐진 대지와 지평선을 빨갛게 물들이며 힘겹게 넘어가고 있는 태양을 등에 진 채, 꿀꺽꿀꺽 말없이 물을 들이키고 있는 동물들을 바라보는 것만으로도 더없이 낭만적인 분위기가 연출되었다. 물론 약간의 인공미가 가미되어 있긴 하지만, 솔직히 '이야~ 이놈들! 잘 만들어 놓긴 진짜 끝내주게 잘 만들어 놨구나!' 하는 생각이 절로 들 정도다. 좀 부럽긴 하다.

칼라하리 사막에서
부시맨이 사는 법

오늘부턴 **보츠와나** 여행이 시작되었다. 전 국토의 5%만이 경작지에 불과하고 나머진 전부 건조한 사막으로 뒤덮힌 척박한 대지로서 그 유명한 부시맨들이 살았던 땅이다. 아프리카 최극빈 나라였는데, 불과 30년 전에 발견된 다이아몬드 광산으로 일약 경제부국으로 발전하기 시작했다고 한다. 교통수단이 특히 미비하고 대부분의 길이 비포장으로 되어 있어 배낭여행객들에게는 가장 여행하기 힘든 나라긴 하지만 그만큼 많은 매력들이 숨겨져 있다고 알려져 있다.

부시맨을 만나러 간다. 하늘에서 떨어진 콜라병으로 인해 빚어지는 해프닝을 담은 유명한 영화로 유명해진 그들은 보츠와나의 칼리하리 사막을 토대로 지금까지도 문명의 혜택을 거부한 채 원시부족 그대로의 모습으로 살아가고 있다. 그들은 집을 짓지 않고 오직 사냥을 통해 먹을 것을 구하며, 졸리면 그냥 사막 한 가운데서 누워서 잠을 잔다고 한다. 그런 그들에게 '잠'이란 다음날을 새롭게 시작하는 재충전의 의미에서 굉장히 중요하게 여겨진다고 한다.

여기서 문제 하나! 부시맨들이 잠이 안 올 때는 과연 어떻게 할까?

첫째, 먹는다! 그들은 잠을 잘 자기 위해 죽기 살기로 먹는다. 운 좋게도 커다란 오릭스 한 마리150kg이 넘는다를 잡게 되면, 보통 부시맨 세 명이 둘러 앉아 몇 시간이고 꾸역꾸역 먹기 시작한다. 한나절 동안 그렇게 한 마리를 다 먹어치우고 나면, 근 3일 동안은 깨지 않고 잠만 잘 수 있다고 한다.

두 번째, 춤춘다! 영화 같은 데서 보면 부시맨들이 힘껏 점프하면서 춤을 추는 것을 볼 수 있을 것이다. 그렇게 몇 시간 동안 지칠 때까지 열심히 춤을 추면서 땀을 흘리고 나면 곤하게 잠들 수 있다고 한다.

마지막으로, 생각한다! 한 마리, 두 마리…… 우리들이 흔히 잠 안 올 때 고개 넘어가는 양을 세듯이 그들도 끊임없이 생각을 한다고 한다. 그러다보면 언젠가는 잠들 수 있다나?

부시맨의 뒤를 따라 잠시나마 그들의 생활을 엿보기로 했다. 우선 동물가죽으로 만든 옷을 대강 걸치고 등에는 활과 화살통을 맨 부시맨의 모습은 처음부터 예사롭지가 않았다. 초원을 걷는 도중에도 중간 중간 땅을 파고 여러 풀뿌리들을 캐내서 하나하나 설명을 해 준다. 어떤 건 배탈이 났을

보츠와나 칼리하리 사막의 주인 부시맨

때 달여 먹고, 어떤 건 두통이 생겼을 때 태워서 연기를 마시기도 한다다.
확실한 약효가 있는지 확인할 길은 없지만 그게 다 오랜 세월 동안 경험에서
비롯된 민간요법이 아니겠는가? 그들에게 그런 지혜가 축적되어 있다는
사실이 놀랍기만 하다.
그러던 중 큰 나무 밑에서 갑자기 멈춰 서더니만 신나게 땅을 파헤치기
시작한다. 한참 만에 수박 통 만한 뿌리를 캐냈는데, 씨익 누런 이를 드러내며
한번 웃고 나서 좋은 걸 보여주겠단다. 그러더니 온 가족이 쭈욱 둘러앉는다.
한 여인네가 작은 나뭇가지를 이용해 마치 대패로 밀듯이 그 뿌리를 얇게
저며내기 시작한다. 잠시 후, 얇게 벗겨낸 조각들을 모아 손 안에서 꾸욱
짜내니 신기하게도 꽤 많은 양의 물이 흘러나왔고, 그들은 돌아가면서 그
물을 이용해 세수도 하고 목도 축인다. 이것이 바로 건조한 사막에서 살아가는
부시맨들이 물을 구하는 방법 중의 하나였다. 그저 놀라울 따름이다.
불을 지피는 건 더 신기했다. 두 명이 번갈아가면서 나뭇가지를 한참 동안
손바닥으로 비벼대더니만, 결국 모락모락 연기가 피어오르면서 자그마한
불씨를 만들어냈다. 그리고 나서 그 불씨를 지푸라기 속에 집어넣은 뒤 입으로
후후~ 바람을 불어넣어, 결국 커다란 불을 지펴내는 그 모습은 진짜 만화에
나오던 그 장면과 똑같았다. 우리 일행은 그저 입을 쩍 벌린 채 바라보는
수밖에 없었다.

아프리카의 일출은
언제봐도 아름다워

이번에 찾은 곳은 모래사막 한 가운데에 있는 세계 유일의 습지대 '**오타방고 델타**'라는 곳이다. 약 200만 년 전 거대한 호수였던 곳이 거의 대부분 증발하여 오늘날에는 이런 습지대가 만들어졌고, 여러 개의 섬들과 호수를 형성하여 수많은 야생동물과 새들이 서식하고 있다. 우리들은 그 섬들 중 하나에서 하룻밤 야영을 할 예정이다.

모꼬로라는 길쭉한 나무배에 옮겨 타고 이동을 한다. 십여 대의 배에 현지인 가이드가 한 명씩 붙어서 긴 나무작대기를 이용해 이리저리 배를 조종한다. 모든 것이 고요하다. 간간히 들려오는 새소리와 서걱서걱 배에

부딪혀 갈라지는 풀소리만이 들려올 뿐, 빼곡하게 자라있는 갈대숲 사이를 십여 대의 모꼬로가 나란히 줄을 지어 이동하는 모습 그 자체만으로도 숨 막히게 아름다운 그림을 연출해 낸다. 적당히 달궈진 햇볕이 얼굴 위로 쏟아져 내려 조금은 눈이 부시지만 기분만은 아주 좋다. 흥얼흥얼 콧노래를 부르다가 나도 모르게 스르르 잠이 든다.

덜컥 배가 멈춰 서는 느낌이 들어 슬쩍 눈을 떠보니 어느새 섬에 도착해 있다. 그저 잠깐 졸았거니 했건만 2시간 가까이 곤히 잠들었나 보다. 서둘러 짐을 나르고 뚝딱뚝딱 텐트를 친다. 거의 매일 텐트를 치고 접고 했더니 이젠 이골이 나서 눈 감고도 순식간에 칠 수 있을 것 같다. 역시 사람은 적응하기 나름인 듯. 잠깐의 자유시간 동안 누구는 거침없이 물에 뛰어들어 수영을 즐기기도 하고, 누구는 벌렁 드러누워 한가로이 책을 읽는다. 더없이 평화로운 시간. 해가 뉘엿뉘엿 저물어 갈쯤 다섯 명씩 팀을 나눠 가이드 한 명과 함께 야생동물을 찾아 나선다. 그동안 여러 번 사파리를 해 봤지만 이렇게 걸어서 숲속을 거닐어 보긴 처음이다. 이것도 나름 재미가 쏠쏠하다. "이건 코끼리꺼, 이건 얼룩말꺼, 이건 사자꺼!" 하면서 동물들이 남긴 배설물들을 하나하나 비교해 보기도 하고, 이름 모를 풀들과 색깔 고운 꽃들에 대한 설명도 듣는다. 멀리서 얼룩말 무리가 한가롭게 풀을 뜯고 있다가 우리가 다가가는 기척에 화들짝 놀라 경중경중 뛰어서 도망간다. 다른 팀은 블랙 맘바스라는 세상에서 가장 강한

독을 지닌 뱀을 보기도 했단다. 뱀을 발견하자마자 현지 가이드가 제일 크게 놀라서 자기 일행들을 놔두고 줄행랑을 쳐버렸단다. 나중에 미안하다고 사과했다나? 그만큼 무섭긴 한가 보다!

텐트로 돌아와 모닥불을 지펴 저녁밥을 짓기 시작했다. 나뭇가지를 땅에 꽂고 솥을 걸어 물을 덥힌 뒤, 미리 준비해 온 고구마를 알루미늄 호일에 둘둘 말아 불 속에 던져 넣고 기다린다. 메뉴는 콩을 곁들인 비프 스튜! 그득하게 배를 채우고 나서 모닥불에 둘러앉아 두런두런 이야기를 나누던 중, 갑자기 현지 가이드들이 자리에서 일어나 보츠와나의 토속춤과 노래를 보여주겠단다. 어깨를 들썩이며 흥겨운 박자와 리듬을 감상하다 보니, 어느새 우리 일행들마저 다들 일어나 그들과 하나로 어우러져 있는 모습을 발견할 수 있었다. 모닥불을 빙빙 돌면서 함께 춤을 추기도 하고, 비록 가사를 이해할 수는 없지만 열심히 노래를 따라 부르기도 하면서 온몸으로 보츠와나의 모든 것을 받아 들였다. 하늘엔 덩그마니 달이 떠 있고 밤이 깊어가도록 한껏 달아오른 분위기는 쉽사리 식을 기미가 보이지 않는다.

다음날 새벽, 5시부터 일어나 또 다시 사파리에 나선다. 해질녘과 해뜨기 직전이 가장 동물들이 활발하게 움직이는 시기이기 때문에, 아무리 졸음이 쏟아져 와서 눈이 감겨도 어쩔 도리가 없다. 그래도 야생의 초원 위에

오타방고 델타의 석양

장엄하게 해가 솟아오르는 광경이 눈앞에서 펼쳐지면, 저절로 눈이 확 떠질 수밖에 없는 법! 인간이 눈으로 볼 수 있는 세상의 모든 총천연의 색깔들이 하늘 위에 펼쳐지는 순간! 하도 뚫어지게 쳐다봐서 눈물이 배어나올 지경이 되더라도 한 순간도 놓치기 아까울 따름이다. 머나먼 땅, 아프리카 대륙까지 와서 그런 하늘을 볼 수 있다는 것이 더없이 행복하다.

아쉬운 마음을 뒤로 한 채, 다시 모꼬로를 타고 섬을 떠나, 왔던 길을 거슬러 육지로 향한다. 오후에는 경비행기를 타고 오타방고 델타를 둘러보는 투어를 신청했다. 하늘 위에서 보는 오타방고 델타는 또 색다른 풍경이었다. 군데군데 무리지어 모여 있는 하마 가족들, 흙먼지를 휘날리며 어디론가 바쁘게 달려가고 있는 얼룩말 무리들, 높은 나뭇가지 꼭대기까지 한껏 목을 치켜세운 채 부드러운 아카시아 잎을 따먹고 있는 기린들, 땅바닥에서는 절대 볼 수 없었던 훨훨 날고 있는 새의 뒤통수까지……. 비행기를 조종하는 파일럿의 숙달된 솜씨로 때론 지상의 나뭇가지를 살짝 스칠 정도의 저공비행과 급강하를 반복하며, 세계 최대의 습지대를 그야말로 만끽한다.

이렇게 아프리카 보츠와나의 또 다른 국립공원, 오타방고 델타를 접수했다. 아마도 오랜 기간 동안 모닥불 곁에서 즐겼던 흥겨운 보츠와나 토속민요가 귓가에 남아있을 듯하다.

하늘에서 바라본 오타방고 델타

석양을 등진 코끼리는
위풍당당했다

춥다! 진짜 너무너무 춥다!

이걸 보고 누가 과연 아프리카라고 할 수 있겠는가? 가지고 있는 옷들을 바리바리 껴입어 봐도, 그것도 모자라 침낭으로 온몸을 둘둘 휘감고 머리끝까지 지퍼를 올려 차가운 바람을 막아 봐도 너무너무 추울 뿐이다. 동물이고 뭣이고 다 때려치우고 뜨거운 온천에 푸욱 몸을 담갔으면 하는 생각만 간절하다.

지금 시각 새벽 5시 45분, 여기는 보츠와나의 두 번째 국립공원인 **쵸베 국립공원**이다. 이곳은 보츠와나 가운데를 가로지르는 쵸베강을 따라서 멸종 위기에 처해 있는 흰 코뿔소를 비롯해 사자·코끼리·하마·악어·버팔로· 하이에나·쿠두 등이 두루 어울려 살고 있는 거대한 생태공원이다.

온몸이 얼어붙을만큼 추운 새벽녘에 사파리를 나온 보람이 있긴 있나 보다. 이 넓은 국립공원에 딱 2마리밖에 없다는 숫사자를 발견한 것이다. 사냥을 나선 건지 아님 물을 찾아 온 건지는 잘 모르겠지만 어슬렁어슬렁 이동하던 도중 우리 일행과 맞닥뜨렸고, 정신없이 카메라 셔터를 눌러대는 사람들을 뒤로한 채, 여유 있게 시야에서 사라져 버렸다. 과연 밀림의 왕답게 걸음걸이 하나에도 위엄이 느껴졌고, 범접할 수 없는 특유의 강한 분위기가 뿜어져 나오는 것 같았다.

오후에 이루어진 선셋 크루즈 게임 드라이브는 그야말로 환상 그 자체였다. 배를 타고 강줄기를 따라 이동하면서 강변에 몰려드는 수많은 야생동물들의

바로 코앞까지 다가가서 자세히 관찰할 수 있는 프로그램이었는데, 굵은
코를 힘 있게 휘둘러 사방으로 잔뜩 물을 튀겨가며 축축이 젖어 있는 물풀을
열심히 뜯어먹고 있는 코끼리들과, 물속 깊이 잠수해서 강을 건너는 코뿔소
가족들, 그리고 잔뜩 웅크린 채 기회를 엿보고 있는 악어들까지, 잠시도 눈을
떼기 힘든 장면들이 연거푸 쏟아지는 바람에 끊임없이 셔터를 눌러대는
손가락이 저릿저릿해질 정도였다.

하지만 그중에서도 하이라이트는 꼴딱 저물어 가는 석양을 등지고 선 커다란
코끼리의 모습이었다. 길게 늘어진 코와 다리 사이로 언뜻언뜻 비치는 새빨간
태양의 물결 속으로 너무나 위풍당당한 자태를 뽐내는 코끼리의 실루엣이
겹쳐지면서 빚어내는 한 폭의 그림은 지금까지 봐 왔던 그 어떤 석양의
모습보다도 더욱 더 낭만적으로 느껴졌다.

저녁엔 캠프장에 모닥불을 피우고 구운 단호박을 곁들인 스테이크 파티를
열었다. 이제 슬슬 길고도 짧았던 투어의 끝이 보이기 시작하기에, 이미 정이
들대로 들어버린 서로의 어깨를 감싸 안고 아프리카의 밤하늘에 한가득
떠있는 별들을 말없이 바라볼 뿐이다.

석양을 등에 진 코끼리는 너무도 낭만적이다.

빅토리아 폭포에서
번지점프를 하다

드디어 세계 3대 폭포의 마지막을 장식하는 잠비아의 **빅토리아 폭포** 앞에 서
있다. 병풍처럼 펼쳐진 거대한 물줄기는 날카로운 굉음을 내지르며 낭떠러지
협곡 밑으로 떨어지고, 그 반동을 타고 바닥부터 거슬러 올라오는 거센
물보라로 인해 마치 비 맞은 생쥐마냥 온몸이 흠뻑 젖을 수밖에 없었다.
1855년 리빙스톤이라는 선교사가 밀림 속에 숨어 있던 폭포를 발견하여 그
존재가 세상에 알려진 뒤 지금은 세계 곳곳에서 찾아드는 수많은 관광객들을
위한 아프리카의 최고 명소로 자리 잡고 있는 빅토리아 폭포는 과거 아프리카
현지인에게 "천둥치는 연기Mosi oa Tunya"라고 불릴 만큼 장관을 이루고, 폭포에서
부서지는 물보라는 멀리 70km 밖에서도 보인다고 한다.
그런데 생각하면 생각할수록 "최초 발견자"라는 개념 자체가 우스울 따름이다.
빅토리아 폭포는 수천만 년 전부터 그 자리에 존재하고 있었다. 물론 아프리카
대륙에도 인류의 역사와 함께 오랜 세월동안 원주민이 살고 있었고 그들에게
폭포는 아마도 하나의 신앙이자 숭배의 대상이었을 것이다. 그런데 고작 불과
몇백 년 전 서양인의 눈에 발견되어 세상유럽에 알려졌다고 해서 그것이 어떻게
뛰어난 업적으로서 평가받을 수 있는 것인지. 그런 발상이야말로 지극히 서구
중심적인 사고가 아니겠는가? 원주민이 들으면 무덤 속에서 자다가도 벌떡
일어날 것만 같은 일이다.
그건 그렇다 치고, 지금 난 빅토리아 폭포 앞에 서 있고 감동에 벅차 말을
잇지 못하고 있을 뿐이다. 드디어 여기까지 왔다! 여행을 시작한 지 10개월

아프리카   245

만에 세계 3대 폭포를 모두 정복한 것이다. 그런데 조금은 이상하다. 엄청나게 기쁘고 뿌듯한데, 또 한편으론 왠지 모를 아쉬움이 남는다.

다음날 다시 폭포를 찾았다. 잠비아와 짐바브웨를 이어주는 빅토리아 다리에는 세상에서 3번째로 높은 111m짜리 번지점프대가 있다기에. 여기까지 온 기념으로 한번 뛰어봐야 하지 않겠나? 내가 선택한 건 번지점프, 번지스윙, 슬라이드가 결합된 번지 콤보라는 프로그램이다. 총 세 번의 점프!

솔직히 무섭다. 다리가 후들후들 떨린다. 다리에 칭칭 줄을 동여매고 두 번 세 번 안전점검을 한 뒤, 난간을 붙잡고 다리 끝에 발가락을 걸치고 서는 순간! 눈앞이 캄캄해지는 게 진짜 죽을 맛이다. 또 다시 후회가 폭풍처럼 밀려온다. 뒤에서는 안전 요원이 자꾸 "쓰리! 투! 원!" 해대는데, 별 수 있나? 뛰어야지! 눈 딱 감고 허공을 향해 힘차게 뛰어내리는 순간 난 한 마리의 새가 되었다……는 말은 거짓말이고, "꺄아아아아악~" 하는 괴성만이 빅토리아 계곡 속에 울려 퍼졌다. 그냥 아무 수식어도 필요 없이 "무지하게 무섭다!" 두 번의 괴성이 더해진 다음에야 끝이 났다. 번지점프는 발목에 줄을 묶고 거꾸로 뛰어내리는 반면, 번지스윙은 배 앞쪽에다 줄을 묶어서 우선 뛰어내린 후 앞뒤로 크게 시계추마냥 흔들리게 되는 시스템이고, 슬라이드는 역시 배 앞쪽에 줄을 묶은 뒤 계곡 한쪽에서 다른 쪽까지 길게 늘어진 줄을 따라 미끄러지는 구조로 되어 있었다. 굳이 무서운 정도로 줄을 세우자면 번지스윙, 번지점프, 슬라이드로 순서를 매길 수 있을 것 같다. 왜냐하면 번지점프는 그냥 "무섭다!"이지만, 번지스윙은 "기분 더럽다!"는 느낌이기 때문이다.

20일 간의 아프리카 오버랜드 트럭킹 여행이 드디어 끝을 맺었다. 마지막 날 밤, 끊임없이 맥주잔을 기울이며 서로의 인생에 무한한 행운만이 가득하기를 진심으로 빌어주고, 그것도 모자라 서로 부둥켜안고 눈물을 흘리기도 했다. 이번 아프리카 트럭킹은 20일의 기간 동안 대략 350만원의 비용이 든, 내 여행 중 최고로 럭셔리했던 투어로서 우뚝 서게 되겠지만 충분히 그 값어치 이상으로 만족감을 느꼈던 여행이었다. 이젠 다시 '배고픈 배낭여행자'로 돌아갈 때다.

아프리카

아프리카 전통춤,
나도 댄서가 되다!

잠비아 루사카에서 타자라 기차를 타고 드디어 탄자니아의 수도
다르에스살람까지 왔다. 지금은 기차 안에서 만났던 한국 선교사님 댁에 머물고
있는 중. 타고난 인복의 끈이 여기까지 이어져 꿈에서도 그리웠던 한국 음식을
삼시 세 끼 공짜로 먹고, 공짜로 자고, 여기저기 가이드까지 받는 엄청난
신세를 지고 있다.
다르에스살람에서 차 타고 1시간 정도 가면 **바가모요**라는 곳에 닿을 수 있다.
그저 작은 시골마을로 공기 좋고 조용해서 북적북적거리는 분위기를 싫어하는
사람들에게는 아주 좋은 피난처가 될 수 있을 듯! 재래식 생선시장에 가서
갓 잡은 새우를 바삭바삭하게 튀겨 놓은 것을 집어먹기도 하고, 100년도
훨씬 넘은 오래된 교회 유적을 구경하기도 한다. 교회를 개조해 만든 작은
박물관에는 옛날 식민지 경쟁 시대에 잔인하게 끌려가던 흑인 노예들의
모습이 생생하게 전시되어 있었는데, 알고 보니 아프리카 전역에서 닥치는

탄자니아 수도 다르에스살람 기차역

노예들을 서로 묶어 놓았던 쇠사슬

탄자니아 민속공연 모습

대로 끌고 온 노예들이 이 곳 바가모요를 통해 아메리카와 유럽 등지로 팔려갔다고 한다. 어린 아이서부터 병든 노인들까지 목에 칼을 씌워 마치 굴비마냥 줄줄이 엮어 끌고 가면서, 연신 채찍을 휘두르고 있는 서양 노예상인들의 모습에 다시 한 번 진저리칠 수밖에 없었다. 한참을 돌아다니며 구경을 하던 중, 이번에는 '바가모요 예술대학'이라고 쓰여 있는 간판을 따라 캠퍼스 내로 들어갔다. 커다란 강당 안에서는 뚱땅뚱땅 음악 소리와 함께 한창 춤과 노래를 연습 중인 대학생 무리들을 발견할 수 있었다. 아프리카 특유의 강한 리듬감을 뿜어내며 열심히 땀을 흘리고 있는 학생들을 바라보자니, 그 흥에 이끌려 절로 어깨가 들썩이면서 어느새 나도 모르게 그들의 동작을 조금씩 따라하고 있었나 보다. 난데없이 등장한 동양인이 자신들의 춤을 따라서 추고 있으니 신기하기도 했겠지! 몇 마디 얘기를 나눠본 결과, 자기들은 이곳 바가모요 예술대학 학생들로 구성된 아프리카 전통 공연단으로, 내일 열리는 학교 축제를 앞두고 연습을 하는 중이란다.

그런데 갑자기 아까부터 유달리 유심히 내가 추는 춤을 보고 있던 친구 한 명이 다가오더니만 혹시 예전에 춤을 췄던 적이 있는지 물어왔다. 벌써 10년 전 일이긴 하지만,

대학시절 나름 댄스 동아리 활동을 하면서 다른 학교에 공연을 다녔던 경험도
있었다고 대답했더니, 내일 있을 자신들의 무대에 특별 게스트로 출연해 줄 수
있느냐며 정식으로 요청을 해왔다.

이게 웬, 아닌 밤중의 홍두깨 같은 소리란 말인가? 공연이라니? 그것도
아프리카 전통 공연 무대에 게스트라니? 절레절레 손사래를 치며 거절해
봤지만, 이미 함께 하기로 결정을 내린 듯한 시커먼 대학생 친구들이 떼로
달려들어 설득을 하고, 같이 갔던 선교사님도 한 번 해보라고 계속 부추기는
통에 엉겁결에 그러자고 승낙을 하고야 말았다.

정신을 차리고 가만히 생각해 보니 제법 괜찮은 제안인 것 같긴 하다. 내 평생
언제 또 아프리카 전통공연에 참가해 보겠는가? 이런 기회를 놓치면 아마도
평생 후회할 거야~!

그러고 나서 공연 당일! 무대 의상까지 갖춰 입고 무대 뒤에서 하나둘씩
관객들이 입장하고 있는 걸 보고 있자니 다리가 후들후들 떨린다. 대학시절
춤 동아리 공연 때 이후로 오랜만에 느껴보는
감정인지라 감회가 새롭긴 한데, 긴장되긴
매 한가지! 아니 훨씬 더 떨리는 것 같다.
그제서야 내가 또 한 번 미친 짓을 저질렀구나
하는 생각이 스멀스멀 밀려든다. 지금에
와서 그만둔다고 할 수도 없고 아침부터 팀에
합류해서 하루 종일 연습을 하긴 했다만, 배운
건 하나도 기억이 안 나는 걸 어쩌란 말인가?
가슴이 또 다시 쿵쾅거리는데, 팔짝팔짝 뛸
노릇이다. 점점 내가 무대에 나갈 차례가
다가온다.

대충의 줄거리는 밴드와 보컬이 노래를 하는
중간, 간주 부분에서 댄서들이 등장해 격렬하게

공연 직전, 댄서 친구가 레게머리를 땋아줬다.

바가모요 대학생들과 아프리카 전통춤 공연을 하는 모습

춤을 추며 한껏 흥을 돋구는 스토리로 되어 있었다. 드디어 내 순서! 나름
멋지게 등장한다고 했지만 아마도 관객 입장에선 '쟨 뭐야?' 하는 심정으로
지켜봤을 것 같다. 내가 맡은 역할은 비보이. 10년 만에 추는 브레이킹
댄스라서 공연이 끝난 후 허리가 끊어질 것 같은 통증이 밀려왔지만, 하도
긴장을 한 탓에 그 순간에는 그런 아픔을 전혀 느낄 수 없었다. 서너 개의
동작을 선보인 후 잠시 퇴장을 했다가, 이번에는 다른 친구들과 함께 아프리카
전통춤에 맞춰 다시 무대에 등장했다.
타악기의 강한 비트와 관객들의 환호 소리, 거기에 땀범벅이 될 정도로
혼신의 힘을 다하는 공연 팀으로 인해 분위기는 절정으로 치달았고, 급기야
마지막에는 관객들을 전부 무대 앞까지 끌어내 출연진들과 하나로 뒤섞여
미친 듯이 함께 열정을 불태우기까지 했다. 모두가 즐거웠고 모두가 행복했던
시간이었다. 나 역시 150% 만족스러웠던 건 두 말하면 잔소리!
아프리카 땅에서 평생 잊을 수 없는 멋진 추억을 남겼고, 바가모요 예술대학
학생들과 더없이 진한 우정을 나눌 수 있었다.

아프리카

펜바섬에서
로빈슨 크루소가 되어…

'쉬는 김에 제대로 쉬자!'는 마음으로 향한 곳은 **펜바섬**! 펜바섬은
다르에스살람에서 배로 3시간쯤 떨어져 있는 잔지바르 섬의 북쪽에 위치하고
있는 곳으로 아직까진 관광화가 진행되지 않아 그저 조용하고 평화로운 작은
섬이다. 한 번 제대로 여유를 느껴보고 싶은 마음에 이곳을 찾았다.
근데 진짜 별 볼일 없는 섬이다. 멋진 관광지도 없고 멋진 풍경도 없다.
맛있는 먹거리는 더더욱 없어서 섬 안에서 보낸 일주일 내내 맛대가리 없는
푸석푸석한 빵이랑 사탕수수 주스로만 버텼다.
하지만 이상하게도 끌리는 곳이다. 더할 나위 없이 친절한 사람들, 왁자지껄한
아침 시장의 에너지, 골목골목 가득 배어 나오는 진한 사람 냄새, 하다못해
길거리 오렌지 장수들마저 따뜻한 시골 아저씨의 미소를 지어내고 있었다.
하루 종일 아무것도 안 해도 마음이 편하다. 사람이 그리웠던 것일까? 수없이
반복되는 짧은 만남 속에서 진득한 그 무언가가 필요했던 것일까? 정확한

이유가 무엇인지는 아직도 잘 모르겠지만 왠지 이곳에서라면 적어도 허탈해질
대로 허탈해진 내 마음을 조금은 달랠 수 있을 것만 같았다.

며칠을 그렇게 하릴없이 보내다가 하루는 작은 통통배를 타고 **미사리 섬**이라는
곳을 찾아 나섰다. 펜바섬으로부터 약 한 시간 거리에 있는 정말 작은
무인도로 설렁설렁 걸어서 두 시간이면 섬 전체를 충분히 둘러보고도 남는
그런 곳이다. 목적 같은 건 없다. 남는 게 시간이었고 어차피 나를 붙잡는 건
아무것도 없었으니까…….

그런데 한마디로 '대박'이다! 정말 말 그대로 사람 하나 없는 무인도였던
것이다. 함께 배를 타고 들어갔던 프랑스 부부와 미국 출신 할아버지 두 분,
그리고 뱃사공과 나, 이렇게 여섯 명이 전부다. 마치 로빈슨 크루소가 된 듯한
기분? 지금 이 순간 여기서는 내가 왕이고, 내가 곧 법이다. 아무데나 오줌을
휘갈겨도, 사방에 대고 미친 듯이 소리를 질러도, 설령 호랑이를 잡아먹어도
누구 하나 뭐라 할 사람이 없는 것이다.

그렇다. 자유……. 진정한 의미에서의 자유란 결국 내 주위를 둘러싸고 있던
모든 사람들의 굴레를 벗어날 때에야 느낄 수 있는 것이었다. 태어나는
그 순간부터 한 인간을 짓눌렀던 그 모든 규칙·법·예절·가족·직업·꿈·
사람들……. 그 모든 것들은 결국 나란 인간을 옭아매고 있던 크나큰
족쇄였던 것이다. 물론 죽을 때까지 그것들에서 벗어날 수는 없겠지만 적어도
이 순간만은 잠시나마 완전한 자유를 느낄 수 있었다.

아무도 없는 해변, 에메랄드빛이 출렁이는 바다와 새하얀 조개껍질이 잘게
흩어져 있는 고운 모래사장을 나 혼자 독차지했다. 지금 와서 후회가 된다. 왜
그때 진정한 자유인의 모습나체으로 꿈만 같았던 그 시간을 만끽하지 못했는지.
아마 그랬다면 평생 간직할 만한 짜릿한 추억거리가 되었을지도 모르는데!
항상 그 순간이 지난 후에야 뒤늦게 후회하게 되는 건 모든 인간이 평생
짊어지고 가야 할 업보일 듯하다.

스노클링을 했다. 스쿠버 다이빙과는 달리 산소통이나 별다른 특수한 장비
없이 물안경과 오리발만 착용한 채 오로지 순수한 인간의 모습으로 물 속을
들여다보는 것이 바로 스노클링이다. 1분 남짓한 잠수를 반복하며 짧은 순간의
희열과 아쉬움을 동시에 느낄 수 있다는 점이 장점. 섬 주위로 얇게 띠를
형성하고 있는 산호초들과 형형색색의 열대어들이 가득한 바닷속을 나 혼자서
누빈다. 더없이 평화로울 뿐이다.

이제 또 다시 강행군이 시작될 듯하다. 멀리서
나를 기다리고 있는 건 그 유명한 세렝게티
초원과 응고롱고로 분화구의 동물들. 기다려라,
내가 간다!

야생동물의 천국
세렝게티 응고롱고로!

KBS TV 프로그램 <퀴즈탐험 동물의 세계>를 즐겨보던 어릴 적부터 내 뇌리 속에는 끝없이 펼쳐진 아프리카 야생초원에서 수많은 동물들이 자유롭게 뛰어노는 이미지가 강하게 박혀버린 것 같고, 그것이 지금 나를 이곳에 있게 한 원동력이 되었지 않나 하는 생각이 든다. 물론 그것 때문에 내가 수의사가 되었다고 한다면 그건 좀 과장이겠지만……

여기는 **세렝게티 초원**의 **응고롱고로**Ngorongoro란 곳이다. '끝없는 평원'이란 뜻을 가진 세렝게티는 세계에서 가장 넓은 야생동물 보호지구로서 자그마치 서울 크기의 24배를 자랑한다. 이곳에는 얼룩말·누·가젤·코끼리·사자·치타·표범 등 총 300만 마리의 야생동물들이 서식하고 있는데, 계절의 변화에 따라 일 년에 두 번씩 동물들의 대이동Big Migration이 이루어지는 것이 특징이다. 지금은 대부분의 동물들이 북쪽 케냐의 마사이마라 지역으로 이동을 하는 시기이기 때문에 탄자니아 쪽에는 동물들이 없다고 해서, 대신 응고롱고로를 택하게 되었다.

응고롱고로는 과거 커다란 화산이 분출한 뒤 자연적으로 형성된 커다란 분화구라고 할 수 있다. 직경 18㎞에 달하는 광활한 칼데라 분화구를 중심으로 대평원이 펼쳐져 있고, 그 안에는 용맹한 초원의 전사 마사이족과 함께 수많은 야생동물들이 살아가고 있다. 이 안에 살고 있는 약 20만 마리의 각종 야생동물들은 세렝게티 초원의 대이동을 따르지 않고 태어나서 죽을 때까지 평생토록 분화구 안에서만 살아간다고 한다.

응고롱고로라는 이름의 유래가 재미있다. 마사이족은 예로부터 소를 많이 키우는 것으로도 유명했는데, 바로 그 소의 목에 달려있는 커다란 방울이 흔들리는 소리를 표현한 것이 응고롱고로라고 한다. 입으로 '응고롱고로'라고 자꾸 해보면 해볼수록 입에 착착 달라붙는 게 그럴싸하고 재미있다.

"아프리카는 모든 것이 비싸다!"

이 믿을 수 없는 사실의 하이라이트가 바로 이 곳, 세렝게티 초원과 응고롱고로였다! 이곳은 개별적인 관광이 불가능하기 때문에 어쩔 수 없이 투어 회사의 사파리 프로그램을 이용해야만 하는데, 정부에 갖다 바치는 공식적인 입장료와 지프이용·숙박비·식비 등을 모두 포함한 가격이 하루 평균 25만원 꼴로 들어갔다.

몇날 며칠을 머리를 싸매고 고민한 끝에 어쩔 수 없이 눈물을 삼키며

포기하기로 결심하고 있던 찰나, 우연찮게도 구세주가 나타났다. 그레이스가 바로 그 주인공! 그레이스는 현재 호텔경영을 전공하고 있는 대학생으로 내가 머물고 있는 호텔에 실습을 나와 있던 중 개인적으로 친해지게 되었다. 여차저차해서 지금 내가 너무 비싼 비용 때문에 고민을 하고 있다는 사정을 전해들은 그레이스는 선뜻 3일 후 자기 학교에서 가는 MT에 같이 가자고 권유해왔다. 같은 과 친구들과 두 분의 교수님도 함께 하는 공식적인 학교 행사로 2박 3일 동안 응고롱고로와 몇 개의 야생 국립공원 사파리를 다녀오는 코스! 현지 대학생 친구들과 어울릴 수도 있고, 비용도 약 1/3 정도밖에 안 들어가는 이 좋은 기회를 놓칠 수 없었다.

당일 아침, 숙소에서 만난 일본 친구 차크와 코까지 합류, 동양인 3명과 흑인 대학생 12명을 가득 실은 봉고차가 드디어 출발했다. 첫 번째 목적지는 **마냐라 국립공원**! 이곳은 흑코뿔소와 380여종의 새, 지구상에서 가장 큰 타조, 날 수 있는 새 중에서 가장 무거운 새인 코리, 코끼리·흑멧돼지·바분, 나무에 올라가는 사자 등을 볼 수 있는 매력적인 사파리 명소 중의 하나다. 교수님의 설명을 들으며 마냐라 국립공원에 살고 있는 동식물에 대해서 배워보기도 하고, 신나게 사진도 찍으면서 아프리카의 대자연을 만끽했다.

이틀간 머무르게 될 숙소로 선택한 곳은 음토 와 음부 Mto wa Mbu 라는 마을이었다. 스와힐리어로 해석하면 "모기의 마을"이라고 할 수 있는데, 정말 밤낮으로 모기떼가 들끓는 곳이어서 어쩔 수 없이 하루 종일 모기와의 전쟁을 치러야만 할 정도였다.

다음날에는 마을 투어에 나섰다. 현재 탄자니아의 시골마을이 살아가고 있는 그대로의 모습을 접해볼 수 있는 좋은 기회로, 목각 기념품을 만드는 수공업 작업실, 전통가옥들, 가축을 기르는 모습 등을 생생하게 볼 수 있었다. 중간에 들러 맛 본 바나나 맥주음베게와 사탕수수는 보너스!

마지막 날, 새벽 5시에 출발해서 드디어 응고롱고로에 도착했다. 구불구불 좁은 산길을 지나 가파른 산을 넘어서니 끝없이 넓게 펼쳐져 있는 분화구의

모습이 한눈에 들어오기 시작한다. 서둘러
천장에 구멍이 뚫려 있는 사파리용 지프로
갈아타고 분화구 안으로 질주했다. 멀리서
봐도 꾸물꾸물 떼 지어 다니는 야생 가젤과
얼룩말들, 수십 수백 마리씩 모여서 한가로이
풀을 뜯고 있는 야생 누 떼와 기세 좋게
흥흥거리며 흙먼지를 일으키는 버팔로, 그 뒤에
잔뜩 숨죽이고 기회만 노리고 있는 사자와
하이에나, 이름 모를 정체불명의 새들까지……
그야말로 가히 야생동물의 천국이라 불릴
만하다.

오로지 자연의 생존 법칙만이 존재하는 곳,
이곳에는 전통적인 삶의 방식을 고수하는
마사이족들만이 조그맣게 터를 잡고 살아가고
있다. 마사이족은 예로부터 탄자니아의
북부지역에 넓게 분포하고 있던 토속민으로서,
키가 크고 성격이 호전적이어서 싸움을
즐겨하는 전투적인 이미지를 가지고 있다.
유달리 자부심이 강한 그들은 지금까지도
신식 문명을 거부하고 빨강, 파랑 등의 화려한
체크무늬 천만을 몸에 두른 채, 허리춤에는
언제나 커다란 칼을 차고 다니고 길거리를
배회한다. 재미있는 일화로 마사이족들은
세상의 모든 소들이 마사이족의 것이라는
생각을 하고 있기 때문에 가끔씩 아무런
죄책감도 없이 다른 사람의 소를 가져가곤

걸쭉한 바나나 맥주

사탕수수는 통째로 베어 먹는다

해서 문제가 되었다고 한다. 또한 마사이족끼리 결혼할 때에는 남자가 여자 가족에게 결혼대를 지불해야 하는데, 그게 또 상상을 초월할 정도보통 소 300 마리, 전통주 2드럼, 염소 100마리, 옷감 10필, 신부 가족용 악세사리 등라고 한다. 하지만 돈이 많은 남자들은 여러 명의 부인을 둘 수도 있어, 한 명의 가장이 29명의 아내와 300명의 자식들을 거느린 채, 한 부족을 이루고 사는 경우도 볼 수 있었다. 정말로 대단한 사람들인 것만은 틀림없는 것 같다.

내 세계여행 일정 중 아프리카 여행의 가장 큰 동기가 되었던 세렝게티 초원! 비록 마지막으로 세렝게티 국립공원 내에 살고 있는 야생동물들의 대이동 장면만은 못 봤지만, 응고롱고로와 숱한 다른 국립공원에서 사파리를 했기 때문에 일말의 아쉬움도 남지 않는다. 이 정도면 충분히 많은 동물들을 봤고, 후회 없는 아프리카 여행을 했다고 자신할 수 있다.

자신들만의 생존 방식을 고수하는 마사이족

세렝게티 초원의 이루지 못한 로맨스

"안녕. 어서 와요. 만나서 반가워요.Hello~ Welcome! Nice to meet you~"

탄자니아 아루샤의 허름한 호텔, 사실 호텔이라고 말하기에도 쑥스러울 정도의 허름한
시설이다. 하지만 이 가격에 이 정도의 방을 얻기란 그리 쉬운 일이 아니기에 선뜻 방으로
들어섰다. 솔직히 밤새도록 덜컹거리며 뿌연 비포장 모래바닥을 달려왔기에 피곤함이 턱
끝까지 올라와 있어 더운밥 찬밥 가릴 신세가 아니었다. 그저 비루한 몸뚱이가 하나 잠시 눕힐
침대만 있어도 감지덕지인 상황이다.

그런 와중에 하얀 이를 드러내며 첫 모습을 드러낸 그녀는 마치 햇살에 비친 까만 조약돌마냥
반짝반짝 빛나고 있었다. 꼬불꼬불 심하게 억세지만 앙증맞게 맨머리에 붙어있는 머리카락과
잘록하게 허리선이 들어가 있는 까만 치마정장 속으로 언뜻 보이는 하얀 블라우스는 그녀의
윤기 나는 흑진주 빛 피부를 더욱 돋보이게 만들었다.

이름은 그레이스. 이 호텔의 매니저로 실습 중이라는 소개를 마친 그녀는 홀로 하는 오랜
여행에 지쳐 있는 내 모습이 안타까워 보였는지, 서툴지만 직접 요리를 만들어 방으로 가져다
줄 정도로 내게 친절하게 대해 주었다. 나 역시 그녀의 친절을 너무나 감사하게 받아들였고,
따뜻한 정에 목말라 있던 내게 그녀는 마치 가뭄의 단비와도 같았다.

다음 날에는 그레이스가 가이드를 자청했다. 마침 쉬는 날이라 시간이 있다면서 킬리만자로
산기슭에 있는 모시라는 마을을 안내해 준단다. 이런 좋은 기회를 놓칠 수야 없지! 흔쾌히
그녀의 제안을 받아들이고 함께 길을 나섰다. 오랜 기간 혼자 여행을 다니며 많이 외롭고
쓸쓸했나 보다. 누군가 대화를 나눌만한 상대가 있다는 것만으로도 고마웠고, 더군다나 그
상대가 까만 피부의 예쁘장한 현지 아가씨란 사실이 믿기지 않을 정도로 기뻤다. 척박했던
내 여정에 그야말로 꽃이 피었다. 이곳저곳을 구경하며 그녀는 내게 탄자니아 시골마을의
생활풍습을 소개해 주었고 함께 바나나 맥주도 마시며 즐거운 시간을 보낼 수 있었다.

그레이스는 영어가 많이 서툴렀다. 손짓발짓을 동원해서 그나마 그녀보다는 조금 나았던 내게
영어를 배웠고, 대신 그녀는 탄자니아의 현지 언어인 스와힐리어를 내가 이해하기 쉽도록
노랫가락을 붙여 가르쳐 주었다.

"잠보~ 하바리 가니? 은주리 사나~ 카리부~ 아산떼!Jambo~ Habari gani? Njuri sana! Karibu~ Asante!"안녕~ 잘 지냈니? 네, 잘 지냈어요! 환영합니다~ 고마워요!

"하쿠나 마타타!Hakuna matata~!"걱정 마세요~ 다 잘 될 거에요!

사실 내가 이곳 아루샤를 찾아온 목적은 세렝게티 초원의 응고롱고로 분지에서 수많은 야생동물들을 보기 위함이었다. 하지만 사방팔방 발품을 팔아 알아본 결과 외국인으로서 개인적으로 투어회사의 프로그램에 참가하는 건 상상을 초월할 정도로 비쌌다. 고작 3~4일에 100만원이 훌쩍 넘어버리는 비용에 정말 눈물을 머금고 포기해야만 되는 상황! 그 때 내게 구세주처럼 나타난 것이 그레이스였다. 그녀는 자기가 다니는 학교에서 며칠 후 출발하는 MT에 함께할 수 있도록 도와주었고, 교수님과 많은 친구들까지 소개시켜 준 것이다. 덕분에 난 많은 비용을 아낄 수 있었고, 훨씬 더 알찬 구경을 할 수 있었다. 그녀의 따뜻한 배려가 너무 고마웠고 난 그저 몇 끼의 식사를 대접하는 것 말고는 해줄 수 있는 것이 없었다.

어느새 너무 많이 친해져 버린 그레이스와 나. 헤어질 때가 점점 다가오고 있다는 사실이 안타까울 따름이었다. 여느 때와 마찬가지로 변함없이 내게 친절을 베풀고 있는 그녀에게 어느 순간부터 난 의도적으로 멀어져 갔다. 그동안의 숱한 경험으로 미루어 볼 때 이별의 감정이 가지고 있는 날카로운 아픔을 누구보다도 잘 알고 있기에, 책임질 수 없는 감정의 낭비와 미련의 야속함은 나에게도 그녀에게도 견디기 힘든 것이라고 판단했다. 난 결국 여행자였고, 이방인에 불과했다.

짧은 만남이었지만 내가 받았던 그레이스의 호의는 아마도 내 여행길에서의 가장 행복했던 기억 중의 하나로 남게 될 것이다. 비록 내게 남겨진 건 그녀의 E-mail 주소가 적힌 종이쪽지 한 장이 전부지만, 지금 이 순간에도 내 머릿속에는 그녀가 들려주던 노랫가락과 목소리가 나지막하게 울려 퍼지고 있다. 하쿠나 마타타~ 하쿠나 마타타~.

6

아시아 　네팔·인도·태국·캄보디아

여기는 케냐 나이로비 국제공항. 이제 곧 카타르 항공 비행기를 타고 도하에 잠시
들렀다가 네팔 카트만두를 향해 떠날 예정이다. 케냐를 떠나 인도로 갈 예정이었는데,
이틀 전 모든 계획이 엉망이 되어 버렸다.

일주일 동안이나 기다렸음에도 불구하고, 결국 나이로비에 있는 인도대사관에서
인도비자를 안 내준 것이다. 이미 3개월 전에 미리 비행기 표를 사놨으며, 불과 이틀
뒤에 인도 델리로 들어가는 비행기를 타야 한다고 통사정을 해봤지만 씨알도 안
먹힌다.

당황해서 세계지도를 펼쳐들고 어떻게 할까 한참 고민하다가 결국 인도와 국경을
마주하고 있는 네팔로 가기로 결정했다. 1시간 만에 바로 그 자리에서 새 비행기 표를
끊어버렸다. 우선 네팔까지 가서 거기서 다시 인도비자를 신청해 보는 거야!

...

이제부터 악명 높기로 유명한 그 인도 대륙이다! 그곳에 발을 들여놓는 모든 여행자는
딱 두 가지 부류로 극명하게 갈린다고 한다! 그 끈적끈적한 매력에 빠져 평생토록 인도
땅을 그리워하다가 언젠가 반드시 다시 찾게 되는 부류와, 공항에 도착하는 순간부터
아예 학을 떼고 하루 빨리 고국으로 돌아가기만을 학수고대 한다는 두 번째 부류!
나는 반드시 첫 번째 부류의 인간이 되어 돌아가야지. 짜릿한 설렘 속에서 기다리는 이
순간이 그저 마냥 행복할 뿐이다.

네팔의 살아있는 여신
쿠마리를 만나다

이곳은 23번째 나라 **네팔**. 에베레스트·안나푸르나를 비롯해 히말라야 산맥
8000m 급의 고봉들이 줄줄이 늘어서 있는 이 땅은 예로부터 신에 가장
가까운 사람들이 모여 사는 곳이었다고 한다. 세상의 지붕이라 불리며, 영적인
기운이 흐르는 땅으로서 일반인들은 감히 범접할 수조차 없는 신비로운 곳,
흘러흘러 어느덧 이 땅에까지 스며들게 되었다.

네팔의 수도인 **카트만두** 중앙에 떡 하니 자리 잡고 있는 **더르바르 광장**을
찾았다. 가는 날이 장날이라고, 운이 좋게도 '쿠마리'를 만날 수 있단다. 이게
얼마나 심하게 운이 좋은 상황이었는지 잠시 설명을 덧붙이자면 우선 쿠마리
이야기부터 해야 할듯! 쿠마리는 네팔의 "살아있는 여신" 그 자체라고 할 수
있다. 네팔에서는 전대 쿠마리의 나이가 차게 되면 국가적인 중대사로서 전국
각지의 4세 여아를 대상으로 새로운 쿠마리를 선발하게 되는데 물론 출신 가정과
뛰어난 외모를 갖춘 것도 중요하지만 쿠마리 선정의 최종시험으로 좁은 방 안에서 동물의
시체와 함께 하룻밤을 보내는 과정이 포함되어 있다고 한다. 이 때 절대 울지 않아야 된다나?
이렇게 선발된 쿠마리는 초경이 시작되는 약 14세까지 살아있는 신으로서
떠받들어지게 된다. 매년 한 번씩 네팔의 국왕이 직접 쿠마리를 찾아와
큰절을 올린다고 하니 그 위세가 얼마나 대단한지 미루어 짐작해 볼 수 있다.
심지어 신은 절대로 땅을 밟아서는 안 된다고 해서 잠깐 어딘가로 이동할
때조차 남자 가족 중의 한 사람이 정성껏 안아서 이동한다고 하니 말 다 했다.
하지만 이후 여신의 자리에서 쫓겨난 쿠마리는 그녀와 결혼한 남자를 일찍

죽게 만든다는 속설 탓에, 평생토록 천대를 받으며 결국 매춘 굴에서 쓸쓸한
죽음을 맞이하는 것이 현실이란다. 그렇지만 지금까지도 네팔에서는 오로지
자신들의 부와 영광을 위해 딸을 쿠마리로 만들려는 가족들의 안타까운
노력들이 끊임없이 자행되고 있다고 한다.

쿠마리는 일 년 내내 더르바르 광장의 한 편에 자리 잡고 있는 작은 집 안에서
삼엄한 경계 속에 보호받으며 지내게 되는데, 일 년에 딱 여섯 번(!) 밖으로
나올 수 있다고 한다. 그것도 수백 명의 사람들이 이끄는 커다란 가마에
태워져 불과 몇 시간 동안 이리저리 골목을 돌아다니는 게 전부이지만, 이
광경을 보기 위해 전국 각지에서 몰려드는 수많은 사람들 탓에 더르바르 광장
주변은 일시적으로 마비상태에 빠지게 된다. 그런데 오늘이 바로 그 쿠마리가
밖에 나오는 올해의 마지막 여섯 번째 날이란다! 이 정도면 내가 얼마나 운이
좋았는지 알겠지?

아침부터 카트만두는 도시 전체가 축제 분위기에 휩싸여 들썩이는 것이

분장을 하고 사람들에게 사진 촬영을 권하는 사이비 수행자

더르바르 광장을 메우고 있는 건 사람만이 아니다.
수많은 비둘기와 소 한 마리의 풍경

느껴질 정도다. 오후 5시경에 쿠마리가 나온다는 정보를 입수, 낮 2시부터
명당을 차지하고 앉아 하염없이 기다렸건만, 그녀는 도통 코빼기를 내밀
생각조차 하지 않고 있다. 결국 5시간 반을 꼬박 기다린 끝에 사람들의 엄청난
함성과 함께 등장한 쿠마리! 화장을 떡칠해놔서 그런지 작디작은 꼬마임에도
불구하고, 한눈에 봐도 왠지 모를 기품 있는 표정과 함께 감히 범접할 수 없는
위압감마저 엿보였다. 하지만 과연 그 어린 아이가 앞으로 닥쳐올 자신의
기구한 운명에 대해 알고 있을런지……. 그 전쟁 통을 방불케 하는 소란스러움
속에서도 묘하게 조금은 쓸쓸해 보이기까지 하는 쿠마리의 눈동자는 내 기억
속에서 오랫동안 지워지지 않을 것만 같은 기분이 든다.
날은 이미 어두워졌고, 비가 추적추적 내리는 악조건 속에서도 더르바르 광장
일대는 축제를 방불케 했다. 수백 명이 달려들어 끄는 가마가 골목골목을
헤매고 다니고, 그들이 목청껏 내지르는 고함소리와 가마를 따르는 인파들까지
뒤엉켜 그야말로 아수라장이 따로 없을 지경이다. 나 역시 이리 뛰고 저리
뛰고 해보지만 그들 사이에는 도저히 끼어들 엄두조차 나지 않았다. 이방인은
조용히 사라질 뿐…….

네팔 화장터에서 만난
불타고 있는 시체!

아침부터 서둘러 숙소를 나서 카트만두 시내 관광에 나선다. 첫 번째 목적지는
보드나트, 네팔을 대표하는 스투파에 새겨져 있는 사방을 응시하는 부다의
눈을 만날 수 있는 곳이다. 스투파란 우리나라의 석가탑·다보탑 같은 탑의
기원이 된 것으로서, 스투파라는 단어가 중국에 전해져 '솔탑화'가 되었고,
이것이 우리나라에선 '탑'이 되었다고 한다. 어쨌든 정교하게 쌓여진 탑의
원시적인 형태를 볼 수 있는 좋은 기회라 여겨져 살짝 기대감을 안고 찾아갔다.
동서남북 사방으로 선명하게 새겨진 부다의 눈은 세상의 모든 것을 꿰뚫어
보듯 날카로웠고, 또 한편으로는 모든 것을 감싸 안을 듯 자비로웠다. 코가
있을 자리에 그려진 물음표는 중도中道를 상징하고, 미간에 위치한 삼지안三知眼은

시신을 강물에 적시는 중이다.

화장터 파슈파티나트의 연기는 멈출 새가 없다.

세상의 종말이 왔을 때 비로소 떠져 악한 자를 벌한다고 한다. 한쪽 구석에
자리를 잡고 앉아 한동안 눈을 바라보고 있자니 왠지 그동안 내가 살아오면서
저질렀던 악행들이 하나하나 살아나는 것 같은 기분이 들어 더 이상 자리를
지킬 수 없었다. 반성에 또 반성을 거듭해 보지만, 그것도 잠시뿐! 나란 인간이
어디 가겠나 싶다. 젠장.

자리를 옮겨 **파슈파티나트**로 이동한다. 이곳은 네팔에서 가장 유명한 화장터!
모든 힌두교인들은 지긋지긋한 속세에 미련을 두지 않고 깨끗하게 정화되어
내세에 좀 더 나은 모습으로 다시 태어나길 간절히 원하는 마음으로 죽을 때
화장을 원한다고 한다. 다시 말해 죽음이란 슬픈 것이 아니라 오히려 축복받아
마땅한 것! 그런 연고로 화장할 때는 지켜보는 친지와 지인들 모두 울지
않는다. 여자는 쉽게 울음을 터뜨릴 수 있기 때문에 화장터에 오지 않는다고 한다.

화장을 하는 과정은 의외로 간단했다. 나무를 쌓아올려 단을 만들고 그 위에
강물에 한 번 적신 시신을 올려놓는다. 그리고 뒤통수 부근에만 조금 남기고
머리를 박박 깎은 상주와 친지들이 시신 주위를 다섯 바퀴 돌면서 명복을
기원하고 불을 지핀다. 그후, 약 3시간에 걸쳐 화장터 관리인 사내가 긴
대나무를 이용해 이리저리 시신을 뒤적거리며 골고루 태운 뒤, 마지막으로 다
타버린 시신과 남은 재는 화장터 관리인이 강물 속으로 던진다. 이것으로 모든
과정이 막을 내리는 것이다.

화장터 옆에는 이름도 으스스한 '죽음을 기다리는 자들의 집'이 위치하고
있다. 이건 말 그대로 화장터에서 멀리 사는 사람이 죽을 때가 가까워졌을
때, 이곳으로 옮겨져 죽음을 기다리는 장소로 쓰인다고 한다. 그 을씨년스러운
분위기와 함께, 시커먼 죽음의 그림자를 보는 게 무서워 감히 안을 들여다 볼
엄두조차 내지 못했다.

삶과 죽음의 경계, 죽음이란 그들에게 하나의 축복이다. 억겁의 세월동안
반복되어온 윤회의 고리는 어제도, 오늘도, 내일도 끊임없이 반복될 뿐,

손오공의 모델이 된 원숭이 신 하누만

아무리 재산이 많다 한들 그 사슬을 끊고 나온 자는 존재하지 않는다.

힌두교인들에게 지나간 과거란 절대 중요한 게 못 된다. 오로지 자신에게 주어진 현재의 처지에 만족하며 지금 삶에 충실할 때, 비로소 좀 더 나은 다음 삶이 찾아오리라 믿으며 묵묵히 살아갈 뿐이다.

화장터의 연기는 멈출 새가 없다. 시신 한 구가 불타고 정리되기가 무섭게 나무가 쌓이고 또 다른 시신이 눕혀진다. 화장터 부근은 사시사철 매캐한 연기와 함께 특유의 시체 타는 냄새가 진동을 한다.

이상하게도 난 그 냄새가 그리 역겹게 느껴지지만은 않는다. 내 직업의 특성상 죽음과 너무나 가까운 곳에 있어서 그런 걸까? 의사와는 다르게 수의사들은 내 손으로 직접 생명을 끊어주어야 하는 피치 못할 상황이 꽤나 많이 발생한다. 안락사라는 이름 아래 어찌됐건 팔딱팔딱 뛰고 있는 심장의 고동소리가 서서히 멎어드는 걸 지켜보고 있어야 한다는 건 여간 고역이 아닐 수 없다. 마취제가 과량으로 들어 있는 주사기를 작은 생명체의 혈관 속에 쑤셔박고 조금씩 죽음을 밀어 넣는 그 느낌은 아무리 말로 설명해도, 아무리 글로 수식어를 단다고 하더라도 절대 이해할 수 없을 것이다. 그런 의미에서 내가 이 직업을 고수하는 한, 평생토록 죽음은 내 언저리에서 항상 맴돌고 있을 것이리라 생각된다.

어쨌거나 한동안 실없는 상상에 잠겨 묵묵히 시체가 타고 있는 연기 속을 멍하니 지켜보고 있는데, 쌓여 있는 나무와 짚단 사이로 무언가 유달리 허연 게 빠져 나와 있는 것이 보였다. 실눈을 뜨고 자세히 쳐다보니, 그건 바로 아직 덜 탄 시신의 팔! 지금까지 살아오면서 그렇게 적나라하게 시체와 마주했던 건 아마도 처음이었지 싶다. 그것도 한참 불타고 있는 시체라니……. 그래서 그런지 꽤나 큰 충격을 받은 것 같다.

너무 많은 걸 보고, 너무 많은 생각을 해서 그런지 지끈지끈 머리가 아파온다. 어디에선가 맑은 공기를 마시며 심적으로 안정을 찾아야 할 필요가 있을 듯싶다.

아무것도 안 해도
시간이 잘만 흘러가는 바라나시

인도 **바라나시**의 하루는 꽤나 단조롭다. 문득 새벽에 눈이 떠지면, 5시쯤
갠지스 강의 가트Gaht, 계단로 나가서 새벽 보트를 타고 일출을 감상한다. 강에
두둥실 떠서 말갛게 떠오르는 해를 보고 있노라면 마치 시간과 공간을 초월한
듯, 몽롱한 상태에 빠지게 되지만 번쩍 정신을 차리고 사방을 둘러보면 이미
가트 주변에 나와 분주하게 몸을 씻거나 빨래를 하고 있는 사람들을 만날 수
있다. 보트에서 내려 한동안 멍하니 갠지스 강을 바라보다가, 슬슬 출출해지면
휘적휘적 골목을 지나쳐 내려가 싸구려 레스토랑에 자리를 잡고 늦은 아침을
먹는다.
바라나시의 하루 일과 중 빼놓을 수 없는 게 바로 '블루라씨' 찾아가기! 한국

매혹적인 인도 여인의 눈빛

인도 전통악기 시타르, 몽환적인 선율을 연주할 수 있다.

여행자들 사이에서 너무나 유명해져 버린 라씨 전문집인데, 누구든지 한 번 먹어보면 그 맛에 반해 매일 찾아가지 않고는 못 배길 정도란다. 그렇게 어슬렁거리다 해가 뉘엿뉘엿 질 무렵에는 메인 가트^{Main Gaht}를 찾아 푸자^{Puja, 힌두교식 제사}를 구경한다. 그냥 이렇게 바라나시의 하루는 축축 늘어지면서, 하지만 또 나름 바쁘게 흘러간다.

많은 사람들이 바라나시를 찾는 가장 큰 이유는 뭐니뭐니해도 갠지스 강과 화장터^{Burning Gaht} 아닐까 싶다. 모든 힌두교도인들의 평생 소원이 단 한 번이라도 이 곳 성스러운 갠지스 강의 물에 몸을 씻고, 죽을 때 바라나시에서 화장되는 것이라고 한다. 바라나시의 화장터에서 화장되면 억겁의 세월동안 반복되어 온 윤회의 고리를 끊고 영원한 안식을 얻을 수 있다는 믿음 때문이다. 인도인들은 현세의 삶이 너무나도 고달팠기에 이 지긋지긋한 현세를 그렇게라도 탈출하고 싶었는가 보다. 고로 어찌됐건 지금 이렇게 바라나시에서 화장되는 이들은 억수로 운이 좋은 이들이라고 할 수 있다.

하지만 아무리 운이 좋고, 돈이 많을지라도 죽었을 때 화장되지 못하고 칭칭 무거운 돌을 매단 밧줄에 묶여 강물로 던져져야만 하는 이들도 있단다. 그들은 바로 힌두교 수행승인 사두, 임신 중인 여자, 14살 이하의 어린이, 동물 사체, 킹코브라에 물려 죽은 사람이다. 다른 건 그렇다고 하겠지만, 아무리 생각해 봐도 킹코브라에 물려 죽은 사람만은 도통 이해가 가지 않았는데, 나중에 알게 된 사실로 킹코브라에 물린 건 신의 저주를 받았기 때문이라고 해서 화장이 금지된다고 한다.

내가 바라나시를 찾은 또 하나의 목적은 바로 악기 배우기! 그동안 여행 다니면서 가장 아쉬웠던 점 중의 하나가 내가 그다지 능숙하게 다룰 줄 아는 악기가 없다는 것이었다. 언젠가는 꼭 한 번 배워보리라 마음먹었고, 드디어 기회가 찾아왔다. 시타르·타블라 등의 대표적인 인도 전통악기들도 있었지만 그런 것들은 배우는데 시간이 너무 많이 걸리는 관계로 패스. 결국 내가 선택한 건 '잠베'라는 타악기였다. 우리나라의 북과 느낌은 비슷하지만

손바닥과 손가락을 절묘하게 사용해서 두드리는 방법은 좀 달랐다. 흰 백발을 길게 늘어뜨린 카일라쉬 선생님의 지도 하에 하루 1~2시간씩 꼬박 열흘 동안 열심히 배우니, 어느 정도 손에 감각이 생기는 듯한 느낌이 들었다. 물론 턱없이 부족한 기간이긴 하지만 어차피 연습은 나의 몫! 나중에 한국에 돌아갈 때 반드시 멋진 잠베를 하나 사서 꾸준히 연습하리라 마음먹어 본다.

힌두라는 종교는 알면 알수록 참 재미있다. 뚜렷한 창시자나 교단이 없는 반면, 인류가 가졌던 모든 종교, 즉 물신숭배·정령숭배·다신교·일신교·신비주의· 철학 등을 모두 포용하기 때문이다. 그럼에도 불구하고 무려 3천 년이나 되는 깊은 뿌리와 역사를 가지고 있는 건 아마도 그 모든 종교와 사상을 흡수해버리는 강력한 포용력 때문이 아닐까 싶다.

인도에는 총 4억 8천만 명의 신들이 존재한다고 한다. 그들 중에는 이미 자신의 역할을 다하고 사라져 버린 신들도 있고, 아직 태어나지도 않아서 이름조차 정해지지 않은 신들도 있다. 심지어 예수님, 부처님마저 자기네들의 그 수많은 신들 중 하나일 뿐이라고 말할 정도니, 그 복잡함은 충분히 미루어 짐작할 수 있을 것이다.

인도에서 힌두교란 하나의 종교가 아니다. 그저 그들의 삶을 지칭하는 또 다른 단어일 뿐이다. 마치 길거리에서 어슬렁거리는 소와 함께 살아가듯, 지금 이 순간 4억 8천만의 신들도 인도인들과 함께 살아서 숨 쉬고 있다. 그동안 세계를 돌아다니며 독실한 크리스천 신자들과 열혈 무슬림들을 숱하게 많이 만나 왔지만, 어린 아이들의 책받침에까지 신들의 모습이 그려져 있는 나라는 인도가 유일한 나라가 아닐까 싶다. 그만큼 그들에게 힌두는 그들의 삶에 흠뻑 젖어들어 결코 떼려야 뗄 수 없는 불가분의 관계를 맺고 있다고 할 수 있다.

아무것도 하지 않아도 너무나 시간이 잘 흘러가는 도시, 세상에서 가장 특별한 도시인 바라나시를 뒤로 하고, 이제 다시 짐을 꾸린다. 다음 목적지는 에로틱한 사원들이 널려 있는 카마수트라의 고향, 카주라호다!

갠지스 강변에 앉아 명상 중인 사두

에로틱한 카주라호에
경의(?)를 표하다

가장 큰 기대를 안고 왔던 곳, 카마수트라의 고향, 인도 에로티시즘의 결정판,
그렇고 그런 조각상들이 도처에 널려있다던 바로 그 곳! **카주라호!** 드디어
도착했고, 혼신의 힘을 다해 열심히 보겠다고 다짐해 본다.

바라나시에서도 예감은 했지만 인도 젊은 사내놈들의 추근덕거림은 진짜
장난이 아니다. 아마도 인도를 여행했던 한국 여자 친구들 중 대다수는
길거리를 지나치면서 누군가 슬쩍 엉덩이나 가슴 부위를 만지는 듯한
'긴가민가 성희롱'을 한두 번씩은 당해봤을 것이라고 생각된다. 종교적·문화적
차이로 인해 같은 인도 여자들에게는 꿈도 못 꿀 파렴치한 행위들을 타국의
여행자들에게, 그것도 서양인들보다는 상대적으로 약한 동양 여자들에게만
저지르고 있는 것이다.

물론 모든 인도 남자들이 그렇다는 건 절대로 아니다. 오히려 내가 만났던
대부분의 인도 사람들은 너무나 순수한 눈빛을 가지고 있었고, 언제나
외국인들에게 친절했다. 하지만 결과적으로 몇몇의 질 나쁜 놈들 때문에
대다수의 선한 인도인들의 이미지가 왜곡되고 있는 것 역시 사실이기에 끝없이
반복되고 있는, 그리고 이미 용서받을 수 있는 애교의 수위를 한참 넘어버린
그 행위들에 대해서는 그 자리에서 곧바로 응분의 조치를 취해야만 할 것이다.

일례로 대낮에 길거리에서 성희롱을 당한 한국 여행자가 소리를 지르면서 주위에 도움을
요청하자 많은 사람들이 몰려들어 가해자가 도저히 그 동네에서 얼굴을 들고 살 수 없을 만큼의
보복조치를 해주었다고 한다.

하지만 이 곳, 카주라호만큼은 정말 유별났다. 그들의 추근덕거림은 정말
상상을 초월할 정도로 그 수위가 높았고, 생고무만큼 끈질겼으며, 이 순하디
순한(?) 여행자 조영광이 몇 번이나 주먹을 움켜쥐고 싸움을 벌이고 싶었을
만큼 정도를 넘어선 것이었다. 뻔히 옆에 남자 일행이 있는 걸 알면서도
오토바이 타고 폭포를 보러 가자느니, 늦은 밤에 자기랑 같이 반딧불 보러
가자느니 하면서 시도 때도 없이 치근대는데 진짜 기가 찰 지경이었다. 태어날
때부터 에로틱한 사원에 둘러싸인 채로 살아와서 그런지 그야말로 젊은
사내놈들의 '발정난 도시' 그 자체처럼 느껴졌으니, 카주라호는 정말로 셌다.
사원은 그야말로 볼거리가 넘쳐났다. 거대한 사원의 외벽에 섬세하게 조각되어
있는 여인상들의 표정에는 교태가 철철 넘쳤고, 현실에서는 도저히 불가능할
것만 같은 풍만한 몸매를 지니고 있었다. 거기에 넓은 사원군의 곳곳에 숨겨져
있어 마치 숨은 그림 찾기 마냥 찾아보는 재미가 있는 상상초월의 섹스 체위
조각상들! "와우~ 이런 것도 가능하단 말이야?" 할 정도로 감탄을 금하지

카주라호의 사원. 말도 못할 정도로 정교한 조각들이 빼곡하게 자리잡고 있다.

못할 기상천외의 현재진행형 조각들을 보면서 연신 카메라 버튼을 눌러대느라
정신이 하나도 없었다.

문헌에 따르면 이 야한 조각상들의 기원에 대해서는 여러 가지 설이
전해진다고 한다. 인도에서 가장 인기가 높은 신 중 하나인 시바신과 그의
아내 빠르바티 사이에서 있었던 일들을 기록해 놓은 것이라는 얘기가 있는가
하면, 과거 극히 평화로웠던 시대에는 모든 사람들의 염원이 힌두 수행승인
사두가 되어 출가하는 것이었기 때문에 사두들은 결혼을 하지 않기 때문에 자식들을
낳을 수 없다. 국력손실을 걱정한 왕이 자식 생산을 독려코자 사원을 지었다는
설도 전해진다. 어떻든지 간에 벌건 대낮임에도 불구하고 도저히 두 눈 뜨고
보기 힘들 만큼 사실적으로 표현한 그들의 '센스'와 '장인정신'에 고개 숙여
존경심을 표하는 바이다.

그러나 솔직하게 말해서 카주라호에는 하루도 더 있고 싶은 생각이 안 든다!
서둘러 타지마할이 있는 아그라로 가야겠다!

인도인과 왼손

좀 민망한 얘기지만 인도의 화장실에는 휴지가 없다.
대신 변기 한 쪽에 찰랑찰랑 넘칠 듯 받아놓은
바게쓰(?) 물과 표주박처럼 생긴 작은 바가지가 있을
뿐이다. 급하다고 아무 준비 없이 뛰어 들어갔다간
낭패 보기 십상인 나라가 바로 인도다. 그래서 나도
화장실 상비품인 휴지를 목숨 걸고 사수하곤 했는데,
인도 생활 중반에 접어드니 슬그머니 궁금해지기
시작했다. 11억 인도 인구가 다들 휴지 없이 뒤처리
한다는데 한 번 해 보면 어떨까. 의외로 깨끗할지도
몰라. 실은, 그래서 해 봤다. 생각보다 괜찮다. 삭삭
씻어내니 치질 예방도 되는 것 같고…… 아, 상상은
제발 이쯤에서 그만! 여하튼 화장실 뒤처리를 왼손으로

해결하는 이유로 인도인은 식사 때 왼손을 쓰지 않는다. 왼손으로 누군가를 가리키는 것도
큰 실례라고 한다. 양 손에 하나씩 숟가락과 포크를 쥐고 밥 먹는 게 습관이었던 나는 인도의
관습을 따르느라 한 손으로 밥을 먹는 게 큰 고역이었다. 더구나 넓적하게 생긴 짜파티는 한
손으로 잘 찢어지지도 않는다. 인도의 한 로컬 식당에서 손바닥만한 짜파티와 씨름하던 나는,
에라 모르겠다 염치 불구하고 왼손을 테이블 위에 올려 양 손으로 시원하게 짜파티를 쫘악
찢고 말았다. 순간, 내 앞에 있는 아저씨하고 눈이 딱 마주쳤다. 하필이면 그 아저씨도 이제
막 왼손을 올려 양 손으로 짜파티를 찢고 있는 타이밍이었다. 차이가 있다면 나는 외국인이라
무식한 척 태연히 굴었지만, 그 아저씨는 당황하며 재빨리 주변의 눈치를 살폈다는 것 정도?
그의 왼손은 우사인 볼트의 발보다도 빠르게 테이블 아래로 잠적해 버렸다. 그의 당황한
얼굴을 보자, 묘한 공범의식에 기분이 뿌듯해졌다. 거 봐, 인도인들도 급하면 왼손 쓰잖아.
그런데 그 왼손으로 또 화장실 가서 뒤처리 할 거 아니냐고? 흐음~ 미리 말했지만, 상상이
과하면 난감해진다.

타지마할,
아름답지만 슬픈 전설을 따라서

여기는 **아그라**. 가히 인도를 대표하는 예술품이자 세상에서 가장 아름다운
문화재로 손꼽히는 **타지마할**을 보기 위해 이곳을 찾았다.
타지마할은 그 뛰어난 건축미와 환상적인 자태만으로도 타의 추종을
불허한다. 이렇게 빼어난 건축물이 세상에 태어나기까지의 아름다운 사연을
알게 된다면 타지마할이 주는 의미는 더욱 커진다. 무굴제국의 다섯 번째
왕이었던 샤자한은 자신이 평생을 바쳐서 사랑했던 왕비인 뭄타즈 마할이
14번째 자식을 낳는 도중 숨을 거두자, 너무나 슬퍼한 나머지 죽은 왕비를
위한 무덤이자 다음 생에 다시 태어났을 때 자신과 왕비가 함께 지낼 화려한
낙원 같은 궁전을 짓기로 결심했다고 한다. 그것이 바로 이 타지마할! 하지만
타지마할을 건설하기 위하여 지금 돈으로 760억 원에 이르는 막대한 국고를
소모한 샤자한은 결국 아들인 아우랑제브에게 내쫓겨 저 멀리 타지마할이
보이는 붉은 성의 탑에 갇혀 생을 마감하게 된다. 사랑하는 아내를 위한 슬픈
이야기가 담겨 있는 타지마할은 지금까지도 뽀얀 대리석의 살결을 내비치며
고고한 자태를 뽐내고 있다.
하지만 딱히 타지마할 말고는 그다지 별다른 볼거리가 없는 아그라, 아니
오히려 상식을 뛰어넘는 바가지 씌우기와 식당과 병원이 짜고 손님에게
설사약을 탄 음식을 먹인 후, 병원에서 거액의 치료비를 갈취하는 수법 따위의
사기가 비일비재하다는 아그라의 악명을 익히 들어왔다. 그래서 밤기차를 타고
새벽 5시에 도착해 타지마할 하나만 본 뒤, 오후 기차를 타고 곧바로 델리를

향해 떠나기로 스케줄을 잡았다. 연이어 이틀 밤을 기차간에서 보내야 하는
빡빡한 일정이지만 가끔씩 이렇게 사서 하는 고생이 필요할 때도 있는 법이다!
눈물을 머금고 거액의 입장료750루피, 약 2만 원를 지불한 뒤 초라한 종이 쪼가리
하나를 손에 쥐고 타지마할의 입구에 들어선다. 우선 무엇보다도 그 깨끗함에
놀란다. '아니! 인도에 이렇게 깨끗한 곳이 존재한다니!' 온갖 오물과 쓰레기,
그리고 거지들이 널려있는 길거리와는 너무나 딴판이다. 잘 관리된 정원수와
반듯반듯하게 조성된 인공 수로들은 그야말로 지상낙원의 모습 그 자체였다.
커다란 정문을 지나니 유유히 흐르는 강물을 뒤로한 채, 도도하게 서 있는
타지마할의 모습이 한눈에 들어온다. 1년을 넘게 여행을 해도 내가 내뱉는
감탄사는 여전히 달랑 "와우~!" 한 마디 뿐이다. 그래도 꽤 오랜만에 터져

나온 감탄사인 듯! 어느 정도 딱딱해져버린 내 심장에도 불구하고 머리를
강하게 내려친 듯한 충격을 받았다. 정말 예쁘고, 정말 멋지다! 커다란 돔형
지붕을 얹어놓은 하얀 대리석 무덤을 중심으로 동서남북 각기 네 방향으로
높다란 첨탑이 우뚝 솟아 있고, 양 옆에는 연한 다홍빛의 건물이 자리를 잡고
있었다. 완벽한 대칭을 이루고 있는 그 형상만 보더라도 당시 얼마나 정교한
건축기술을 가지고 있었는지는 충분히 짐작할 수 있다.

타지마할은 조형미도 물론 뛰어나지만 가까이 다가가서 자세히 들여다보면
건물 내외 벽에 정교하게 새겨진 조각의 섬세함에 또 한 번 놀라게 된다. 오랜
기간 정성을 다해 대리석을 파내고 그 안에 루비며 에메랄드·진주·사파이어
등 색색의 보석을 박아 넣어 장식을 한 그 모습은 마치 우리나라의 상감
기법과 꽤 비슷한 느낌을 준다.

타지마할에 들어선 시각이 대략 새벽 7시 반, 꽤 이른 시각임에도 불구하고
벌써부터 많은 사람들이 여기저기 눈에 띈다. 역시 세상 어딜 가더라도
부지런한 사람들은 있는 법! 그들 틈에 끼어 바쁘게 플래시 버튼을 눌러댄다.
그 중에서도 몇 군데 중요한 사진 찍기 좋은 포인트가 있는데 가장 유명한
곳은 '다이애나 포인트'로 고 다이애나 왕세자비가 인도를 방문했을 때 이
벤치에 앉아서 사진을 찍었다고 한다. 아름다운 타지마할과 연못이 한 눈에
들어오는 좋은 자리인 만큼 이미 사진사들과 관광객들이 진을 치고 줄을 서서
기다리고 있을 정도였다. 이런 기회를 놓칠 수야 없지! 치열한 자리쟁탈전을
거쳐 나 역시 다이애나 왕세자비가 앉았던 바로 그 자리에 앉아 멋진 사진 한
장을 건질 수 있었다.

막상 그렇게 기대했던 타지마할을 보고 나니 왠지 인도를 다 본 것만 같은
기분이 든다. 긴장이 풀어지면 자칫 잘못할 경우 사고가 생길 수도 있는 법!
다시 한 번 마음을 다잡고 다음 목적지인 인도의 수도 델리로 향한다.

인도의 수도, 델리의
빠하르 간즈에서…

이곳은 인도의 수도 **델리**, 거기서도 델리를 찾는 모든 여행자들이 모이는
여행자들의 거리 **빠하르 간즈**라는 곳이다.

겨우 도착한 델리 빠하르 간즈의 첫 인상은 한마디로 난장판이다. 떼 지어
아무렇게나 철푸덕 앉아 있는 소들, 빈틈이 보이지 않을 만큼 빼곡하게
널려있는 쓰레기 더미들, 밤만 되면 야수로 변해버리는 길거리 개떼들까지…….
질서, 혹은 공중도덕이라고는 도대체 눈 뜨고 찾아볼 수 없는 혼돈의 소용돌이
속에서, 그 나름대로 도시의 밤은 흐느적거리며 잘도 흘러간다. 하루 종일
돌아다니다 숙소로 돌아와 코를 풀면 까만 검댕이 잔뜩 묻어나올 정도로
탁한 공기가 가득 찬 골목골목, 꾸역꾸역 배어나오는 인파들의 행렬은 끊이질
않는다.

싸구려 숙소에 짐을 푼다. 벽에는 몇 마리인가 작은 도마뱀들이 붙어 있고,
침대 시트는 눅눅한 습기에 쩔어 퀴퀴한 냄새가 날 지경이지만 무리한 일정에
쫓겨 젖은 행주 마냥 잔뜩 피곤에 찌든 몸뚱아리는 침대에 몸을 눕히자마자
정신없이 달콤한 꿈 속으로 빠져든다.

하지만 델리는 넓었고, 빠하르 간즈는 가난한 여행자들만이 모여드는 거리였다.
오토릭샤를 잡아타고 불과 몇 분만 달려가도 이름만 대도 알만한 명품관이
주르륵 널려있는 커다란 백화점이 있는가 하면, 사설 경비업체 직원이 정문을
지키고 있고, 높은 담장 옆으로는 외제차들이 즐비하게 서 있는 으리으리한
저택들도 심심치 않게 찾아볼 수 있다. 카스트라는 얄궂은 계급 제도 아래

형성된 최상류층과 극빈층 간의 극심한 빈부격차는 오늘날 인도가 안고 있는 가장 커다란 사회문제 중의 하나다. 물론 공식적으로 카스트 제도는 진작에 인도에서 사라졌지만 인도인들의 생활 습관 속에 뿌리 깊게 박혀 있는 카스트 계급 제도의 정신은 절대로 지우려야 지울 수 없는 것이기에 그냥 받아들이는 수밖에 없다. 현세의 삶에 만족하고 묵묵히 살아간다면 내세에 좀 더 나은 계급으로 다시 태어날 수 있다는 윤회의 고리, 쳇바퀴 돌 듯 발전 가능성 없는 현실의 삶 속에서 마치 인도의 시간은 멈춰있는 것만 같다.

델리는 그다지 화려한 볼거리가 있는 곳은 아니다. 그저 빠하르 간즈의 시끌벅적한 분위기 속에 젖어들어 골목골목에 숨어있는 맛있는 인도식 수제 요구르트 라씨도 사 먹고, 한국식당인 '인도방랑기'에 들려 삼겹살에 소주 한 잔 곁들이는 재미가 제법 쏠쏠할 뿐이다. 인도 여행을 시작하는 이들과 인도를 떠나는 이들이 한자리에 모여 서로 정보를 교환하고, 때로는 동행을 구하기도 하면서 서로의 아쉬움을 달래는 묘한 분위기가 형성되어 있는 곳. 그것이 바로 델리의 빠하르 간즈가 가지고 있는 최고의 매력이라고 할 수 있다.

델리 관광에 나선다. 가장 먼저 찾은 곳은 **인디안 게이트**Indian Gate, 인도문, 델리 한복판에 자리 잡고 있는 커다란 석제 조각품으로서 파키스탄과의 전쟁에서 순국한 군인 장병들의 이름이 빼곡하게 새겨져 있다. 특히 저녁 무렵 이곳을 찾으면 아름다운 조명이 인도문을 밝게 비추고 있는 환상적인 광경을 볼 수 있고, 멀리 대통령 궁까지 이어지는 광장 주변으로는 여기저기서 가족들끼리 옹기종기 이야기를 나누고 있는 수많은 델리 시민들을 만날 수도 있다.

그런가 하면 국립현대미술관도 빼놓을 수 없는 곳 중의 하나다. 솔직히 처음에는 그저 오랜만에 그림들을 보면서 잠시나마 북적거리는 델리 시내를 잊고 평화로움을 맛보고자 가벼운 마음으로 찾아갔던 곳이었는데 이게 웬걸, 예상을 깨고 그림·조각품·설치 미술품들을 전부 포함한 수준 높은 작품들이 엄청나게 많이 전시되어 있었다. 시대별· 작가별 인도 근대 회화의 역사를 한눈에 파악해 볼 수 있었던 좋은 기회였던 것 같다.

그 외 붉은 성, 찬드니 촉, 바하이 사원 같은 한 번쯤 가볼 만한 곳들이 남아있긴 하다만 다음 기회로 패스! 지금 내게는 그런 것들보다는 차가운 맥주 한 잔이 더욱 간절하다.

예쁘게 조명 받은 델리의 상징 인디안 게이트 앞에서

요가의 본고장
리쉬케쉬를 찾아가다

"인도를 생각할 때 가장 먼저 떠오르는 것은?"

누군가 이런 질문을 던지면 내 머리 속에서는 '요가Yoga'라는 단어가 떠오를
것 같다. 다른 사람들도 비슷하지 않을까? 그만큼 수천 년간 인도 땅에서
뿌리를 내리고 대대손손 전해 내려온 요가야말로 인도를 대표하는 상징이자,
정신이라고 할 수 있을 것이다. 이곳 **리쉬케쉬**는 바로 그 요가의 본고장으로서,
지금 이 순간에도 요가를 배우기 위하여 세계 각지에서 수많은 사람들이
몰려들고 있는 곳이기도 하다.

리쉬케쉬는 인도 델리에서 북동쪽으로 약 12시간 동안 꼬박 버스를 타고
달려야만 도착할 수 있는 산골 마을이다. 그야말로 물 좋고, 공기 좋고, 산세가
좋아 조용히 요가를 수행하기에 좋은 천혜의 자연 조건이 갖추어 진 곳이기도
하다. 하지만 지금은 너무나 많은 관광객들이 찾아 들어 북적거리고, 갖은
상술이 판치는 어정쩡한 관광지가 되어버렸다. 거기에 마리화나·해시시 같은
마약을 쉽게 구할 수 있고, 마음껏 즐길 수 있는 곳이라는 이상한 소문까지
퍼져 세계 각지의 마약 중독자들까지 모여들고 있다니 안타까울 따름이다.

요가는 본래 육체와 정신을 다스리기 위한 수련법이었다고 한다. 요가의
역사는 5천 년 전으로 거슬러 올라가는데, 양식화된 자세에 심호흡과 명상이
결합된 것이 특징이라고 할 수 있다. 요가의 어원은 산스크리트어로
"결합하다"라는 뜻을 가지고 있고, 요가의 궁극적인 목적은 인간의 영혼과
삼라만상의 기가 합일을 이루는 것이다. 인도의 역사, 그리고 힌두교의 역사와

뿌리를 함께 하면서 오랜 세월동안 그 한결같은 형태를 잃지 않고 전해져
내려온 요가는 인도인의 삶과 '결합'한 채로 그 생명력을 유지시켜 왔던
것이다.

인도 본토의 요가는 명상과 호흡법이 50% 이상을 차지할 정도로 우선 마음을
다스리는 것에 큰 비중을 두고, 천천히 점진적으로 몸의 자세를 바꿔가는
단계를 밟아가는, 일종의 종교와도 같은 자기 수련법이었던 것 같다.

리쉬케쉬는 충분히 매력적인 마을이었다. 아침 일찍 일어나 옥상에 올라가보면
여기저기에서 폭신한 매트리스 한 장을 바닥에 깔고 가부좌를 튼 채
명상에 잠겨 있는 사람들을 쉽게 만날 수 있다. 또한 마을 곳곳에는 수많은
아쉬람요가를 배우기 위한 수련원들이 있어 언제 어느 때나 쉽게 요가를 접할 수
있다. 나 역시 그저 잠시 참관하고자 들어갔던 아쉬람에서 본의 아니게 붙잡혀
약 2시간에 걸친 혹독한 요가 수업을 들은 뒤, 근 일주일간은 온몸에 알이
배겨 제대로 걸어 다니지도 못할 만큼 통증에 시달려야만 했다. 그 과정을
겪은 후에야 비로소 '아~ 요가는 역시 내겐 너무나 멀고 먼 당신이구나~!'

아시아

리쉬케쉬에서 만난 귀 파주고 돈 받는 사내

라는 걸 뼈저리게 느낄 수 있었다. 모든 일에는 충분한 준비 운동과 정신
자세가 필요하다는 것을 똑똑히 배울 수 있었던 좋은(?) 기회였던 것 같다.
그 뿐 아니라 리쉬케쉬에는 요가 말고도 여러 가지 다양한 볼거리들이 산재해
있었다. 매일 밤 해질 무렵, '람 줄라'라는 아랫마을 강가의 가트에서 열리는
푸자는 바라나시의 그것과는 또 다른 색깔을 가지고 있었다. 코브라가
조각되어 있는 횃불을 이용한다던지, 시바신을 경배한다던지 하는 건
비슷했지만, 여러 명의 나이 어린 브라만 사제들이 한자리에 모여 푸자에
참여하는 모습 등은 바라나시에서는 볼 수 없었던 색다른 모습이었다. 또한
리쉬케쉬는 여름 동안 히말라야 산 속에 들어가 수행을 하면서 하안거夏安居를
지냈던 힌두교 사두들이 내려와 겨울을 나는 곳이기도 해서 거리 곳곳에서
많은 사두들을 볼 수 있었다. 아마도 그들이 있었기에 리쉬케쉬가 요가의
본고장으로서 지금까지 명맥을 유지할 수 있었을 것이라는 생각을 조심스레
해 본다.

달라이 라마의
설법을 듣다

덜컹덜컹 낡은 버스를 잡아타고 칠흑 같은 북인도 밤의 산길을 달려간다. 분명 길 한쪽 옆으론 깎아지른 낭떠러지임이 틀림없겠지만 천만다행으로 사방팔방 불빛 하나 찾아볼 수 없음에 하염없이 쏟아져 내려오는 잠만 깊이 청할 뿐이다.

새벽 5시가 조금 넘어서야 도착한 **맥그로드 간즈**, 이른 일출에 푸르스름한 새벽녘의 버스정류장에는 거리의 개떼들만이 어슬렁거리고 있다. 흠뻑 피곤에 젖은 몸을 이끌고 몇 군데를 돌아다닌 끝에 간신히 방을 하나 잡고 몸부터 뉘어본다.

한두 시간쯤 선잠이 들었었나? 창밖으로 시끌시끌 분주한 발걸음 소리가 들려온다. 시계는 아직 오전 8시 반에 머물러 있지만, 졸린 눈을 억지로 비비고 슬리퍼를 질질 끌며 밖으로 나서본다. 분명 이른 시간임에도 불구하고 거리에는 꽤 많은 인파가 모여 있다. 무슨 일인가 싶어 그들 사이를 기웃기웃해 보지만 별다른 감이 잡히지 않는다. 그저 사람들의 눈이 유난히 초롱초롱한 기대감에 가득 차 있다는, 그저 누군가를 기다리는 듯한 냄새가 풍겨질 뿐이다. 알고 보니 오늘이 바로 달라이 라마가 몇 달간의 아시아 순방을 끝내고 돌아오시는 날이란다! 골목을 가득 메우고 있던 인파는 달라이 라마의 무사귀환을 환영하기 위해 새벽나절부터 이제나 저제나 목을 빼고 기다리고 있던 것이었다.

아무리 생각해도 난 참 운이 좋은 것 같다. 어떻게 이날에 딱 맞춰서 맥그로드

달라이 라마의 귀향을 기다리고 있는 사람들. 흰 천은 환영의 의미를 담고 있다.

간즈에 도착할 수 있었을까? 나도 그들 틈 속에 끼어 3시간을 넘게 기다린 끝에 거의 11시가 다 된 무렵, 마을 입구 쪽이 웅성웅성해지면서 순간 달라이 라마가 탄 승용차가 획 하고 지나가는 것을 볼 수 있었다. 찰나의 순간이었지만 차창 밖으로 비친 달라이 라마의 모습은 TV 같은 대중매체에서 보아왔던 그 모습과 똑같았다. 바로 살아있는 신의 모습이었다.

티벳에서 달라이 라마는 특별한 존재로서 추앙받는다. 현재 달라이 라마는 14대째 대물림되어 내려온 것으로 전대의 달라이 라마가 열반에 들게 되면, 티벳 불교의 고승들로 이뤄진 검증단이 중국 각지의 마을을 돌며 새롭게 환생한 달라이 라마를 찾는 작업에 들어간다고 한다. 지금의 달라이 라마는 불과 3살에, 환생한 달라이 라마로서 검증을 받았는데, 그 증거로 말을 처음 배울 때부터 자신의 부모에게 하대를 했으며, 13대 달라이 라마가 사용했던 물건들을 고스란히 기억해냈다고 한다. 실로 불가사의한 일이 아닐 수 없지만, 세상에는 꼭 과학적인 사고로 이해되는 일들로만 이루어져 있지는 않은 법! 솔직히 살아있는 신이라면 그 정도 도력(?)은 보여줘야 하는 게 아닌가 하는 생각만 실없이 떠올려볼 뿐이다.

이왕 이렇게 된 거 다음날 달라이 라마의 티칭에 접수까지 끝마쳤다. 솔직히 달라이 라마를 실제로 뵙는 것만으로도 감개무량할 텐데, 눈앞에서 직접 가르침을 전수받다니! 이런 기회를 놓친다면 평생 후회하게 될 것 같아 어렵게 일정까지 연기하면서 눌러앉았다.

새벽 7시부터 줄을 서서 입장한 달라이 라마의 티칭은 소문 그대로 단순히 불교 하나에 얽매이지 않은 범종교적인, 범세계적인 가르침이었다. 비록 언어의 차이가 있을지언정 달라이 라마의 목소리와 몸짓 하나하나에서 세계인에 대한 깊은 애정을 느낄 수 있었고, 가끔씩 유머를 섞어 차분하게 말씀하시는 가운데에도 좌중을 압도하는 강한 카리스마가 전해졌다. 약 2시간에 걸친 가르침이 끝난 뒤, 각국에서 몰려든 사람들 하나하나에게 얼굴 가득 함박웃음을 담아 건네주실 때에는 나도 모르게 머리를 조아릴 수밖에 없었다. 비록 내가 불교도는 아니었지만 깊은 영감을 받았던 묘한 경험이었다.

맥그로드 간즈는 현재 티벳의 망명정부가 세워져 있는 곳이다. 탱크를 앞세워 무력으로 티벳땅에 쳐들어온 중국군을 피해 지금 이 순간에도 수많은 티벳의 어린 소년소녀들이 목숨을 걸고 험난한 히말라야 산맥을 걸어서 넘어오고 있다고 한다. 실제로 많은 수의 아이들이 산속에서 길을 잃거나 살을 에는 추위 속에 얼어 죽고 있는 현실 속에서 달라이 라마를 위시한 티벳 사람들은 오로지 하나, 조국의 독립만을 염원하며 비폭력, 무저항의 운동을 이어 나가고 있는 실정이다. 나라를 잃는 것이 어떤 고통인지 그 어느 나라보다도 잘 알고 있는 대한민국의 국민으로서 하루라도 빨리 티벳의 독립이 이루어지기를 간절히 기도해 본다.

시크교의 성지 암리차르에서
황금사원을 보다

여기는 시크교의 성지, **암리차르**라는 곳이다. 인도인의 70%를 차지하는 힌두교, 20%를 차지하는 이슬람교 외에 비록 극히 소수이지만 결코 무시할 수는 없는 파워를 지니고 있는 것이 바로 시크교도들이라고 한다. 인도의 오랜 역사 속에서 주류를 이루는 힌두교도들에게 갖은 박해를 당하기도, 때론 철저하게 이용당하기도 하면서 스스로 점차 전사의 이미지를 만들어 온 것이 사실이지만, 본래 시크교는 인도인들의 정신 속에 뿌리 깊게 박혀있던 카스트 계급제도의 차별을 철폐하고 살생을 금하는 평화로운 종교로서 생겨났다고 한다.

시크교도들은 확실하게 구분된다. 사시사철 언제나 굵게 또아리를 틀어 올린 터번을 쓰고 수염을 덥수룩하게 기른 사람들, 그리고 겉으로도 확연한 차이를 보일만큼 왜소하고 까무잡잡한 토종 인도인들에 비해, 상대적으로 덩치가 크고 눈에 뜨일 정도로 잘생긴 사람들은 십중팔구 시크교도들이다. 어쩌면 그렇게 다른 외모를 지녔기에 인도 초대 수상의 딸인 네루 간디를 암살했다는 오명을 뒤집어쓰고 시크교도들의 정신적 스승이었던 나락이 힌두교도들의 돌팔매에 맞아 죽는 수모를 겪었는지도 모른다. 하지만 지금까지도 그들은 꿋꿋이 살아남았고 오히려 그런 장점을 십분 발휘해 정·재계의 요직을 차지하고 떵떵거리며 살아가고 있다.

암리차르에 가까워지면서 확실히 동네 분위기가 많이 다르다는 것이 느껴지고 있다. 길거리를 오고가는 사람들을 비롯하여, 상인들이며 심지어

릭샤꾼들마저도 대부분이 터번을 두른 채 생활하고 있는 것을 볼 수 있었다.
실로 시크교의 성지에 도착했다는 실감이 날 정도다. 가이드북에 의하면
이곳에서 릭샤를 잡아탈 때에는 반드시 시크교도들이 운행하는 릭샤를
잡으라고 쓰여 있다. 왜냐하면 암리차르가 시크교도들의 성지이기 때문에
적어도 이곳에서만큼은 시크교 릭샤꾼들이 사기를 칠 가능성이 낮고, 또한
자신들의 성지를 찾아와주는 이방인들에 대한 고마움의 표현으로 가끔씩
요금을 받지 않는 경우도 있기 때문이란다. 한편으론 유용한 팁일 수도 있겠다
싶다.

암리차르에 도착하자마자 황금사원을 찾아간다. 깨끗하게 가꿔진 인공호수
한가운데에 고고하게 서 있는 황금 사원은 암리차르의 상징이자 시크교도들의
자존심이라고 할 수 있다. 외국인이자 타 종교인으로서 이 사원을 구경하기
위해서는 입구에서 신발을 벗고 무엇을 사용하든 머리카락을 가려야만 한다.
솔직히 귀찮은 감이 없진 않지만 로마에 가선 로마법을 따르는 게 당연한

연못 한가운데 고고한 자태를 뽐내고 있는 황금사원

일이듯 황금사원을 구경하기 위해선 어쩔 수 없이 따라야만 하는 통과의례인
것이다.

정문을 지나니 주위가 확 밝아오면서 눈앞에 황금사원이 펼쳐진다. 옥상까지
총 3층으로 설계된 사원의 외벽은 빈틈없이 황금으로 뒤덮여 있다. 나중에 알고
보니 지붕 부분만 진짜 황금으로 되어 있고 다른 데는 도금이란다. 인도 전역에서 몰려든
시크교도들과 관광객들로 인해 사원 주변은 인산인해를 이루지만 그야말로
신성한 성지답게 그 어느 누구도 소란을 피우거나 하는 사람은 없다. 오히려
전체적으로 차분한 분위기 아래 조용하게 사원을 둘러보는 사람들로 인해
나도 모르게 경건함마저 느껴질 정도다.

사원 안에는 사제로 보이는 이가 소리 내어 경전을 읽고 있고, 그 주변으로는
신도들이 둘러싸고 앉아 추임새를 넣어가며 함께 의식을 진행하고 있다. 내가
받은 느낌을 말하자면 왠지 모르게 조금은 자유로워 보인다는 생각이 들었다.
사원 구석구석 그늘마다 뜨거운 햇살을 피해 낮잠을 청하는 사람들도 보였고,
사원 외벽 밖에는 무료 급식소와 여행자를 위한 무료 숙소가 구비되어 있어
언제나 열린 마음으로 이방인을 환영한다는 모습이 엿보였기 때문이다.

이곳이 바로
우다이뿌르다!

북인도 여행을 대략 마치고 델리를 기준으로 이젠 인도 서부 쪽을 여행할
차례다.

라자스탄 주로 대표되는 이곳은 예로부터 마하라자라는 지역 군주가 통치하는
형태로서 맥을 이어오고 있다. 마하라자가 그 지역에서 가지고 있는 힘은
절대적이어서 강한 지배력을 바탕으로, 실로 왕과 같은 권세를 누렸다고 한다.
현재 공식적인 마하라자는 모두 폐지되어 없어졌다고 하지만 마치 카스트
제도와 같이 인도인의 정신 속에 여전히 살아있어 왕족들은 지금까지도
상징적으로나마 남아 있다. 일례로 불과 수년 전에 있었던 도지사 선거에
예전 마하라자가 출마하자 상대 정당의 모든 후보들이 자의로 사퇴를 했다고

라자스탄의 전통무용 공연

우다이뿌르 골목길을 누비던 코끼리

한다. 그 이유가 선거에서 이길 자신이 없어서가 아니라, 자신들이 어떻게
감히 마하라자에 맞설 수 있겠느냐 라는 것이었다니 가히 예전 마하라자의
지배력이 어느 정도였는지 짐작해볼 만하다.

우다이뿌르는 라자스탄 주 중에서도 유일하게 아직까지 마지막 마하라자가
살아있는 곳이다. 예전부터 우다이뿌르의 마하라자만은 독특하게도 "마하라자
중의 마하라자"라는 의미로서 "마하라나"라는 명칭을 사용했다고 한다. 때문에
이곳에서는 동네사람과 웃으며 이야기를 나누다가도 마하라자라는 용어를
사용하면 대번에 정색을 하며 마하라나라는 용어로 바꾸어 줄 만큼 그들이
가지고 있는 자부심과 존경심은 대단하다.

그것 말고도 우다이뿌르는 라자스탄 주에서 가장 아름다운 곳으로 유명하다.
마을을 관통하는 피촐라 호수를 따라 높다랗게 우뚝 솟은 시티펠리스와 인공
섬을 조성하여 그 위에 지어놓은 5성급 호텔 레이크 펠리스는 인도 내에서도
명소 중의 명소로서 손꼽히고 있다. 거기에 특히 내가 며칠간 묵었던 하누만
가트 게스트 하우스의 옥상에서 바라보는 우다이뿌르의 모습, 특히 석양이 질

때의 모습은 그 어떤 풍경과 비교해 봐도 절대 빠지지 않을 것이라고 자신할
수 있다. 한없이 로맨틱하고 낭만적인 냄새를 풍기고 있는 곳, 그 곳이 바로
우다이뿌르다.

이른 새벽 책 한 권을 옆구리에 끼고 가트에 가 앉았다. 벌써부터 호숫가에는
빨랫감을 들고 연신 철벅거리고 있는 아낙네들이 나와 있고, 그 옆에는
예닐곱쯤 되어 보이는 조촐한 가족들이 끊임없이 까르르 웃음보를 터트려
가며 목욕을 즐기고 있다. 멀리서는 동편으로 말갛게 해가 떠오르는 더없이
평화로워 보이는 광경, 그 속에서 난 혼자 책장을 넘기고 있다. 외롭지만
외롭지 않고 처량하지만 처량하지 않다.

다음날은 오전부터 서둘러 우다이뿌르에서 2시간 거리에 있는 자인교 사원을
찾았다. 자인교는 힌두도 아닌, 이슬람도 아닌 극도의 무소유와 불살생을
추구하는 소수 종교 중의 하나다. 자인교 신자들 중 오랜 시간 동안 수행을

자인교 신전의 웅장한 모습

하나하나 조각된 모양이 전부 다른 2,400개의 기둥들

쌓아 깨달음을 얻은 사람들은 탁발을 위한 밥그릇과 최소한의 옷조차 거부한
채 나체로 생활을 하는 이들도 있다고 한다. 이곳에 있는 자인교 사원은
인도 내에서 가장 규모가 크기도 하지만 또한 사원 내부에 있는 2,400개의
기둥똑같은 기둥은 하나도 없다고 한다.으로도 유명하다. 과연 듣던 대로 사원 내외
벽을 장식하고 있는 조각들과 2,400개의 기둥은 하나하나 그 섬세함이 말할
수 없을 정도로 정교했다.

좀 더 진득하게 머무르고 싶어지는 곳, 그저 멍하니 앉아 뜨고 지는 해만
바라봐도 행복할 것만 같은 곳, 그곳이 우다이뿌르다.

우리나라에 의자왕이 있다면
인도에는 기야스 웃 딘 대왕!

너무 예쁘고, 너무 아기자기해서 정이 흠뻑 들었던 디우를 거쳐 만두라는
도시로 향한다. 나름대로 오랜 여행 기간 동안 놀라움, 기쁨, 설레임 같은
감정들에는 꽤나 많이 익숙해져 있었다고 생각했는데, 아무리 해도 이
아쉬움이란 감정만은 어찌할 도리가 없는 것 같다. 다음을 기약하며 기분 좋게
떠나야 한다는 건 누구보다 잘 알지만 그게 참 어려운 듯. 역시 난 위대한
여행자가 되기에는 아직 부족한 것 같다.

만두로 향하는 멀고 먼 길. 버스를 갈아타기 위해 잠시 들른 **아메다바드**라는
도시에서 어찌어찌하다보니 운 좋게도 한국 교민 댁에 머물 기회를 얻었다.
여행 중에 만난 독일 남자와 인연이 닿아 결혼에 골인하고, 현재는 인도에
거주하고 있는 손선주 씨. 그야말로 이상적인 국제결혼의 표본으로서 너무나
행복하게 살고 있는 그녀의 배려로 오랜만에 따뜻한 잠자리와 함께 맛있는,
정말 눈물 나게 맛있는 한식을 대접받을 수 있었다. 여행자의 두꺼운 낯짝을
무기로 꼬박 3일 동안이나 엉덩이를 뭉개고 앉아 있었으니 그저 고맙고, 또
고마울 따름이다.

산을 굽이굽이 몇 개나 넘어 간신히 도착한 **만두**는 예상외로 굉장히 작은
마을이었다. 이름은 최고로 화려한데 감히 호텔이라고 부르기에는 꽤나
수줍을 것만 같은 마하라자 호텔에 짐을 풀고, 탈탈거리는 자전거 한 대를
빌려 마을 구경에 나선다. 마을 한복판에 떡 하니 자리를 차지하고 있는 자미
마스지드 자미는 이슬람 사원인 모스크를 뜻하는 말이다.와 호상샤의 무덤은 솔직히

그리 비싸지 않았던 입장권마저 아깝다는 생각이 들 정도로 별로였다.
그저 대강대강 훑어보고 빠져나와 다음에 향한 곳은 기야스 웃 딘 대왕의
궁전! 별다른 정보도 없었고 그다지 큰 기대감도 없었기에, 한 봉지 가득
시타팔커스타드 애플을 사서 주렁주렁 자전거 핸들에 매달고 가볍게 찾아간
그 곳에서 그렇게 커다란 감명을 받게 될 줄은 진짜 꿈에도 몰랐다. 비록
오랜 세월동안 풍파에 맞서 싸우느라 지금은 볼품없이 무너져 내린 폐허에
불과했지만, 그 엄청난 규모와 함께 군데군데 조금씩 남아있는 아름다운
아치의 모습만으로도 당시 기야스 웃 딘 대왕의 힘이 얼마나 강대했는지
충분히 짐작하고도 남을 정도였다.
하지만 그중에서도 가장 내 관심을 끌었던 것은 바로 기야스 웃 딘 대왕의
목욕탕이었다! 한 가운데에서 솟아오르는 물줄기는 가로 세로 각각 20미터는
족히 되는 거대한 탕에 한 번 가둬지고, 흘러넘친 물은 좁은 수로를 따라

둘레를 둘러싸고 있는 더 큰 탕에 채워지거나 아니면 인공수로를 타고 목욕탕 밖의 아름다운 정원으로 빠져나가도록 설계되어 있었다.

일찍이 무굴제국의 왕이었던 기야스 웃 딘은 화려한 여성편력으로 유명했다고 한다. 자그마치 만 5천 명의 궁녀를 두고, 아름답기로 소문난 에티오피아 출신의 여성들로만 구성된 3,000명의 친위대를 따로 조직하여, 그 궁녀들을 모두 이끌고 이곳에 있는 목욕탕에서 함께 목욕을 즐겼다고 한다. 거대한 목욕탕이 한눈에 들어오는 성벽에 올라앉아 물끄러미 아래를 바라보고 있자니, 만 8천 명이나 되는 벌거벗은 여인들의 나신에 둘러싸인 기야스 웃 딘 대왕의 모습을 상상하는 것만으로도 심한 현기증을 느꼈다.

"아~ 우리나라에 의자왕과 삼천궁녀가 있었다면, 인도에는 기야스 웃 딘 대왕과 만 8천 명의 궁녀들이 있었구나!" 아마도 오늘 이후로 '나의 존경하는 인물 1위'가 의자왕에서 기야스 웃 딘 대왕으로 바뀔 것만 같다. 그의 존재 자체와 남다른 스케일, 그리고 강한 남성다움에 진심으로 찬사를 보내는 바이다.

화려한 여성 편력을 자랑하는 기야스 웃 딘 대왕의 목욕탕

2009.11.4 (수)

그리운 부모님을 만나
함께 인도를 여행하다!

가슴이 쿵쾅쿵쾅 뛰고 있다. 이제 슬슬 나오실 때가 됐는데……. 고개를 쭈욱
빼고 자꾸만 열리고 닫히는 자동문만 뚫어져라 쳐다보고 있다. 처음 뵈면 어떤
말부터 해야 하려나? "힘드셨지요?" 아니면 "여기까지 와 주셔서 감사합니다?"
글쎄, 그저 빨리 보고 싶단 생각뿐이다. 자꾸 손바닥에 땀이 차서 연신 바지에
문질러 닦는다.
그 순간! 아~ 저기 나오신다! "어무니~! 아부지~!"
지금은 뉴델리 공항 입국장. 자그마치 1년 하고도 2개월 동안이나 못 뵈었던
부모님과의 재회. 물론 화상전화를 통해 자주 소식을 전하곤 했지만 어디
직접 만나는 데 비할쏘냐? 근 한 달간 부모님과 함께 할 여행루트부터 숙소·
교통편·음식·안전에까지 하나하나 전부 계획하느라 머리가 지끈지끈 아플

지경이었지만 솔직히 하나도 힘들지 않았다. 그동안 스페인에서, 아프리카에서 몇 번이고 시도했던 부모님 동반 여행의 꿈이 드디어 이루어지고 있는 순간이기에 마냥 행복할 따름이다.

너무 반가워서 찔끔 눈물이 날 지경이다. 뜨거운 포옹을 나누고 표정 하나하나를 살핀다. 다행히도 아주 건강하신 모습. 그것만으로도 감사하다. 앞으로 열흘 동안 좋은 거 많이 보여드리고 맛있는 거 많이 드실 수 있도록 해드리리라 다짐해 본다.

바로 다음 날부터 바쁜 일정에 들어간다. 우선 빠하르 간즈 시장 통에서 인도 여행자풍의 옷가지와 아버지 어머니 커플 샌들을 샀다. 시커먼 먼지가 풀풀 날리고 사방에 더러운 오물이 널려있는 인도바닥을 제대로 여행하려면 편한 복장이 최고이기 때문이다. 그렇게 단단히 준비를 하고 나선 오토릭샤를 잡아타고 **바하이 사원**과 **인디안 게이트** 등 델리의 여러 볼거리를 찾아 나섰다. 끔찍하게도 많은 사람들과 떼 지어 다니는 거리의 동물들, 그리고 서슴없이 역주행을 하고 쉴 새 없이 울려대는 클락션 소리 등 그야말로 지옥을 방불케 하는 무질서한 도로 위에서 부모님은 적잖이 충격을 받으신 듯하다. 결국 어머니는 인도에 오신지 불과 3일 만에 우황청심환을 드셔야 했다. 하지만 어쩌랴? 그것이 바로 인도인 것을! '적응'하는 수밖에 도리가 없다. 타지마할을 보기 위해 미리 준비해둔 투어리스트용 자가용을 타고 아그라로 향했다. 물론 난 이미 한 번 와 봤던 곳이긴 하지만 워낙 그 아름다움이 출중하기에 앞으로 몇 번이라도 더 볼 수 있을 것만 같다. 타지마할에서 재미있는 사진도 찍고, 아버지·어머니와 함께 팔짱 끼고 나란히 걷는 재미도 제법 쏠쏠하다.

그리웠던 부모님

멋진 광경을 보고 신기해하시는 부모님의 표정을 보는 것만으로도 흐뭇하고, 이렇게 인도까지 모시길 정말 잘 했다는 생각이 절로 든다. 하지만 부모님의 마음은 나와 조금은 다른 듯하다. 오랜 기간의 여행길에서 부쩍 커버린 아들의 건강한 모습을 직접 보고 확인한 것만으로도 이곳까지 온 목적의 80%는 이루었다는 말씀을 하시며 뿌듯해 하신다. 언제 그렇게 영어 실력이 늘었냐고, 여행 중에 위험한 일을 겪지는 않았냐고, 혹시 아프거나 다친 적은 없었냐며 자꾸 아들의 안부를 물어보시는 그 모습 속에 하나 밖에 없는 아들을 진심으로 사랑하는 부모의 마음이 진득하게 묻어 나왔다.

그 모습을 보니 내가 해드릴 수 있는 건 별다른 게 없다는 생각이 든다. 그저 열흘간 마음 편하게 지내실 수 있도록 해드리는 것! 그것만이 아들로서 할 수 있는 최고의 효도가 아닐까 싶다. 과연 부모님은 이런 아들의 마음을 알고 계시려나?

푸쉬카르에서의 낙타 사파리,
그리고 부모님과의 이별…

강행군이 계속된다. 스케줄이 너무 빡빡하면 몸이 피곤해져서 제대로 보지도
못하고 그야말로 '찍고 찍고' 이동하는 수박 겉핥기식의 여행이 되기 쉽다.
하지만 이왕에 멀리까지 온 거 하나라도 더 보고 가야 한다는 강박관념
속에서 어쩔 수 없이 바쁘게 움직여야만 하는 안타까운 딜레마는 여행
내내 끊임없이 괴로움을 주기 마련이다. '조절'과 '균형'이야말로 여행자들이
갖춰야만 하는 가장 어려운 숙제인 것이다.
바라나시에서 비행기를 타고 델리 공항에 내리자마자 게이트 앞에서 대기하고
있던 자가용에 올라 근 여섯 시간 동안 자이뿌르로 향했다. 말할 수 없이
피곤한 일정이긴 하지만 도저히 선택의 여지가 없었기에 황금보다도 소중한
시간을 줄이기 위한 눈물겨운 노력이 계속될 뿐이다.

자이뿌르의 별명은 '핑크시티'다. 왜냐하면 도시의 모든 건물들이 핑크색, 굳이 따져서 얘기하자면 선명한 핑크라기보다는 불그스름하다거나 연분홍빛의 색깔이 정확할 듯 하지만, 어쨌든 그런 색깔들로 칠해져 있기 때문이다. 그것이 색깔이거나 건물의 모양이거나 그런 건 아무래도 좋다. 어떤 도시가 하나의 특색을 가지고 있다는 건 분명히 좋은 일이다. 관광자원으로도 손색이 없고, 그 도시에 살고 있는 주민들 역시 자기 마을에 대한 자부심을 가질 수도 있기에 일석이조의 효과를 얻을 수 있는 것이다. 이런 면에서 볼 때, 우리나라의 도시들은 과연 어떤 색깔을 가지고 있는지 한 번 생각해 볼만하다. 자이뿌르는 그야말로 핑크시티다웠다. 골목마다 핑크색의 물결이 넘치고 있었다면 너무 과장이려나? 어찌됐건 대다수의 건물들은 하나의 핑크색으로 칠해져 있어 보는 이의 눈을 편안하게 만들어 주었다. 따뜻한 느낌이 드는 곳, 핑크시티 자이뿌르의 첫 느낌은 그랬다. 대표적인 볼거리인 시티팰리스와 하와마할을 구경하고 코끼리도 탔다. 예상 외로 코끼리의 등이 너무 높고 이리저리 흔들리는 바람에 현기증이 날 지경이었지만 그럭저럭 경험삼아 타볼 만했다. 그리고 나서 한국인 여행자들 사이에선 바라나시의 블루라씨와 맞먹을 정도로 유명하다는 자이뿌르의 라씨도 챙겨먹고, 자이뿌르가 한눈에 내려다보이는 언덕 위에 위치한 암베르 성도 방문했다.

다음 일정은 **푸쉬카르**. 세계적으로 유명한 낙타축제가 열리는 곳이기도 하다. 일 년에 한 번씩 푸쉬카르에는 인도 각지에서 모여든 낙타 몰이꾼들과 그들이 끌고 온 낙타들, 그리고 낙타를 사기 위해 온 사람과 그런 모습을 구경하기 몰려든 관광객들로 인해 인산인해를 이루게 된다. 축제 기간에는 푸쉬카르의 방값이 열 배도 넘게 치솟는다고 하니, 그 규모가 얼마나 큰지 충분히 짐작이 가고도 남을 것이다. 하지만 안타깝게도 축제는 일주일 전에 끝이 났고, 물론 축제를 보고 싶은 마음이야 굴뚝같았지만 스케줄상 도저히 방도가 없어서 눈물을 삼키고 포기해야만 했다.

낙타 축제 대신 부모님과 함께 택한 건 낙타 사파리. 낙타를 타고 푸쉬카르를

출발해 인근 사막지역으로 들어가 일몰을 보면서 저녁을 지어먹고 나오는 당일치기 코스다. 모로코의 사하라 사막에서 낙타를 타고 사막 사파리를 했던 경험이 있는지라 낙타 타는 게 그다지 쉬운 것이 아니라는 건 이미 알고 있었다. 솔직히 부모님이 하시기에는 조금 위험하기도 해서 적지 않은 고민을 했건만 이게 웬걸? 나보다도 훨씬 더 능숙하게 낙타를 타시는 게 아닌가? 오히려 함께 모래 언덕에 올라가 멋진 일몰도 감상하고 사막 유목민들의 전통 댄스도 함께 추면서 생생히 슬거워 하셨다. 굿 초이스! 이제 슬슬 부모님과의 작별의 시간이 다가오고 있다. 물론 2개월 후 한국에서 다시 만날 수 있겠지만 함께했던 여행이 끝날 때가 다가오면서 지난 열흘 동안 잘 못해 드린 것 같아 큰 아쉬움만 남는다. 부모님의 일정이 조금만 길었더라면, 조금 더 날씨가 좋을 때 오셨더라면, 인도가 아닌 조금 더 깨끗한 나라에서 만났었더라면……. 하지만 전부 다 부질없는 핑계일 뿐, 아들로서 부모님의 마음을 조금 더 편하게 해드리지 못했던 점만이 안타깝고 죄스럽다. 과연 다음 기회가 얼마나 빨리 찾아 올는지 장담할 순 없지만, 부디 부모님과 함께하는 다음 여행에는 이번 경험을 토대로 삼아 훨씬 나은 여행을 하리라 다짐해 본다.

자유와 젊음이
꿈틀거리는 곳, 고아

젊음·자유·바다·해변·선남선녀들·파티·술·마약……. 이 단어들이 서로
꿈틀꿈틀 뒤엉켜 떠다니는 곳, 여기가 바로 **고아**다!
'진정으로 즐길 줄 아는 여행자' 조영광은 인도의 서쪽, 뭄바이에서도 기차를
타고 밑으로 꼬박 하룻밤을 달려야 닿을 수 있는 곳, 인도에서 유일하게
인도가 아닌 곳, 고아에 와 있다. 현재 그 명성이 많이 사그라들긴 했지만 불과
몇 년 전까지만 하더라도 고아는 일 년 사시사철 전 세계의 모든 '자유로운
영혼'들이 모여드는 지상에 마지막 남은 낙원으로서 동경의 대상이었다. 특히

크리스마스가 다가오는 12월에는 평일, 주말 할 것 없이 매일 밤 파티가
열렸고, 누드비치에는 그야말로 실오라기 하나 걸치지 않은 나신들의 향연이
펼쳐졌다고 한다. 하지만 조용한 시골마을이었던 곳에 많은 사람들이 모여들게
되면서, 그로 인한 환경파괴·오염문제·소음·성폭력, 심지어 마피아가 개입된
살인사건까지 여러 가지 문제들이 발생하면서 고아는 점차 그 화려했던 빛을
잃어가고 있는 중이다.
그래도 놀던 가락이 있지! '끼'라는 게 한 순간에 사라질 수는 없는 법!
비록 많이 죽었다고는 하더라도 내가 찾은 고아는 충분히 화려했고, 신나고,
유쾌했다.
고아에서의 하루는 굉장히 단조롭다. 느지막이 일어나 눈곱도 떼지 않은
부스스한 얼굴로 스쿠터를 타고 해변으로 향한다. 넓게 펼쳐진 얕은 바닷물의

잔잔한 파도 속에 몸을 담구고 한두 시간쯤 해수욕을 즐긴 뒤, 모래사장에 아무렇게나 널브러져 못다 이룬 늦잠을 청해 본다. 그러다 점심 때가 되면 어기적어기적 해변 앞에 있는 바에 들어가 푸짐한 샌드위치와 함께 시원한 생맥주 한 잔으로 허기를 채우고, 오후에는 책을 읽거나 인근 마을 구경에 나서기도 한다. 뉘엇뉘엇 해 질 무렵에는 석양이 그림같이 펼쳐지는 이스라엘 레스토랑에 들어가 얇은 밀전병에 신선한 야채와 함께 쇠고기 찹스테이크를 채워 넣은 요리를 먹으며 붉은 와인 한 잔을 곁들인다. 밤에는 그날그날 특별한 파티가 열리는 클럽을 찾아 마치 호롱불에 모여드는 불나방들 마냥 수없이 모여든 '리얼 클러버Real Clubber'들과 함께 밤새도록 불타는 파티를 즐긴다. 일주일쯤 되면 능히 지칠 만도 하다만 '피로'나 '체력저하' 따위의 단어는 '고아 피플들' 사전에는 존재하지 않는 것 같다.

고아에는 먹거리도 풍부하다. 워낙 세계 각지의 사람들이 몰려드는지라, 그야말로 다양각색의 요리들을 맛볼 수 있는 것도 큰 장점이고, 해변에 위치한 탓에 신선한 해산물을 쉽고 값싸게 구할 수 있기도 하다. 내가 머무는 곳에서 약 5분 정도 거리에 있던 **차포라 항구**에는 매일 오후 5시부터 6시까지 조그맣게 생선시장이 열렸는데, 여기서는 팔뚝만한 새우와 함께 여러 다른 종류의 물고기들을 구입할 수 있었다. 여기서 사온 해산물들을 숙소로 가져와 아주머니한테 부탁하면 즉석에서 바로 구워주시는데 이게 또 별미 중의 별미다! 커다란 새우를 먹다 먹다 지쳐서 더 이상 못 먹을 지경까지 이르렀을 때의 기분은 그야말로 겪어보지 못한 사람은 절대 모를 것이다.

고아는 여러 개의 해변으로 이루어져 있는데 인도 현지인들로 바글바글
거리는 '칼랑굿Calangute'이나 '바가Baga' 같은 해변이 있는 반면, 주로 서양
사람들이 몰려드는 '안주나Anjuna', '아람볼Arambol' 같은 해변도 있다.
거기서 내가 택한 곳은 그 중간에 자리 잡고 있는 **바가토르Vagator**라는 작은
마을. 전체적인 분위기는 평화롭고 조용해서 쉬기에 딱 좋고, 저녁 때에는
양쪽으로 놀러가기 딱 좋은 천혜의 지리를 갖추고 있는 곳이다. 개인적으로
아주 맘에 든다.
고아에서 유명한 또 하나의 볼거리는 수요 마켓! 수요일마다 안주나 해변
안쪽의 커다란 공터에서 열리는 시장으로 그 규모가 상당하다. 집에 처박혀
있던 잡동사니들을 가지고 나와 쭈욱 펼쳐놓고 있는 사람들도 있고, 제법
수준이 높아 보이는 그림들을 그려서 파는 사람들, 심지어 이구아나나 뱀
같은 동물을 팔고 있는 사람들도 있다. 나 역시 거의 반쯤 혼이 나간 상태로
미친 듯이 구경하고 다니다가, 결국 빨간색 반바지 하나를 구입하는 쾌거(?)를
올렸다.
근 2주일간의 꿈같은 시간을 고아에서 보냈다. 이제 슬슬 인도를 떠나야 할
시간이 다가오고 있다. 기분이 묘하다.

테레사 수녀님의 가르침을 담고
인도야, 이젠 안녕!

"나는 한 번에 오직 한 아이만을 품에 안을 수 있습니다!"

이 말은 **캘커타**의 성녀 테레사 수녀님이 입버릇처럼 하시던 말이다. 세상에 아무리 딱하고 불쌍한 아이들이 많을지라도, 자신의 품에는 오직 한 아이만 안아서 정성껏 입히고 먹이고 해서 기력을 회복한 후에야 그 아이를 내려놓고 다른 아이를 안을 수 있다는 말, 결국 그 말은 봉사에 있어서 너무 큰 욕심을 부리지 말고 현재 자신이 할 수 있는 능력만큼 만이라도 최선을 다해 행하라는 말로 풀이될 수 있을 것이다. 아마도 거창한 마음가짐으로 봉사활동에 뛰어든 젊은 친구들이 제풀에 지쳐 중간에 포기하는 것을 숱하게 봐오셨던 터라, 자칫 잘못하면 그저 조그만 사랑에 목말라 있는 아이들에게 깊은 상처만 남길 수도 있기에 지극히 겸손한 자세를 갖도록 당부하시는 말씀이다.

지금은 테레사 수녀님이 돌아가시기 직전까지 40년을 보냈던 **캘커타**의 '**마더 테레사 하우스**' 안에 들어와 있다. 현재도 세계 각지에서 모여든 수많은 자원봉사자들이 왕성하게 봉사활동을 펼치고

있는 곳으로서 이미 고인이 되신 테레사 수녀님의 유지를 계속 이어가고
있다고 한다.

캘커타는 과거 100년 전 인도 서쪽의 뭄바이와 함께 대영 제국과의 무역
도시로서 세계적으로 이름을 날렸던 곳으로, 인도 각지에서 황금향을 꿈꾸며
모여든 사람들로 인해 인산인해를 이뤘다고 한다. 하지만 대영제국의 쇠퇴와
함께 점차 그 빛을 잃어간 캘커타에는 오로지 극빈층만이 남아 가난·실업·
폭력·범죄만이 꿈틀거리는 지옥 같은 도시로 변해버리게 되었다. 그런 끔찍한
현실을 목격하신 테레사 수녀님은 홀홀단신 그 속에 뛰어들어 그들을 위해
평생을 바치게 된다. 한 예로, 테레사 수녀님이 거리로 나온 어느 날 며칠
동안 아무것도 먹지 못하고 기력이 쇠할 대로 쇠한 청년이 시궁창에 얼굴을
묻고 죽기만을 기다리고 있는 것을 발견하셨다. 이미 더러운 물에 잔뜩
불어터져 피고름이 흐르는 얼굴에는 구더기와 온갖 벌레들이 끓고 있었는데,
수녀님은 손수 청년을 일으켜 품에 안고 그 더러운 벌레들을 하나하나 입술로

떼어내셨다고 한다. 보통 사람이라면 감히 따라 할 수조차 없는 그런 일들을 몸소 실천하신 테레사 수녀님. 가히 "캘커타의 살아있는 성자"로서 수많은 이들의 가슴속에 영원히 살아계실 것이라고 굳게 믿는다.

캘커타의 명물은 뭐니뭐니해도 사람이 직접 끄는 인력거라고 할 수 있다. 예전 인도 전역에서 볼 수 있었던 인력거는 전부 오토바이나 자전거 릭샤로 바뀌고 이젠 오로지 캘커타에서밖에 볼 수 없게 되어 이곳을 찾는 관광객이라면 누구나 한 번씩은 타보곤 한다. 그런데 이게 또 재미있다. 이놈의 정 많은 젊은 한국 배낭여행자 친구들은 유별나기도 하지! 호기심 어린 마음에 올라탄 인력거이긴 한데, 깡마르고 머리가 허옇게 셀 정도로 나이 지긋하게 드신 할아버지가 땀을 뻘뻘 흘리면서 힘들게 인력거를 끄는 모습은 도저히 못 보겠던지, 결국 얼마 못가 내려서 오히려 할아버지를 인력거에 싣고 자기가 대신 끌고 목적지까지 가는 차마 웃지 못할 상황이 비일비재하다고 한다. 아하하~ 난 그런 한국인들이 너무 좋다!

깔리 사원을 찾았다. 피를 좋아하는 죽음의 신 깔리를 위해 불과 100년 전까지만 해도 살아있는 사람을 제물로 바쳤다고 전해지는, 그래서 캘커타에서는 실종 처리된 사람들이 그렇게 많았다는, 어쨌든 그런 무시무시한 곳이 바로 이 깔리 사원이다. 하지만 이 이야기가 사실인지, 아님 사람들의 입에 오르내리는 그저 그런 루머인지는 아무도 모른다. 하지만 이곳이 바로 인도이기에 그 무엇도 가능하리란 생각이 들 뿐이다. 어쨌든 그런 깔리 사원에서는 지금까지도 하루에 한 마리씩 살아있는 새끼 염소의 목을 쳐서 뜨끈뜨끈한 피를 바치고 있다고 들었기에, 꼭 한 번 찾아와 보고 싶었던 것도 사실이다. 사원 주변에는 대낮임에도 불구하고 수많은 사람들로 북적거리고 있었고, 사원 중앙에 있는 깔리 신상을 보기 위해 길게 줄을 서 있는 상황에서, 솔직하게 그다지 들어가 보고 싶다는 생각이 들지 않았다. 그래도 멀리까지 찾아온 이 상황에서 담장만 보고 돌아갈 수는 없는 법! 내키지 않는 발걸음을 이끌고 사원 안에 들어선 순간, 가는 날이 장날이라고 뒤뜰에서 피의

의식이 진행되고 있는 것을 목격하고야 말았다. 이미 자신의 죽음을 예견한 듯, 자지러지게 소리를 질러대는 염소의 팔다리를 한 사람이 비틀어 잡고 다른 한 사람은 머리를 쭉 잡아당겨 목을 길게 뺀 상태에서, 마치 사신死神이나 들고 있을 법한 커다란 낫을 든 사람이 너무나 순식간에, 그리고 무표정하게도 쓰윽 날을 내리쳤다. 목 없는 까만 새끼염소의 몸뚱아리는 시뻘건 피를 내뿜으며 바닥에서 버둥거렸고, 제 역할을 다한 망나니(?)가 옆에 있는 어린 아이의 얼굴에 흘러나온 염소의 피를 바르는 것으로 의식은 종료되었다. 아마도 몸이 아픈 아이를 위한 특별의식이었으리라. 아이러니하게도 대학교 시절 해부학을 전공하면서 수없이 많은 '망나니짓'을 저질렀던 내가 감히 무엇을 평가할 수 있겠는가? 하지만 그런 내게도 그 장면은 충격적으로 다가왔고, 아마도 기억 속 저편에서 꽤 오랜 기간 동안 뜨거운 불에 덴 상처마냥 남아있을 것만 같다.

순식간에, 정말로 순식간에 인도대륙에서의 마지막 날이 닥쳐왔다. 두 달 반, 그리 길지도, 아니 인도의 매력을 느끼기에는 한없이 짧은 기간이었지만, 그래도 바쁘게 재촉하며 다녀서 그런지 그럭저럭 무려 17개의 도시에다 내

발자취를 남겼다. 인도를 찾기 전, 내 스스로의 목표로 삼았던 화두인 "왜 한
번 인도에 와 봤던 사람들은 다음에도 또 다시 인도를 찾게 되는가?" 라는
질문에 대한 답은 결국 찾지 못했다. 지금 마음 같아서는 솔직히 내 평생
또 다시 인도 땅에 발을 들이면 사람이 아니다 싶을 정도다! 그만큼 인도는
내게 징글징글 했고, 인도 사내놈들이야말로 진짜 세상에서 가장 끈적끈적한
종족들이었으며, 거리는 끔찍하게 더러웠고, 그것 이상으로 시끄러웠으며,
어딜 가나 바가지와 상술이 판을 치던, 그야말로 "말도 안 되는 나라"였다.
그저 다른 곳에 비해 물가가 조금 더 쌌을 뿐, 아이들의 눈망울이 조금 더
맑았을 뿐, 시바신에 대한 사람들의 믿음이 조금 더 두터웠을 뿐, 그저 다른
나라들과는 뭔가 다른 조금 더 특별한 무언가가 있었을 뿐이다.
오케이~! 좋다~! 도대체 그게 뭔지 알아내기 위해서라도 다음에 또 한 번
찾아와주겠다 이거야~! 흐음. 어라, 근데 이게 뭐지? 사람들이 또 오는 이유가
결국 이것일까? 진짜 이게 뭘까……

아시아

피부병에 걸린 거리의 개들을 치료하다

인도의 바라나시에서 겪은 일이다.

인도에는 길거리를 배회하는 개들이 정말로 많다. 낮에는
아무 그늘 밑에서나 퍼질러 자다가, 어둑어둑 땅거미가
질 무렵쯤 마치 하수구의 악취가 배어나오듯 어디선가
스멀스멀 기어 나오기 시작한다. 한밤중 골목에서
마주치는 개떼들의 눈에는 독기가 잔뜩 서려 있어 지레
멀찌감치 피해 다니곤 했다. 하지만 그 중에서도 특히
바라나시의 길거리 개들은 유난히 그 숫자도 많고
건강상태도 안 좋았던 것 같다. 곰팡이성·진균성 등
온갖 복합적인 피부병에 시달리다 못해 전신의 털이
모두 빠지고 그야말로 산송장 마냥 골목을 어슬렁거리는
개들을 그저 바라만 보고 있자니 마음이 너무 아팠다.

하루는 약국에 찾아가 주머니를 털어 피부병에 도움이
되는 약들을 몇 가지 샀다. 그리고 나서 개들이 잘 먹는
설탕 과자 속에 꾸욱 박아, 길거리에 축 늘어져 있는
개들을 하나하나 일으켜 세워 먹이기 시작했다. 혹시라도
물릴까봐 걱정이 많이 되긴 했지만 도저히 다른 방법이
없었기에 살짝 용기를 내 봤다. 물론 내가 준 약들이 그
개들을 깨끗하게 낫게 하리라는 보장은 절대 없다. 참고로
그 정도로 상태가 심한 개들을 치료하기 위해서는 깨끗한 환경에 격리시켜
적어도 3개월 동안은 집중적으로 관리해 주어야만 한다.

하지만 "한 품에는 한명의 아이만을 안을 수 있다"는
테레사 수녀님의 말씀처럼 변변한 치료 한번 못 받아본
채 쓸쓸하게 죽어갈 게 뻔한 길거리 개들에게 한 두 개의
알약을 먹이는 행위, 고작 그것뿐이지만 바로 그것을

통해, 그 개들은 적어도 '평생 동안 약 한번은 먹어
본 개'로서 살아갈 수 있지 않을까 하는 생각이 든
것뿐이었다.

그런데 자그마한 기적이 일어났다. 처음에는
멀찌감치 서서 구경만 하던 동네의 길거리 상인들이
내가 무슨 일을 하고 있는 건지 깨닫자, 갑자기
하나둘씩 내 곁으로 다가와 사나운 개들을 붙잡아
주기도 하고, 내 손에서 약을 뺏어 자기들이 직접
먹이기도 하는 것이 아닌가? 그래, 분명 그들도
알고 있었던 것이다. 아무리 떠돌이 개들일지라도
아무렴 매일 자기 집 앞을 배회하는 그 개들이
얼마나 아파하고 있었는지……. 그들도 역시 분명히
안타까운 마음은 가지고 있었지만, 다만 어떻게 해
주어야할 지를 몰랐을 뿐이다.

갑자기 따뜻한 활기를 띄기 시작한 골목길 안에서
솔직히 오히려 내 자신 스스로가 커다란 감동을
받았다. 내 작은 행동 하나가, 어찌 보면 극히
자기만족에 불과할 뿐인 사소한 행동이 작은
불씨가 되어 동네 사람들의 커다란 움직임을 불러
일으켰다는 사실이 내 가슴을 벅차오르게 만들었다.
또한 그들이 나지막한 목소리로 내 귓가에 남긴
"땡큐"라는 말 한마디는 아마 오랫동안 잊혀지지 않을
것만 같다는 확신이 들었다.

방콕 카오산 로드,
그곳은 천국이었다!

이건 진짜 말도 안 된다. 달라도 너무 다르다. 지난 몇 개월 동안 마땅히 먹을
만한 게 없어서 겨우 바짝 마른 생선튀김 쪼가리나 주워 먹고 살았는데,
하루에도 몇 번씩 정전이 되는 바람에 카메라 배터리 충전을 하면서 얼마나
애를 먹었는데, 당장 씻을 물이 없어서 며칠간 샤워를 못 했던 적이 얼마나
많았는데……. 근데 여긴 너무나 다르다! 그야말로 '모든 것이 풍족한'
냄새가 폴폴 풍긴다. 번쩍번쩍 거리를 뒤덮고 있는 수많은 네온사인의 물결
사이로 쌩쌩 지나쳐 다니는 고급 자동차들, 높다란 빌딩 숲 속을 바쁘게
오고가는 사람들, 거기에 골목골목 널려있는 수많은 먹거리들까지! 물론 그
중에서 최고는 역시 길거리 음식들이 아니겠는가? 도착한 당일부터 방콕의
구석구석을 누비며 각종 먹거리를 찾아 헤매는 재미 때문에 그야말로 시간

다양한 곤충 튀김들. 바퀴벌레, 전갈, 메뚜기도 있다.

새콤달콤 엄청 맛있는 볶음국수 팟타이

가는 줄 모를 정도였으니, 그동안 내가 얼마나 굶주림과 싸워왔는지 이제야
비로소 조금씩 몸으로 느껴지는 것만 같다.

그렇다! 여기가 바로 전 세계 배낭여행자들의 천국이라고 불리는 그 유명한
방콕의 **카오산 로드**! 아마도 캐리어를 끌고 호텔을 전전하는 관광객들은 절대
모를 것이다. 진정한 카오산 로드의 매력은 헐벗고 굶주린 배낭 여행자들만이
알 수 있는 것이다. 그 오묘한 팟타이태국식 볶음국수의 맛이란, 그 화끈한 쌩썸
버킷커다란 플라스틱 바구니 안에 쌩썸이라는 태국산 싸구려 양주와 함께 콜라와 에너지
드링크를 섞은 폭탄주의 일종의 맛이란, 그 달콤한 수만 가지 리어카 꼬치구이의
맛이란……. 그 맛들이야말로 진정 카오산 로드를 세계적인 명소(?)로
알려지게 한 일등공신임에 틀림없다.

아무리 생각해도 난 정말로 운이 좋은 것 같다. 태국 방콕에 도착한 당일부터
약 열흘간 태국에서 가장 중요한 축제가 열린 것이다. 바로 태국 국왕의 생일!
거리를 나서게 되면 적어도 약 10초에 한 번씩은 반드시 마주치게 되는 커다란
국왕의 사진만 보더라도 알 수 있듯이, 태국에서는 왕실의 권위가 굉장히
높고, 국왕은 거의 모든 백성들에게 존경과 사랑을 듬뿍 받고 있다. 아마도 한

나라의 수장으로서 그렇게 많은 사랑을 받고 있는 건 전 세계 어느 나라에도 유래가 없을 듯하다. 그런 마음을 담아 축제 기간 동안 태국 전역에서는 분홍색의 물결이 출렁거린다. 분홍색은 국왕이 태어난 요일인 화요일을 상징하는 색깔로 국왕의 건강을 기원하는 뜻이 담겨 있다고 한다. 분홍색 티셔츠를 맞춰 입은 가족들이며, 연인들이며, 온갖 인파들이 거리를 가득 메우는 광경도 또 하나의 볼거리! 저녁 즈음부터는 형광색 조명으로 치장한 카퍼레이드와 함께 가수들의 공연과 현란한 불꽃놀이가 펼쳐졌다. '아~ 이것이 진짜 축제구나!' 하는 생각이 절로 들 정도! 그저 그 소란통의 한가운데에 있는 것만으로도 엄청 신나고 가슴 뿌듯했다.

태국에서 즐기는 또 하나의 빼놓을 수 없는 재미는 바로 마사지! 세계적으로도 유명한 "타이 마사지"의 본고장에 오는데, 마사지 한 번 안 받고 어찌 그냥 지나칠 수 있겠는가? 결국 하루에 한 번씩은 꼭꼭 마사지 샵에 들려서 타이 마사지, 발 마사지, 오일 마사지까지 번갈아 가며 받곤 했다. 그동안 여러 나라를 돌아다니며 잉카 마사지, 티벳 마사지, 인도 마사지 등등 수많은 마사지를 받아봤지만, 단연코 "세계 최고의 마사지는 타이 마사지!" 라고 단언할 수 있을 만큼 피로를 풀어주는 효능이 탁월했다. 또한 실력도 실력이겠지만 우선 가격이 굉장히 저렴해서 큰 부담 없이 마사지를 받을 수 있다는 것도 큰 장점 중의 하나! 안마사의 손길에 몸을 맡긴 채 편안히 누워 있다 보면 스르륵 잠이 오는 게 중국 황실의 황제도 부럽지 않을 정도다. 태국 방콕 카오산의 뒷골목을 구석구석 누비며 맛있는 음식을 찾아다니고, 매일 꼬박꼬박 마사지 받으러 다니면서 그렇게 신선놀음으로 시간을 때우고 있다. 부디 이 천국 같은 나날들이 조금만 더 지속되길……

앙코르 와트의 미소를 닮은 사람들

앙코르 와트의 미소는 너무나 온화했고, 난 한동안 그 자리를 뜰 수가 없었다. 새벽 일찍 방콕을 떠나 캄보디아의 시앰립으로 향한다. 뜨거운 태양이 작열하는 한낮에 도착한 태국과 캄보디아의 국경지대. 국경지대야 어디나 마찬가지겠지만 가뜩이나 너무 더워서 짜증이 나 죽겠는데 버스에서 내리자마자 이곳저곳에서 수작을 걸어오고 있다.

"우리 식당에서 식사하시면서 편히 기다리세요. 저희가 죄다 수속 받아 드릴게요."

온갖 감언이설과 유언비어가 둥둥 떠다니는 곳. 이젠 그러려니 한다. 하도 얘기를 많이 듣고 와서 오히려 '이번엔 또 어떤 말로 속이려나?' 하는 묘한 기대심마저 들곤 하는데 아니나 다를까, 출입국 사무소에서 비자를 내주는 경찰마저 짐짓 수수료를 달라며 손바닥을 내민다. 가볍게 무시해주고 무사히 비자 획득에 성공! 이제부턴 캄보디아 땅이다.

시앰립, 가난한 캄보디아에서 오로지 앙코르 와트 하나만을 바라보며 형성된 관광촌이라고 할 수 있다. 공식적으로 미국 달러가 통용되고, 주민 대부분이 어느 정도의 영어 의사소통이 가능한 약간은 비정상적인 곳. 마을의 온 주민들이 전 세계에서 모여드는 관광객들에게만 기대서 살아가는, 마치 빛 좋은 개살구 마냥 관광특화 되어버린 시앰립의 모습은 그저 쓸쓸한 미소만 떠오르게 만든다.

앙코르 와트는 옛 캄보디아 크메르 제국의 수준 높은 건축기술의 진수를 보여주는 세계에서 가장 크고 아름다운 종교 건축물로서, 12세기 초 크메르 제국의 황제인 수르야바르만 2세에 의해 약 30년에 걸쳐 축조되었다고

전해지고 있다. 이 사원은 힌두교의 3대 신 중의 하나인 비슈누 신에게
봉헌되었고, 입구가 서쪽으로 향하고 있는 것이 특징인데 이는 해가 지는
서쪽에 사후 세계가 있다는 힌두교의 교리에 따른 것으로 결국 왕의
사후세계를 위한 사원임을 짐작할 수 있다. 중앙의 높은 탑은 우주의 중심인
메루산, 즉 수미산을 상징하고 완벽한 대칭을 이루는 주변 4개의 탑은 각각
봉우리들을 상징하고 있다. 외벽은 세상 끝에 둘러쳐진 산을 의미하며, 외벽을
둘러싼 해자는 바다를 의미한다. 또한 앙코르Angkor는 산스크리트어로 도읍을
뜻하고, 와트Wat는 크메르어로 사원이라는 의미를 가지고 있어, 결국 앙코르
와트라는 이름은 '사원의 도읍'이라는 뜻이 된다. 일반적으로 앙코르 와트가
불교 사원이라고 알려져 있는데, 사실은 후세에 이르러 불교도들에 의해
바라문교의 신상이 파괴되고 불상을 모시게 됨에 따라 불교사원으로 보일 뿐
건물, 부조, 장식 등 모든 면에서 바라문교의 양식을 따르고 있다.
앙코르 와트는 넓었다. 그것도 엄청나게 넓었다.
약 500년간이나 정글 속에 파묻혀 사람들에게 잊혀져 있다가 1861년 프랑스의
탐험가 앙리 무오에 의해 세상에 알려지게 된 앙코르 와트는 3일에 걸쳐서

500년간 깊은 정글 속에 파묻혀 있었던 앙코르 와트

인자한 미소를 머금고 있는 바욘의 석상들

돌아봐도 다 못 볼 만큼 엄청난 규모를 자랑한다. 워낙 넓은 부지에 수많은
볼거리들이 뚝뚝 떨어져 있어서 결국 이틀 동안은 오토바이 릭샤를 전세내서
구경하고, 마지막 하루는 자전거를 빌려서 돌아봤다.

그 중에서도 가장 내 관심을 끌었던 건 **바욘**. 할리우드 영화 <툼레이더>의
배경이 되어서 유명해지기도 한 이곳은 커다란 돌에 새겨진 얼굴상이 특히
인상적이다. 무언가 알듯 말듯 묘한 미소를 짓고 허공을 응시하고 있는 수십
개의 얼굴들. 그들은 때론 나와 눈이 마주치기도, 때론 등 뒤에서 야릇한
시선을 보내기도, 때론 그들끼리 서로 마주보고 무언의 귓속말을 나누며
그렇게 바욘만의 신비로운 분위기를 자아내고 있었다.

결국 앙코르 와트에서의 마지막 날, 동틀 녘에 바욘을 다시 찾았다. 오로지
어슴푸레한 안개 속을 비집고 빠져나온 몇 개의 날카로운 햇살이 바욘의

인면상에 날아와 꽂히는 모습을 보고야말겠다는 일념 하나로 열심히 자전거
바퀴를 구르고 또 굴렸다. 새벽 6시 반, 일출이 떠오르기 직전, 내 가슴은
또 다시 뛰고 있었다. 왠지 이번 설렘이 내 여행길의 마지막 두근거림일지도
모른다는 기분 나쁜 예감이 불현듯 스쳐지나가긴 했지만, 애써 떨쳐버리고
이윽고 드디어 장엄한 일출을 맞이하였다. 시간은 분명 정지할 수 있다는
것을 또 한 번 느꼈다면 너무 과한 표현이려나? 하지만 분명 내 눈앞에
펼쳐진 광경은 그 사실을 증명하기라도 하듯이 멈춰 있었다. 아니 아마도
내 오감이 마비된 것뿐인지도 모르겠다. 하지만 그것도 잠시, 조금씩 빛의
각도가 달라지면서 천천히 형상이 변화하였고, 그에 따라 바욘의 인면상들은
자애로운 미소를 짓기도 하고, 갑자기 근엄하고 무표정한 모습으로 바뀌기도
했다. 어쨌든 난 그 자리를 도저히 뜰 수 없었고 그렇게 하염없이 바라보고
있을 뿐이었다.

불과 5일간의 짧은 캄보디아의
일정이지만 그 속에서 난 너무나
순수하게 미소 짓는 캄보디아 사람들의
얼굴 표정에 푹 빠져들었고, 그 표정이
바로 앙코르 와트 바욘의 미소와
너무나 닮아있음에 또 한 번 놀랐다.
시앱립 마을 사람들은 태어날 때부터
그런 미소를 지을 수 있었을 것만
같다. 따뜻하고 좋은 기억만을 가지고
캄보디아를 떠나 다시 태국으로 향한다.

바욘의 미소와 가장 닮아 있는 소녀의 미소.
앙코르 와트의 미소라 불러도 손색이 없을 것 같다.

마지막 종착지,
지상 낙원 꼬따오에서…

마지막. 이젠 무엇을 하던지 간에 마지막이라는 수식어가 절로 붙게
되어버렸다. 이 사실 자체만으로도 기분이 아주 나빠지고 있다. 잔인하게도
쉴 새 없이 흘러가는 시간에 맞서 싸울 방법은 도저히 없는 건지…….
하루하루가 너무나 소중하게 느껴지고, 마냥 즐겁기만 해도 턱없이 부족한
여행길 속에서 내 스스로 점점 여유를 잃고 조급해하고 있는 게 안타까울
따름이다.
도대체 어디서 어떻게 여행의 대미를 장식하면 좋을까? 머리 빠지게 고민한
끝에 선택한 곳은 바로 태국의 **꼬따오**! 바다를 보며 조용히 사색에 잠겨
그동안의 치열했던 내 여행을 되돌아보고자 하는 마음도 있었고, 세계 최고의
다이빙 포인트로 유명한 꼬따오에 가서 1년 전 콜롬비아에서 힘들게 따온
스쿠버 다이버 자격증을 한 번 제대로 활용해보자는 생각도 있었기에 마음을
굳혔다. 가자, 꼬따오로~!
꼬따오는 아주 작고 평화로운 섬이었다. 오토바이를 빌려 섬을 돌아보면

바닷속 풍경

2시간이면 충분할 만큼 조그만 섬이지만 다이빙 샵이 수십 개나 난립해 있을 만큼 다이빙에는 천혜의 조건을 두루 갖춘 곳이다. 한국인들 사이에서도 워낙 유명해서 한국인이 강사로 상주하는 다이빙 샵도 많다. 그 중에 내가 선택한 곳은 부다뷰 다이빙 샵! 프레디 선생님과 쉬리 선생님을 포함해서 몇 명의 한국인 다이브 마스터 팀으로 구성된 부다뷰는 앞으로 약 열흘간 내가 신세를 지게 될 곳이기도 하다.

천국 같은 나날들이 시작되었다. 새벽 7시 반에 통통거리는 배에 올라 바다 한가운데로 나간다. 20여 곳 중 그날그날 달라지는 다이빙 포인트는 기상 상태와 바다 사정에 따라 하루 전날에서야 겨우 알 수 있다. 40m 딥 다이빙을 하면서 수천 마리의 물고기 떼와 상어까지 구경할 수 있는 춘퐁Chunpong, 귀여운 해마를 볼 수 있는 망고베이Mango Bay, 애니메이션 <니모를 찾아서>의 주인공 니모를 볼 수 있는 화이트 록White Rock 등등. 기상천외한 열대어종들과 화려한 산호까지 볼 수 있어 매일매일 색다른 즐거움을 느낄 수 있었다.

환상적인 오전 다이빙을 마치고 나면 스쿠터를 끌고 섬 구경에 나서거나, 바닷가 바에 앉아 잠베를 두드리며 해가 떨어지기만을 기다린다. 저녁 때마다 연일 벌어지는 파티, 춤과 노래, 그리고 술과 친구들이 가득한 그곳에서의 하루하루는 마냥 짧게만 느껴진다. 아니, 시간 감각도 요일 감각도 사라진

중력의 법칙을 무시하고 다이빙을 만끽하고 있는 내 모습

꼬따오의 일상은 그야말로 무릉도원, 그 자체다.

기다리고 기다리던 크리스마스! 국교가 불교인 태국에서 크리스마스는
공휴일이 아니다. 아이들은 아침 일찍 등굣길에 나서고 주민들은 그저
묵묵히 일상의 일들을 반복할 뿐, 오로지 타국의 관광객들과 그들을 상대로
장사를 하는 일부 현지인들만이 축제 분위기에 들떠 난리법석을 떨고 있다.
한밤중에도 날씨가 너무 더워 땀이 줄줄 나지만, 반바지에 나시를 걸친
채 그래도 크리스마스를 즐기겠다고 빨간 고깔모자를 뒤집어 쓴 모습이
어색하기만 하다.

부다뷰 다이빙 샵에서 바비큐 파티가 열렸다. 마당에 통돼지 바비큐를
비롯해서 갖가지 산해진미들이 산더미 같이 쌓이고, 모두들 한데 둘러앉아
허리띠 풀고 맘껏 가져다 먹기 시작한다. 그리고 이어진 크리스마스 댄스파티!
열정적인 밴드의 공연과 빙글빙글 현란하게 돌아가는 싸이키 조명 아래
국적불명의 사람들은 미친 듯이 몸을 흔들어 댄다. 땀이 비 오듯 쏟아지지만
이미 흠뻑 젖어버린 분위기 속에서 사람들은 끝없이 미쳐가고 있다.

크리스마스의 여운이 채 끝나기도 전에 2010년의 새해를 맞으러 **꼬팡안**을 향해
출발했다. 여기서 "꼬"는 섬이란 뜻으로 결국 '팡안 섬'이라는 말이다. 꼬따오에서 스피드
보트를 타고 3시간을 달리면 닿을 수 있는 꼬팡안은 그 유명한 '풀문 파티
Full Moon Party매달 보름달이 뜨는 날 이 곳 꼬팡안의 해변 모래사장에서 열리는 커다란 파티'가

열린다. 전 세계에서 몰려든 2만 명이 넘는 인파가 몽롱한 테크노 음악 속에
몸을 맡기고, 그야말로 광란의 밤을 지새우며 젊음을 불태운다. 그런데 특별히
올해의 마지막 날인 12월 31일은 10주년 풀문 파티와 신년 해맞이 파티가
겹치는 날! 그래서 그런지 며칠 전부터 이 주변이 술렁거리기 시작한 게 직접
몸으로 느껴질 정도였다.

12월 31일 오후, 다이빙을 하면서 꼬따오 섬에서 만난 도합 여섯 명의 한국인
용사들과 의기투합해서 찾은 꼬팡안의 해변은 이미 발붙일 틈이 없을 정도로
사람들이 꽉꽉 들어차 있었다. 아무럼 어떠하랴? 솔직히 파티야 사람들이
많으면 많을수록 좋은 거 아니겠는가? 기대감에 잔뜩 부푼 우리들도 신나게
웃옷을 벗어던지고 몸에는 형광 물감으로 그림을 그린 채, 열광의 도가니
속으로 몸을 던졌다.

"텐! 나인! 에잇! 세븐! 식스! 파이브! 포! 쓰리! 투! 원~! 해피 뉴이어~!"
2010년의 시작! 분위기가 절정으로 치솟으면서, 광란의 카운트다운이 12시
정각을 가리키는 순간, 엄청난 양의 폭죽이 일제히 허공으로 치솟기 시작했다!
펄쩍펄쩍 뛰면서 끊임없이 괴성을 질러대는 사람들, 감동의 눈물을 주르륵
흘리는 사람들, 서로 힘껏 껴안으며 새로운 한 해의 시작을 축복하는 사람들,
그리고 입술이 붙어버린 듯 열정적인 키스를 나누는 연인들까지……. 과연
내가 어느 부류에 속했을까? 그건 상상에 맡기겠다.

어쨌든 내가 아는 모든 사람들, 그리고 나를 아는 모든 사람들에게 외친다!
해피 뉴 이어!Happy New Year~~!!

꼬팡안 해변을 가득 메운 인파

에필로그

번쩍, 눈이 떠졌다.

'아, 체크아웃 해야 되는데……'

아직 잠에서 깨기도 전에 방구석에 놓인 배낭에 어제 벗어던진 옷을 주섬주섬 담는다. 그러다 문득 고개를 들었는데, 벽지 색깔이 꽤나 익숙하다.

'아, 나 돌아왔지.'

안도인지 아쉬움인지 모를 한숨이 나온다.

474일간의 자유. 비록 하루하루 생존을 위한 처절한 몸부림에 지나지 않을지라도 그 짜릿한 묘미는 내게 '후천성 여행 중독증'이라는 중병(?)을 남기고 말았다. 거리를 걸을 때도, 책을 보고 있을 때도, 심지어 밥을 먹고 있을 때마저 시도 때도 없이 멍해지는 게 꼭 바보가 된 기분이다.

지난 1월 세계여행에서 돌아와 몇 달 째, 나는 이중생활 중이다. 낮엔 동물병원에서 진료를 보며 한동안 비워 두었던 한국생활의 빈틈을 채워간다. 오전엔 진료가 그리 바쁘지 않다. 병원 청소를 마치고 창밖으로 보이는 논현동 골목에는 가을비가 가느다랗게 내리고 있다. 뭐가 그리도 바쁜지 사람들은 저마다 뚱하게 앞만 쳐다보며 발길을 재촉하고 있다. 케이지에 갇혀 있는 강아지들도 유리문을 박박 긁으면서 끙끙대고 있다. 그걸 가만히 바라보고 있는 내 마음도 그리 편치만은 않다. 그러다 밤이 되면 볼리비아의 우유니 사막이, 페루의 마추픽추가, 아르헨티나의 깔라파떼가 밑도 끝도 없이 그리워지는 것이다.

한동안 배낭을 풀지 못했다. 배낭을 정리해 창고에 넣어버리는 순간, 지난 일 년 반의 세계여행이 십 몇 년 전 추억처럼 아련해질까봐서다. 실은 그것이 추억으로 남는 것이 두렵다. 먹고 자는 것에만 촉수를 곤두세우고 비렁뱅이처럼 헤매 다니던 나날들, 몇 푼 안

든 배낭이라도 뺏길세라 소매치기를 경계하며 끊임없이 두리번거리던 나날들, 여차하면
목숨을 잃을지도 모른다는 생각에 긴장을 곤두세우던 하루하루가 현재형이 아니라
과거형이 될까봐 두려운 것이다. 그래서 매일 내 방을 게스트하우스로 착각하며 아침마다
배낭을 싸는 해프닝을 벌이면서도 배낭을 치우지 못한 것이다.

이 후유증 지독하다. 다시 떠나고 싶다! '돌아오기 싫어지면 어쩌지, 다시 돌아왔을 때
내 자리가 영영 없어지는 건 아닐까' 그런 갖가지 생각에 오늘도 잠 못 이룰 것만 같다.
아직까지도 적응이 잘 안 되니 큰일이긴 하다.
하지만 이젠 꿈에서 깨어나련다. 내 여행은 한 번 하고 그치는 것이 아니라, 언제까지나
마음속에서 꿈과 열정으로 계속 이어질 것이기 때문이다. 그리고 내게도 분명 '또 다음
기회'가 있을 것이라고 믿는다. 그래서 그 날을 기다리며 다시 힘차게 살아가기로
마음먹는다.

이 자리를 빌어 사랑하는 부모님, 미나 누나, 아라 누나, 종혁이 형, 영석이 형, 강태, 모든
분들에게 감사의 절을 올린다. 이 분들은 나를 믿고, 내 여행을 전폭적으로 지지해주셨다.
무한한 격려와 함께 든든한 재정 지원까지 해주신 이모님들, 세중이 삼촌, 영백이 형, 영진이
형, 영국이 형, 영무 형, 영일이 형, 영효 형도 정말 고맙습니다.
여행 내내 한국에서 사진 관리를 맡아 해준 미현이, 편집을 도맡아 해준 은미, 그리고
제훈이, 경태, 전민, 민열이, 성윤아! 평생 함께 가자! 오불당, 스터디 클럽, 태사랑,
인도방랑기, 나응식 원장님과 그레이스 동물병원 식구들, 다할미디어 김영애 사장님과
편집부 김배경 씨, 탄자니아에 계신 나정희 목사님, 김정호 목사님, 허 목사님 가족들,
그리고 미국 노 목사님과 의향이 아주머니, 기창이 형 가정에도 항상 행복만이 가득하시길
빕니다.

Special Thanks to :

첫 동행자 정현 씨, 대만친구 페일린, 길 위에서 무려 일곱 번이나 마주친 시혁이, 블루베어
일본 친구들 Chark & Ko, 아마존을 함께 누빈 교코, 마추픽추의 동지 상헌이, 병철이, 병효
형제, 홍인이 형, 콜롬비아 카니발을 함께 했던 대근이, 필호, 성빈이, 정윤이, 지은이 누나,
여행의 이유를 깨닫게 해준 하이메, 의남매 동생 유리, 윤미, 경수, 푼수의사 정숙이, 스페인
까사꼰띠고 사장님, 지혜, 영선이, 모로코 수박장수 아저씨, 내 목숨을 구해준 사하라 사막
가이드 할아버지, 태국 영어를 구사하던 일본친구 마유, 성철이 형, 정미, 웃는 모습이
참 예뻤던 에미, 창석이 형, 천재소녀 호진이, 휘슬러 스키장의 우석이와 현선이, 소은이,
남아공 진윤석 족장님, 아루샤의 그레이스, 스페인의 아마야, 까를로스, 쾌도길똥 대룡이,
사진작가 성원이, 스페셜 라시를 나눠먹었던 보라, 한옥이, 보람이, 인도 델리에서 꼬레아를
부르짖던 수현이, 인도 애들보다 더 인도사람 같았던 완태, 보드 선생님 성철이 형, 인도
방랑기 사장님, 태국 꼬따오 부다뷰 프레디, 쉬리, 효영이, 세열이 형, 하림이 누나, 예쁜
영화, 우성이, 상호, 아름이, 철민이, 지웅이, 은나, 그리고 깔라파떼에서 대판 싸우고 인연이
끊겨버린 보미까지도……

여행하는 내내 딜레마에 시달렸던 것 같다. 평생 한 번 올까 말까 싶은 곳, 남들 보는 것,
남들 하는 것 다 해 보고 싶다가도 누군가의 경험을 답습하기만 하는 것 같아 조바심이
났다. 욕심은 하늘 끝에 닿는데 돈도 시간도 간당간당, 늘 안달 날만큼만 부족했다.

그러다 긴 여행의 마지막을 한 달 남겨두고 매일 울었다.
'돌아가고 싶다.'
'돌아가면 적응할 수 있을까.'

'돌아가기 싫다.'
세 가지 생각들이 저글링처럼 뱅글뱅글 돌면서 어질어질 머릿속을 괴롭혔다. 이런 마음들과
상관없이 결국은 돌아오고 말았다.

긴 여행에서 돌아와 여행 일기를 마무리 할 순간이 된 지금, 이제야 나는 겨우 깨닫는다.
남들 다 보는 걸 볼까 말까, 결국 그런 건 중요한 게 아니었구나. 일 년 반의 여행에서 가장
소중하게 남겨진 것은 사람이었고, 사람과의 추억이었고, 사람의 체온이었다.
그들과 함께이기에 내 시간이 빛났고, 그들과 함께이기에 하루하루가 더 소중할 수 있었다.

길에서 만나 인연을 맺은 총 271명의 여행자들에게 이 책을 바친다.

세계여행을 꿈꾸는 사람들을 위한
Q&A 10

Q1. 세계여행 비용은 얼마나 들었나요?

A. 보통 배낭여행을 하는 사람들은 평균 1년에 3,000만 원 정도 든다고 생각하시면 돼요. 물론 유럽이나 북미 같이 물가가 비싼 나라를 여행하는 사람들은 비용이 더 들겠지만 인도나 동남아 같은 곳은 상대적으로 비용이 덜 든답니다. 미리 대륙별 예상비용을 계획하고 항상 절약하고 쓸데없는 곳에서 지출이 발생하지 않도록 하는 것이 가장 중요하지요!

Q2. 남미나 아프리카 같은 곳은 위험하지 않나요?

A. 안전에 관한 문제는 기본적으로 본인 스스로 챙겨야 해요. 세계 어디를 여행하든 100퍼센트 안전한 곳이란 없답니다. 결과적으로 내가 당하면 위험한 곳이고, 내가 안 당하면 안 위험한 곳이겠죠! 참고로 제 경우를 예로 들면 남미·아프리카·인도·동남아를 포함해서 가장 위험하다고 느꼈던 곳은 생뚱맞게도 유럽 스페인의 바르셀로나였답니다. 제가 여행할 당시 바르셀로나에는 소매치기가 정말로 많았거든요. 저 역시 몇 번 당할 뻔 했고요. 항상 긴장의 끈을 놓지 않는 것이 중요합니다. 저녁에 해지기 전에는 무조건 숙소에 들어가고, 평소에 다닐 때에는 최소한의 소지품만 몸에 지니고 다니는 습관을 들여야 해요! 언제 어느 순간 강도를 만나게 되더라도 가지고 있는 건 다 줘버리고, 내 몸의 안전이 최우선이라는 생각을 잊어서는 안 돼요! 또한 복대 등을 사용해서 여권, 카드 등의 귀중품을 잘 간수하고, 현금은 배낭 여러 곳에 분산해서 보관하는 것도 중요하죠.

Q3. 전 영어 잘 못하는데, 말이 안 통하면 어떻게 해요?

A. 언어는 여행을 하는데 있어 현지인들과의 교감을 위해 굉장히 중요해요. 물론 전 세계적으로 영어가 가장 널리 사용되고 있고, 여러모로 볼 때 영어를 잘하면 편하게

여행할 수 있는 것도 사실이지요. 하지만 절대로 영어가 전부는 아니에요! 영어가 안 통하는 나라도 예상외로 굉장히 많습니다. 무엇보다도 가장 중요한 것은 현지인들과 대화를 나누고 싶어 하는 적극적인 태도와 눈빛이라고 할 수 있어요! 사실 눈빛과 마음만 통하면 언어는 크게 문제되지 않는답니다. "얼마에요?", "화장실은 어디에 있죠?", "배고파요~" 등의 필수 어휘와 숫자 등만 외워서 가면 충분히 여행을 즐길 수 있어요! 주눅 들지 말고 자신감을 가지세요! 우리는 그들보다 한국말을 월등히 잘 한답니다!

Q4. 돈 관리는 어떻게 하죠? 현금을 들고 다니나요? 여행자 수표가 필요할까요?

A. 우선 여행자 수표는 요즘 거의 사라지는 추세에요. 사용하기도 불편하고 안 받는 곳도 꽤 많거든요. 그렇다고 거액의 현금을 들고 다닐 수는 없죠! 그래서 요즘 가장 많이 사용되는 건 국제현금카드랍니다. 한국의 은행에 계좌를 만들어 놓고 여행을 다니면서 현금지급기를 통해 그 나라의 화폐로 뽑아서 사용할 수 있는 편리한 카드에요! 요새 웬만한 오지를 제외하고는 어딜 가나 현금지급기를 쉽게 찾을 수 있어요. 심지어 아마존 밀림 속에 있는 마을에도 있었답니다. 참 편리한 세상이죠. 대략 1주일 단위로 사용할 만큼의 현금만 뽑아서 사용하시는 것이 안전하지요. 아, 아프리카 등지에서 가끔씩 현금카드 복제 사건이 일어난다는 이야기가 들리더라고요. 반드시 계좌는 여러 개로 분산해서 넣어두어야 한다는 것을 잊지 마세요!

Q5. 여행 경로는 어떻게 잡아요? 계절이 중요하다던데…….

A. 여행경로를 잡는 데에는 순서가 필요해요. 우선 가보고 싶은 목적지를 뽑아보세요. 마추픽추, 우유니 사막, 피라미드, 에펠탑……. 이런 식으로요. 그 다음에는 그곳들이 속해있는 나라를 정해야겠죠? 그러고 나서 나라별로 가장 여행하기 좋은 시기에 맞춰 선을 그어보면 대략적인 여행경로를 알 수 있답니다. 그래도 어렵다 싶으면 나라별로 피해야 될 계절을 확인해보는 것도 좋은 방법이에요. 장소에 따라 추운 겨울철에는 아예 교통편이 끊어지는 곳도 있고 자칫 잘못하면 너무 추워서 관광은커녕 숙소 안에서만 벌벌 떨다가 돌아와야 하는 경우도 발생할 수 있으니까요. 물론 너무 성수기를 택했다간

비행기 표가 없을뿐더러, 바가지 상술에 혼쭐이 날 수도 있으니까 그것도 고려해 봐야
합니다. 무엇보다 가장 확실하고 쉬운 방법은 세계여행 상품을 전문적으로 취급하는
여행사를 찾아가서 조언을 받는 것이지요!

Q6. 세계여행 항공권이 있다던데? 학생 항공권은 또 어떤 거예요?

A. 현재 시중에 나와 있는 세계여행 항공권은 원월드, 스타얼라이언스, 스카이팀
이렇게 세 종류가 있어요. 항공사별로 약간의 규정상 차이가 있긴 하지만, 기본적으로는
일정기간 동안에 할인된 가격으로 세계여행을 할 수 있다는 큰 장점을 가지고 있지요.
그에 비해 학생 항공권은 상대적으로 나이가 어린 학생들을 위해 항공사에서 제공하는
할인된 항공권이라고 할 수 있습니다. 하지만 꼭 학생이 아니더라도 국제학생증을
소지하면 이용이 가능하답니다. 저 같은 경우에는 기간이 1년이 넘고, 날짜에 제약을
받고 싶지 않았기 때문에 고민 끝에 원월드 대신 학생 항공권을 선택했어요. 각자 자신의
여행계획에 따라 선택하면 될 거예요.

Q7. 비자VISA는 어떻게 받아서 가나요?

A. 이 부분은 잘 알아보셔야 합니다. 나라별로 규정이 많이 다르거든요. 가고 싶은 나라의
비자 발급 방법, 유효기간, 지불해야 하는 금액 등을 꼼꼼하게 살펴보셔야 해요. 하지만
너무 걱정하지는 마세요. 우리나라 여권은 전 세계적으로 여행하기 꽤 편리한 나라의
여권 중 하나랍니다. 무비자 국가가 예상외로 굉장히 많아요. 입국할 때 국경에서 돈을
주고 살 수 있는 비자도 있고 정 안될 경우에는 인접국으로 들어가서 비자를 받는 방법도
있답니다. 뜻이 있는 곳에 길이 열린답니다. Don't worry. Be happy!

Q8. 가이드북은 나라별로 다 가져가야 되나요?

A. 하하하~ 아니요! 만일 그랬다면 전 26개 나라를 돌아다녔으니, 아마도 배낭 무게에
눌려 아무데도 못 갔을 것 같네요. 그럴 필요 없답니다. 그럴 수도 없고요. 처음 시작하는
나라의 가이드북 한두 개 정도면 충분해요. 정 필요하면 현지에 가서도 얼마든지 구할 수

있어요. 중간에 숙소에서 다른 사람들이 놓고 간 가이드북을 싼 값에 구매할 수도 있고요. 가이드북은 말 그대로 가이드북일 뿐이에요. 있을 때는 편리하지만 또 없어도 여행을 못 하는 건 아니랍니다. 그건 아마도 사람들마다의 여행 스타일에 따라서 천차만별로 다를 것 같네요. 아예 가이드북 없이 여행 다니는 사람들도 꽤 많답니다!

Q9. 카메라는 어떤 걸 가지고 다니셨어요? DSLR? 아니면 똑딱이?

A. 저는 여행기간 통틀어 총 4대의 카메라를 사용했어요. 제가 좀 덤벙거려서 잃어버리기도 하고 고장도 나고 그랬거든요. 4대 모두 똑딱이 카메라였답니다. 물론 저도 좋은 카메라를 가지고 가고 싶었지만 도난의 우려도 있고 무겁기도 해서요. 결과적으론 나쁘지 않았던 선택이라고 생각해요. 요새는 많이 가벼워진 DSLR 제품도 많고, 성능 좋은 똑딱이도 많기 때문에 입맛에 맞는 카메라를 가져가시면 좋을 것 같네요. 또한 제 경우에는 동행을 많이 만났기 때문에 헤어지기 전 서로의 사진을 교환하는 것도 중요한 일 중 하나였습니다. USB나 외장하드 등의 저장기기도 필수입니다.

Q10. 슬럼프는 어떻게 극복하나요?

A. 일반적으로 장기 여행자들은 평균 3개월에 한 번 정도씩 슬럼프를 겪는다고 하네요. 주로 몸이 아플 때나, 바쁜 여정에 쫓길 때, 또는 한국이 못 견딜 정도로 그리울 때 그런 슬럼프가 찾아오더라고요. '내가 집 떠나와서 왜 이런 고생을 사서하고 있나? 무슨 부귀영화를 누리겠다고?' 하루 종일 이런 생각만 하면서 하염없이 무기력해지고, 아무것도 보기 싫고, 그냥 죄다 포기하고 돌아가고 싶은 생각만 들 때도 있어요. 그럴 때는 남은 계획을 올 스톱시키고 그저 편안하게 쉬면서 앞으로 남은 일정에 대해 냉정하게 생각해 볼 필요가 있어요. '내가 여행을 왜 하는가? 여행을 계속 해야만 하는 이유가 있나? 지금 포기하고 돌아갔을 때 후회 하지 않을 자신이 있나?' 등등의 생각이죠. 또한 한국음식을 해먹거나 한국인 동행자를 구해보는 것도 도움이 될 수 있답니다.

미친 수의사의 세계여행 경비 결산

1. 여행기간 : 2008년 9월 23일 ~ 2010년 1월 8일 (약 1년 4개월, 474일)

2. 여행국가 : 총 26개국

북미 (미국, 캐나다)

중미 (멕시코, 과테말라, 파나마)

남미 (콜롬비아, 에콰도르, 페루, 볼리비아, 칠레, 아르헨티나, 브라질)

유럽 (스페인, 포르투갈)

아프리카 (모로코, 남아공, 나미비아, 보츠와나, 잠비아, 짐바브웨, 탄자니아, 케냐)

아시아 (네팔, 인도, 캄보디아, 태국)

3. 여행 경비

● **출발 전 준비 비용** : 456만원

예방접종, 배낭, 보험, 디지털 카메라, 노트북, 전자수첩, 침낭, 운동화, 자물쇠, 국제운전면허증, 국제학생증, 다국적 배낭여행 투어비용, 스페인어학원 등록비 등

● **총 비행기 이동 경비** : 586만원

대륙 간 이동 8회 + 국내 이동 7회

● 대륙별 지출 비용

나라	체류 기간	총 사용경비	하루 평균 경비
북미	9/23~1/7 (108일)	770만원	71,000원
중미	1/8~1/21 (14일)	56만원	40,000원
남미	1/22~5/20 (119일)	500만원	42,000원
유럽	5/21~6/17 (28일)	216만원	77,000원
아프리카	6/18~9/6 (81일)	595만원	73,000원
인도	9/7~12/2 (87일)	290만원	33,000원
아시아	12/3~1/8 (37일)	222만원	60,000원
계	2008 9/23~2010 1/8 (474일)	2,649만원	

● 총 지출 경비 : 3,691만원

준비 비용(456만원) + 비행기 표값(586만원) + 여행 비용(2,649만원)